芥川作品の方法

紫檀の机から

奥野久美子

近代文学研究叢刊 42

和泉書院

はじめに

僕は一月六十円の月俸を貰ひ、昼は英文和訳を教へ、夜はせつせと仕事をした。それから一年ばかりたつた後僕の月俸は百円になり、原稿料も一枚二円前後になつた。僕はこれらを合せればどうにか家計を営めると思ひ、前から結婚する筈だつた友だちの姪と結婚した。僕の紫檀の古机はその時夏目先生の奥さんに祝つて頂いたものである。机の寸法は竪三尺、横四尺、高さ一尺五寸位であらう。木の枯れてゐなかつたせゐか、今では板の合せ目などに多少の狂ひを生じてゐる。しかしもう、かれこれ十年近く、いつもこの机に向つてゐることを思ふと、さすがに愛惜のない訳でもない。

芥川龍之介「身のまはり」（「サンデー毎日」大一五・一・三）のうち「机」の一節である（傍点は原文）。結婚以前の作品や、滞在先の旅館やホテルなどで執筆した作品を除けば、芥川作品のほとんどは、この紫檀の机から生み出されたことになる。現在は日本近代文学館に所蔵されているこの机に、芥川は、師である夏目漱石の机、「先生が毎日原稿を書いた、小さい紫檀の机」（芥川「漱石山房の冬」／「サンデー毎日」大一二・一・七）を重ねていたかもしれない。

もしもタイムマシンがあったなら、私は迷わず大正時代に行って、この机で執筆している芥川龍之介の姿を見てみたい。ある展覧会で、ガラス一枚隔てたすぐそばでこの紫檀の机を目にしたとき、そう思った。それが叶わぬ夢であるがために、代わりに私は芥川の机の上が見えるような研究に努めてきた。執筆中の芥川の机上に、どんな資料があったのか、書棚にはどんな本が、また、書斎に散らかしてあったかもしれない新聞や月刊誌にはどのような小説や戯曲、評論が掲載されて、〈文壇〉を成していたのか。そんな様子が見えるような研究を通して、芥川やその文学の存在がよりあざやかに、より近くに感じられたならと思う。

本書では、そのような動機から出発した拙論数編をまとめた。対象の中心は史上実在の人物を主人公とした芥川の歴史小説である。モデルがあるがゆえにはっきりとした典拠があり、本当に原稿を書きながら典拠資料を机上に置いていた様子がよくわかる。検証してゆけば、机上のみならず、まるで構成や人物造型を考える芥川の頭の中までのぞくことができるかのようだ。また、芥川の文壇デビュー前の作品「老年」と、評論についても、同時代の小説や資料を背景に置くことでどのようなことが見えてくるかという視点から検討し、同じく机上が見えるような研究に努めた。紫檀の机から芥川作品が生み出されたとき、その机上には、書斎には、そして頭の中には何があったのか、明らかにしてゆきたい。

目次

第一章　初期作品「老年」

第一節　はじめに

芥川龍之介の「老年」は、大正三年五月の「新思潮」に柳川隆之介の名前で発表された。生前の単行本には収められず、文壇に出る以前の習作というべきであろうが、『芥川龍之介集』（現代小説全集　第一巻）（新潮社　大一五・五）の巻末に付された自筆の「芥川龍之介年譜」の中でこの作品は「処女作」と記されている。

作品は隅田川沿いの橋場の料理屋「玉川軒」で行なわれた一中節の順講、そして一人で順講を抜け出した料理屋の隠居「房さん」を描く。「硝子戸と障子とで、二重にしめきつた」離れの座敷で行なわれるこの一中節の順講が、近代化した外界とは隔絶された江戸情緒の世界であるという見解は、これまでの研究でもほぼ一致している。しかしそうであるなら、なぜ青春を江戸情緒のなかで生きたはずの房さんが、その江戸情緒の世界であるはずの座敷を出て、一人で自らの青春に浸るような行為をしなければならなかったのか。離れの座敷と、房さんが一人こもる母屋の部屋との関係、また、江戸情緒と近代との関係を、いったいどう位置づければよいのか。

この点について、石割透「芥川龍之介・「老年」論」（「文藝と批評」昭四九・一）は、「「老年」の小説世界には、「大川の水」の作者があれほど認識していた外界が全く介入していない。そして「老年」の登場人物も、幸福にもといおうか、「大川」端をやがて崩壊させるに違いない〈近代〉を予感さえしていない気配なのだ。」とした上で、房さんが座敷を離れる理由については、「〔房さんは〕〈密室〉における下町の宴には、若さの所有者のみに参加資格が与えられることを知っていた。歳老いるとともに、締め出されるのが、下町の文化であることを知っていた。下町の宴は、老醜を拒否する美的趣味に充たされた性質のものであることを知っていた。そして、一人座を外し、孤独に追憶の中の女を相手にすることで、青春を回復しようとする、老人の侘しい生の姿である。」と論じている（〔 〕内引用者、以下同）。しかし、順講の中心が他ならぬ「腰の曲つた」師匠であることや、「四十を越した人たち」が多かったということからも、〈老い〉という理由だけで房さんが座敷を出たとは考えにくい。

また、山崎健司「「大川の水」から「老年」「ひょつとこ」へ――芥川龍之介の作家的形成について――」（「稿本近代文学」昭六二・一二）では、永井荷風「すみだ川」の蘿月など「近代化に背を向けて行動する人物」と比べて、房さんは「自分の殻に閉じこもったきりで他に向かって行動に及ぶことはもはや考えられない」、「静的」な描かれかたをしているとして、「老いの孤独に対する同情や憐愍をも含んだ愛惜の情」を作品から読み取っている。房さんがこもる母屋の部屋を孤独の象徴と考えれば納得いくようにも思えるのだが、しかしそれならば、座敷の外が象徴する〈近代〉、そこから「二重にしめき」られた座敷が象徴する〈江戸情緒〉に対して、母屋の部屋をどう位置づけたらよいのか、房さんがそこで自らの青春すなわち江戸情緒の世界に浸っていることをどう理解すればよいのかという疑問が残る。

このように、房さんが座敷を出て別室へ行くことの意味がはっきりしないことについて、清水康次「『老年』――過去への叙情と過去の位置づけ――」（「解釈と鑑賞」平一一・一一）は、「「座をはづした」どこに、房さんの居場所があるというのだろう。「腰の曲つた一中の師匠」と同様に、老年の房さんも、この空間〔引用者注、座敷〕の中でしか「昔の夢を今に見かへ」すことはできないのではなかったか。一中節の順講の空間の外に、「昔の夢」を取り返せる場所があるならば、設定の全体が崩壊してしまうだろう。つまり、「一生を放蕩と遊芸とに費した人」の失われた青春の時間と、消えゆく江戸文化とが、うまく重なっていないのである。個人的な喪失と、歴史的な喪失との間に、見取り図が作られていない。そのあたりに、〈近代〉に対する位置設定の未熟があったのではないだろうか。」と論じ、いわば作品自身の持つ欠陥であるとしている。しかし、作家になる前の若き芥川の未熟さとして論断する前に、違う角度からこの問題を考察することはできないだろうか。

本章では、この問題について、作中に登場する照明器具をヒントとして考察してみたい。突飛なようであるが、芥川が「老年」を書くに際して参照したとされる諸作品と比較してみると、それらの作品では昔ながらの行燈、近代になってからの瓦斯燈、ランプ、電燈などの照明器具が意識的に使い分けられて登場している。これらの作品をふまえて「老年」を書いた芥川が、〈電燈〉という小道具に〈近代〉を重ねた可能性は充分にある。座敷の照明と、房さんのこもる母屋の部屋の照明に、この作品における〈近代〉の位置づけ、房さんが離れを出て行くことの意味が込められていると考える。次節から具体的に検討する。

第二節　先行する諸作品に見られる照明器具

まず、「老年」本文に照明器具が出てくるのは二箇所のみである。一つ目は順講が行なわれる座敷の描写である。

座敷は離れの十五畳で、此うちでは一番、広い間らしい。籠行燈の中にともした電燈が所々に丸い影を神代杉の天井にうつしてゐる。〔傍線引用者、以下同〕

二つ目は座敷を出た房さんがこもる母屋の部屋の描写で、

部屋の中には、電燈が影も落さないばかりに、ぼんやりともつてゐる。

とある。奥野政元「芥川「老年」ノート」（「活水論文集」日本文学科編　平五・三　のち『芥川龍之介論』翰林書房平五・九）は、後者の場面を芥川の未定稿「老狂人」の一場面と比較し、「「老狂人」の明るさは、月光という天来のものであったが、ここでの明るさは、室内という限定された空間のしかも人工のものである。しかしその明るさの下に描き出されている情熱には、人間的真実のものとして共通のものがある。」と論じて、あかりに注目しているが、本章では敢えてこのあかりが人工の、「電燈」であることを重要視したい。座敷と母屋の部屋に電燈が一点ずつ、一回ずつ描写され、しかも座敷は「籠行燈の中にともした電燈」であること、この点に、重要な意味が見えてくるはずである。

芥川が「老年」を書くに際して影響を受けたとされる作品がいくつかある。それらを照明器具に注目して一作ずつ検討する。まず、永井荷風「すみだ川」（「新小説」明四二・一二のち修訂）は、平岡敏夫「〈青春〉と〈老年〉――文学の問題として」（「國文學」昭五四・四）が「老年」への影響を指摘し、山崎健司氏論文（本章第一節に引用）でも比較検討されている。主人公の蘿月と「老年」の房さんの経歴が類似する。例えば蘿月の妻は元金瓶大黒の花魁だったが、房さんも金瓶大黒の若太夫と心中沙汰になったことがある。道楽で身上をつぶし、俳諧で世を渡るようになったことも、房さんと似ている。

「すみだ川」には、瓦斯燈、提燈などが出てくるが、電燈は登場しない。蘿月の妹で常盤津の師匠であるお豊と、その息子長吉が暮らす家のランプが、特に陰鬱なイメージをもって描かれている。以下、本文を引用する。（　）は章数、傍線と〔　〕は引用者が補ったものである。

〔お豊の家〕折々恐しい音して鼠の走る天井から、ホヤの曇つた六分心のランプが下つて、ところ〴〵宝丹の広告画や都新聞の新年附録の美人画なぞで、その破れ目をかくした襖を初め、飴色に古色を帯びた簞笥から、雨のしみの伝つた鼠色の壁なぞ、八畳の座敷一体をいかにも薄暗く照して居る。（一）

薄暗い鈎ランプの光が〔お豊の〕痩せこけた小作りの身体をば猶更に老けて見せるので、ふいと此れが昔は立派な質屋の可愛らしい箱入娘だつたのかと思ふと、蘿月は悲しいとか淋しいとか然う云ふ現実の感慨を通過して、唯だ〳〵不思議な気がしてならない。（一）

毎朝の六時が起るたびに、だん〳〵暗くなつて、遂には夜と同じく家の中には燈火《ともしび》の光を見ねばならぬやうになつた。毎年冬のはじめに、長吉（お豊の息子）はこの鈍い黄い夜明のランプの火を見ると、何とも云へぬ悲しい厭な気がするのである。（五）

このようにランプの光は、侘び住まい、老けてやつれたお豊の姿、陰鬱な暮らしの中の「悲しい厭な気」を浮かび上がらせるものとして効果的に使われている。さらにこの作品の終わりの場面では、風雨の強い晩、蘿月がお豊の家で留守番をする。「折々勝手口の破障子から座敷の中まで吹き込んで来る風が、薄暗い釣ランプの火をば吹き消しさうに揺る」、「蘿月は仕方なしに雨戸を閉めて、再びぼんやり釣ランプの下に坐つて」、「とう〳〵釣ランプを片手にさげて、長吉の部屋になつた二階まで上つて行つた。」などとランプが描写された後、蘿月は長吉の部屋で、恋するお糸とも結ばれそうになく、役者か芸人になる望みも叶いそうにないので、いっそ死んでしまいたいという長吉の手紙を目にする。そこで蘿月は何としても長吉の味方をしようと決意する。そして

風はまだ吹き止まない。釣ランプの火は絶えず動揺く。（十）

と、ここでもランプは象徴として、ただし陰鬱なものとしてではなく、吹き消されそうになりながらも抱き続ける長吉の願いを表すものとして描かれる。このように「すみだ川」では、ランプという照明が作品中で重要な役割をもって使われている。

同じ永井荷風の「小説冷笑」（「東京朝日新聞」明四二・一二・一三〜明四三・二・二八　のち修訂、以下「冷笑」）は、榎本勝則「芥川龍之介の『老年』をめぐって」（「日本文学研究」（大東文化大学）昭五三・一）が影響関係を指摘し、先掲の清水康次氏論文（本章第一節に引用）においても比較検証されている。雪の庭の描写、その中で聞える老人

の話し声という設定が類似しており、芥川が参照したものと思われる。「冷笑」では、照明器具として行燈、ガス燈、電燈が出てくるが、特に電燈が近代、行燈が旧時代を象徴するものとして描かれている。

具体的に見ると、西洋帰りの小説家、紅雨の邸宅は

紅雨は話をつゞける為めに手にした葉巻を灰皿の上に置いた。青い煙が真直に中途まで立昇つて、忽ち煖炉の中へと吸ひ込まれて行くのが明い電燈の光でよく見える。（四　深川の夢）

というように、葉巻、煖炉など西洋のものに囲まれた部屋に明るい電燈がともっている。さらに次の場面では、よりはっきりと電燈を近代に重ねている。近代的なものを嫌う狂言作者の中谷丁蔵は、旧劇の舞台裏を愛慕するのだが、その一節に

旧劇の楽屋は其れを照す電気燈の光を見る外には現代らしいものは塵ほども無い別世界である。（五　二方面）

とある。一方、旧時代は行燈で象徴されている。紅雨の寝室を描く中で、

枕元には行燈がついてゐる。今では家中一間毎に電気燈が設置されてあるけれど、長らく召使はれてゐる忠実な下女が、其以前からの習慣で、寝床を敷延べる時にはいつも枕元に不用な此の行燈を置いて行くのである。紅雨は西洋から帰つて来て初めて生れた家の此部屋に寝た時、いかに陰鬱に不愉快にこの薄暗い行燈の火影を眺めたかと思ひ出した。行燈の後には古びた六枚屏風がずつと引廻してあつて、其の上には行燈の火が映す行燈の影やら夜具の影やらが、まるで何の影とも見定められぬほど朦朧として、而も折々は怪し気に動いてゐるやうにも思はれる。〔中略〕紅雨は寝付かれぬまゝに、深更に及んだこの寝室の感覚は日本の社会にはあり余るほど豊富な怪談や迷信の逸話の聯想によつてのみ、初めて最も深く味はれべきものである。否それ以外にはいかに苦心するとも味ふべき道がないと思つた。（十三　都に降る雪）

このように西洋＝近代に馴染んだ紅雨には、もはや旧時代の行燈は「不用」で「陰鬱」で「不愉快」で、昔の日本

の伝説の中でのみ味わうべきものだという。「冷笑」においてはこのように、旧時代と〈近代〉をそれぞれ行燈と電燈に対応させて、照明器具に大きな役割をもたせている。

ちなみに電燈の例ではないのだが、紅雨が聞き手の小山に語る言葉の中では、次のように〈近代〉とあかりを関連させて論じている。

「矢張近代的と云ふあの熱病の結果でせう。吾々は何故こんなに自己を尊重するやうになつたのだらう。一言一行なぜこんなに自我の意識を必要とするやうになつたのであらう。自己は譬へて云へば単に一個の燈火のやうなものだ。太陽の光ではないから、燈火は一個の部屋、其部屋も机のまはりしか照さない。壁の隅々や床の間の奥や、窓の外までは照さない。私は太陽の前にはランプのいらない事を無論承知して居る。大なる真理の前に自己の存在の没されて仕舞ふのを知つて居ながら、一体誰が吾々に向つて自己なるものを説き始めたのであらう。矢張熱病だ熱病だ。」（四　深川の夢）

「現代の西洋文明輸入は皮相に止つてゐて、其の深き内容に至つては、日本人は決して西洋思想を喜ぶものでない。」（「紅茶の後（其五）」／「三田文学」明四三・一〇　のちの題「「冷笑」につきて」）という荷風の考えが表れている。

芥川が「老年」を書くにあたって参照したとされている作品に、もう一つ、森鷗外「百物語」（「中央公論」明四四・一〇）がある。早く宇野浩二『芥川龍之介』（文藝春秋新社　昭二八）が影響関係を指摘し、進藤純孝『芥川龍之介』（河出書房新社　昭三九）、工藤茂「芥川龍之介「老年」考――森鷗外「百物語」の影――」（「國學院雑誌」昭五七・九）ほかで比較検討されている。大川端の船宿で百物語が行なわれるという趣向、百物語を主宰する飾磨屋主人の沈鬱な様子などが「老年」と類似している。「百物語」の時代設定は、百物語があった時から執筆時現在まで「余程年も立つてゐる」とあり、またその二年前に紅葉ら硯友社の人たちと会った、とあることから、明治三十年前後に設定されているらしい。そのため電燈はない。照明器具としてはランプがあったはずだが、趣向のために敢えて旧時代の蠟燭を用いるという一節がある。

僕がぼんやりして縁側に立つてゐる間に、背後の座敷には燭台が運ばれた。まだ電燈のない時代で、瓦斯も寺島村には引いてなかつたが、わざわざランプを廃めて蠟燭にしたのは、今宵の特別な趣向であつたのだらう。

以上のように見てくると、芥川が「老年」を書くに際して参照した、あるいは意識したと考えられる複数の作品において、照明器具はそれぞれ、軽重の差はあれ象徴的な役割を担っている。これらの作品を念頭に執筆に臨んだ芥川が、「老年」における照明器具の役割に無頓着でいられたはずはない。特に「冷笑」に見られるように、電燈に近代、行燈に旧時代を担わせる方法を引き継いだのではと考えられる。結論を急ぐ前に、以上で検討してきた諸作品におけるあかりの使われ方の前提として、明治、大正期の電燈事情と照明器具について簡単に触れておきたい。

第三節　電燈をめぐる時代背景と照明器具

近代の電燈事情と文学作品をめぐっては、藤井淑禎「あかり革命下の『明暗』」（『小説の考古学へ――心理学・映画から見た小説技法史』（名古屋大学出版会　平一三）所収／初出「立教大学日本文学」平三・三）の中で、当時の電燈に関する資料を用いて、漱石作品と関連づけながら論じられている。藤井氏は「明治三十年代後半から大正前期にかけての十数年間」を、「わが国においてあかり革命が急速に進行した時期」とし、「たび重なる料金改訂と技術革新の結果、一般家庭への電灯の普及は、たとえば明治三十七年の東京電灯管内の電灯供給戸数は四十万戸中一万三千余戸であったのが、四十五年には三十六万戸にまで増加する、といった浸透ぶりだった。」と述べる。

内阪素夫『我が国に於ける燈火燈器の変遷及び其の発達』（東京電気株式会社　大五）に掲載の左の図を見ると、

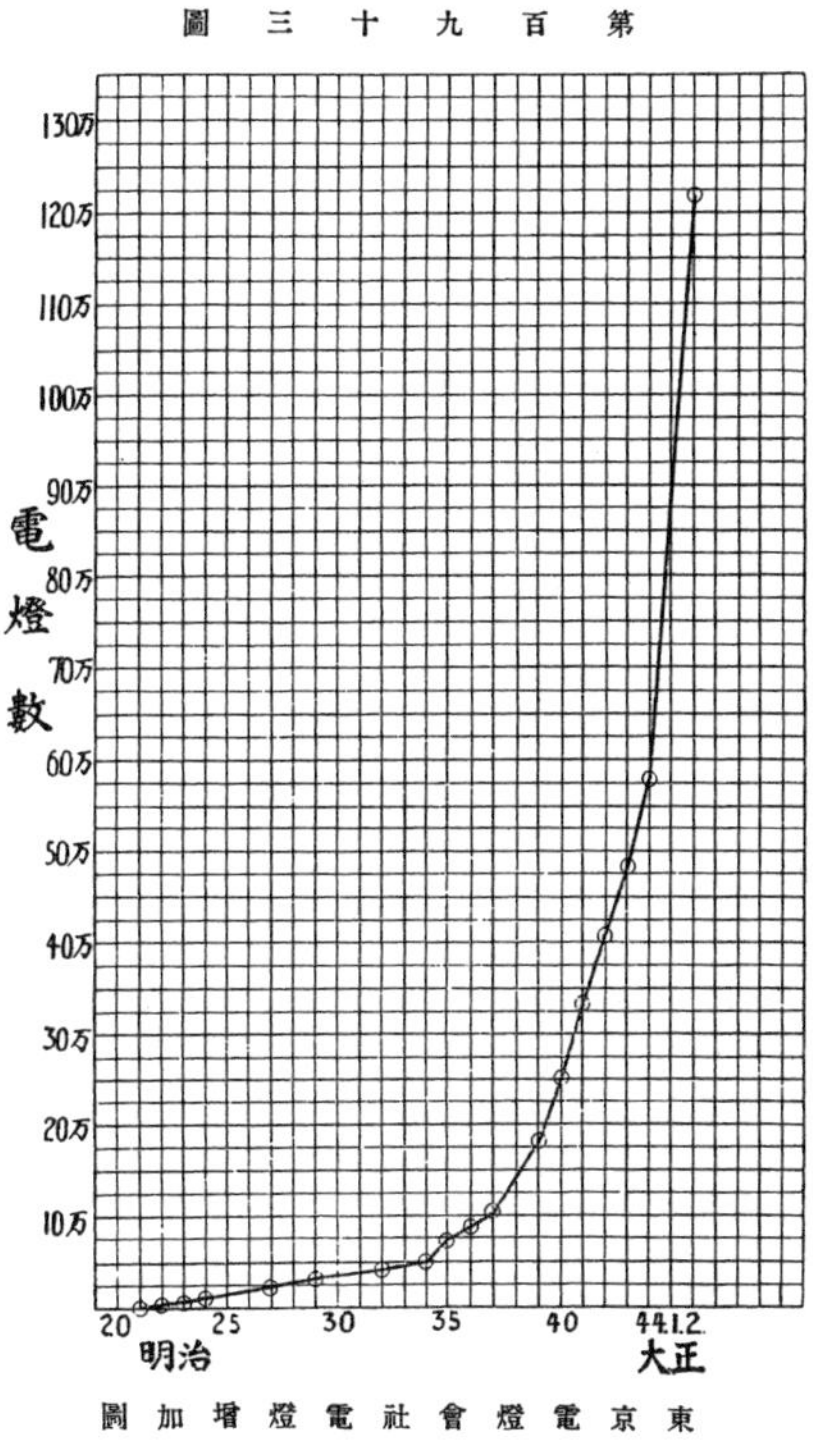

内阪素夫『我が国に於ける燈火燈器の変遷及び其の発達』より

明治四十四年から大正二年にかけて、電燈数（戸数ではない）が急伸していることがよくわかる。

もっとも、芥川の「老年」の舞台は茶式料理屋であって一般家庭ではない。宮本馨太郎『燈火　その種類と変遷』（朝文社　平六）一三〇ページには、東京府内の区別の電燈普及表が掲げられており、それによると明治三十八年時点で、麻布や赤坂などが三百数十戸であるのに対し、日本橋は三千五百、京橋は二千二百、浅草は千八百をそれぞれ超えている。当然ながら繁華街のほうが早くから電燈が普及していた様子がうかがえる。当時浅草区に属したはずの「橋場の玉川軒」も、料理屋という商売柄、一般家庭への普及よりも早くに電燈を引いていたという設定であるとするなら、作品の時代設定は大正三年の執筆時から三～四年ではなく、もう数年さかのぼって幅をもたせることもできるかもしれない。

なお、「老年」の時代設定がいつなのか、という問題に関しては、森崎光子「芥川初期作品の文芸性――「老年」を中心として――」（『日本文藝學』昭五八・一二）が「執筆時よりは少し前、明治の末頃」と推測し、先掲の山崎健司氏論文（本章第一節に引用）は作品執筆時点とする。先掲の清水康次氏論文（本章第一節に引用）では、この両説では作品の他の部分の記述と齟齬が生じるため、「時代設定が不明確なのであり、執筆時から過去へさかのぼる方向性の中に、内部の時間があいまいに設定されている」とする。

作品の明確な時代設定はわからないものの、電燈という視点から見れば、「老年」執筆時の大正三年から二、三年前に電燈は急速に一般家庭にも普及しはじめたということである。つまり、電燈という〈近代〉が人々にとって家庭にまで浸透する身近なものになったちょうどその頃、「老年」は執筆されている。

次に照明器具についてであるが、「老年」で一中節の順講が行われる座敷にあるのは、「籠行燈の中にともした電燈」である。行燈という旧時代の素材の中に、電燈という近代のあかりを仕込んだ器具ということになる。このような照明器具について、先掲の内阪素夫『我が国に於ける燈火燈器の変遷及び其の発達』には以下のような記述がある。

今日では室内燈は瓦斯燈、電気燈と変化したが、電球を用ひた行燈が色々作られて居るから、行燈の型式は残つて居るのみならず、再び復活して行く傾向を示してゐる。／行燈の燈火は、萬燈、にわか行燈に蠟燭を用ふる外は総べて種油を用ひ、火袋は主に紙を張つたものであるが、現今は燈心及び油は電燈と代り、火袋も紙のみで無く、白絹、白紗、磨硝子を用ひ、意匠も立派な高尚なものが多く出来て居る。日本式の家屋の全廃せざる限り此燈火器は栄え行くことであらう。

この資料が大正五年発行であるから、「老年」執筆の大正三年にも、「電球を用ひた行燈」は数多くあったのであろう。行燈は旧時代のものとなっても、「行燈の形式」だけは、これからも栄え行くであろうと述べられているのである。また、『日本照明器具工業史』（日本照明器具工業会　昭四二）にも、「局部照明器具としてのスタンドについてみると、明治から大正期に使用されたスタンド類には、徳川時代から親しまれてきた灯台や行灯を応用したものと、一方舶来スタンドとそれにならって造ったスタンドとがあった。いづれもこれらは実用的というよりも、むしろ装飾的なものが多かった。」とあって、行燈型の電燈スタンドの写真が載せられている。

以上のような電燈をめぐる時代背景の中で、「老年」では、順講が行われる座敷に、江戸情緒に満ちた小道具が並ぶ中、照明だけは本物の行燈ではなく「籠行燈の中にともした電燈」を使っている点、また、猫にささやきかける房さんを照らす光が、電燈であるにもかかわらず暗く、「影も落さないばかりに、ぼんやりともつてゐる」点が特徴的である。特に座敷のほうでは、鷗外「百物語」の例のように、敢えて本物の行燈にすることもできたのではないかと思われるが、「神代杉の天井」「古銅の瓶」「太祇の筆」などの古めかしい道具立ての中に、照明だけは「籠行燈の中にともした電燈」なのである。

「籠行燈の中にともした電燈」は、この座敷が所詮は〈近代〉を江戸情緒で覆った贋物にすぎず、本物の江戸が残っていたころ、すなわち房さんの青春は取り返すべくもないことを示している。贋物の江戸情緒に満足している人たちを残し、房さんは別室へ去る。房さんを照らす薄暗い電燈は、明るいはずの〈近代〉は房さんにとって決して明るくはないが、それでもその〈近代〉の中でひっそりと余生をすごすしかないという房さんの孤独な覚悟を示している。

次節では、この房さんの孤独について、他の作家たちが描く老人の生きかたとの比較から考えてみたい。

第四節　房さんの孤独――他作品における老人との比較――

まず、先にも見た荷風の「すみだ川」である。これまでの研究でも比較されているが、

蘿月は若い時分にしたい放題身を持崩した道楽の名残で、時候の変り目といへば骨の節々が痛むので、いつも人より先に秋の来るのを感じる。(一)

という、若き日の放蕩は房さんと同じであり、また

其の頃は自分も矢張若くて美しくて、女にすかれて、道楽して、とう〳〵実家を七生まで勘道されてしまつた

が、今になつては其の頃の凡てはどうしても事実ではなくて、夢としか思はれない。（一）

とあるように「夢としか思はれない」というのは、「昔の夢を今に見かへしてゐるやう」という房さんに通ずる。異なる点は、

自分はどうしても長吉の身方にならねばならぬ。長吉を役者にしてお糸と添はしてやらねば、親代々の家を潰してこれまでに浮世の苦労をしたかひがない。通人を以て自任する松風庵蘿月宗匠の名に恥ると思つた。（十）

というように、道楽した頃の自分は遠いものとなったが、蘿月には通人として現役であるという確かな自負があることである。先掲の山崎健司氏論文（本章第一節に引用）が蘿月を「近代化に背を向けて行動する人物」だとして房さんと対照しているように、蘿月は役者になりたい、芸者になるお糸と添いたいという長吉に味方することで、世間並みの大人とは違う通人らしさを見せようとする。

次に、志賀直哉「老人」（「白樺」明四四・一二）を見る。六十九歳になった主人公「彼」が待合に出入りする場面である。

夜帰る時、電車まで送ると云つて若い芸者がついて来た。並むで歩いてゐると、擦れ〳〵に若者が行き違つた。若者は妙な眼をして二人を見て往つた。かういふ時、若者の心に思ふ事が彼の心に直ぐその影を映すのである。のみならず、並むでゐる若い女が同じ影を受けて感ずる心持をも彼は感じないではゐられなかった。そんな感じも青年のやうに烈しくはないが、淡いながら彼れの気分を曇らすには充分であった。而して彼は停留場の遥か手前で芸者を無理に帰えす。芸者は切りにもつと行くといつたが、彼には人々の待合はせてゐる赤い電燈の下まで、自分と行く事が此若い女にどれ程の苦痛であるかゞ解かつて居た。

この老人は、老いを自覚しつつ女遊びがやめられない。そして六十九歳で若い芸者を落籍して妾にする。三年間と

いう約束を延長するが、女と一緒にいると自分の老いが際立つばかりであり、

なぜ他の老人のやうに自分の心が老人らしくなつて呉れぬだらうかと悲むだ。

と悩む。身も心も老け込んだ房さんとは逆に、この老人は心だけが老人らしくなれずに苦しむ。「老人らしく」ない老人に対して世間の眼は冷たいが、それでも相手を求めずにはいられない。

徳田秋聲「足袋の底」（「中央公論」大二・四）の老人、六十過ぎの「彦爺さん」も、女遊びがやめられない点は志賀直哉「老人」の場合と似ているが、老人らしくない自分を悲しむのではなく、むしろ積極的に押し出している。彦爺さんは、妻子、嫁と暮しているが、酒、廓通い、妾などの道楽を繰り返している。

湯屋などで出逢ふ近所の老人連の身のうへも思出された。そのなかには、湯槽の縁に獅咬みついて、若い声で端唄などを歌ふより他に、何の楽みもない八百屋の爺さんもあつた。丸い背をした其爺さんは、流場に胡座をかいて、汚い湯で顔をべろ〳〵やりながら、逸んだ調子で、下座の囃の講釈などを、熱心に述立てた。古い役者の噂などを、夢中でしやべり立てた。そんな道楽もない彦爺さんは、悄れた顔をして、木彫の面のような其顔を眺めるより外なかつた。（二）

ここには、端唄や芝居の話に夢中になっている老人の例がある。「老年」の房さんも、かつては芝居をよく見たが、今ではやめて、語ろうともしない点がこういった老人たちとは異なる。一方、このような道楽には興味がなく、女道楽に耽る彦爺さんを、息子が次のように諌める。

「……何も阿父さんに拵へて頂いた財産を、惜むつてわけぢやありませんよ。」／爺さんは皮肉らしい顔をして、黙つてゐた。／「それよりは老人は老人らしく、寄席か芝居にしたら如何です。」（二）

ここでは、女道楽と違って寄席や芝居は〈老人らしい〉道楽なのであり、老人らしさを求められた彦爺さんは反発する。そして、老いを認めることを拒否するかのように、若き日の栄華を遊女相手に語る。

「これでもな、私も一度は若い時があつたよ。お前なんざ其時分はまだ、この娑婆へも出てゐやしなかつた。」／「若い時分のことを思出すと、どんな気がするの。」／「どんな気もしねえ。先づ夢のやうなもんだ。それでも痛《ひど》い苦みをした時と、面白い目をした時の事は、ちやんと覚えてゐる。」／「お爺さんにも面白いことがあつたの。」／「まづ、矢張り女だな。其証拠には、私は女にかゝつて二度も身上を潰した。」／「よかつたね。」／彦爺さんは、品川の女や居酒屋の後家時代の話がして聞せたかつた。新しい聴手さへあれば、爺さんは何時でも興奮した心持で、それが話せるのであつた。(三)

女で身上を潰したことは「老年」の房さんと同じだが、沈黙する房さんと違い、彦爺さんは昔の話を聞かせたがる。そんな彦爺さんは、廓へ行っても迷惑がられ、

奥の箪笥の小簷で、幾個もの枕紙を取替へてゐた下新は、「禿がまた来たよ」といひさうな目色をして、爺さんを見迎へた。(四)

「矢張酒がいるの。長くなるからお休しなさいよ。そして早く寝て、早くお帰んなさいよ。」(四)

と邪険にされるが、それでも遊びをやめない。老いても気だけは若いつもりで道楽を続け、盛りだったころの話を喜んで聞かせたがるこの老人は、水を向けられても「いや、もう、当節はから意気地がなくなりまして」と言って何も話そうとしない房さんとは対照的である。

以上、同時代の小説に描かれる三つの老人像を見たが、これらの例からは、確かに老いゆえの孤独が読み取れるのだが、それぞれの老人たちは、通人としての自負にかけて若い男女の夢を叶えてやろうとしたり、老人らしくない自分に悩みながらも女を求めずにはいられなかったり、逆に積極的に話し相手を求めて昔話を聞かせたがったり、いずれも他人との関わりを求めている。このような例と比べてみると、「老年」の房さんが逆に他人を避けて一人で別室にこもることは、単なる老いの孤独としては片付けられない。房さんの孤独をどう読むべきなのか。

第五節　おわりに

前節での問題と、第二節および第三節で述べた「籠行燈の中にともした電燈」の解釈とを併せて考えると、房さんが順講に集った人達を相手に昔話をすることを拒み、一人で猫を相手になまめいた語を繰り返すのは、失われた江戸、失われた青春を外界や他者とのかかわりの中に求めても、迷惑がられこそすれ、失われたものは決して戻らないこと、そして江戸情緒も所詮は偽物にすぎないことを自覚しているがゆえである。つまり、房さんは近代の東京で、座敷で行われる一中節の順講という舞台にあげられ、作りものの江戸情緒（＝籠行燈の中にともした電燈）に囲まれて人々に昔話をするよりも、とけこめない近代（＝薄暗い電燈）にさらされた中で自己の世界に浸るという孤独を選んだ。この房さんの覚悟は、純粋であるとすら言えるのではないだろうか。

また、「老年」は「大川の水」と並んで滅び行く江戸文化への愛惜を込めた作品であると認識されてきたが、以上のように読むとすれば、「老年」にはいわゆる江戸趣味への諷刺が込められていると考えられる。これは、「東京の下町に育ちながら、更に江戸趣味なるものに興味のない自分」（「あの頃の自分の事」／「中央公論」大八・一）という芥川の発言にもつながるであろう。

※　本章における小説等からの引用は、「老年」は『芥川龍之介全集　第一巻』（岩波書店、第二刷　平一九）による。芥川が参照したとされる永井荷風「すみだ川」は『すみだ川』（籾山書店　明四四、明四五・四の第四版）、同「冷笑」は『小説冷笑』（左久良書房　明四三）、森鷗外「百物語」は『走馬燈』『分身』（全二冊、籾山書店　大二）のうち『走馬燈』による。第四節に引用の志賀直哉「老人」と徳田秋聲「足袋の底」は初出による。
引用に際し一部、旧字を新字に改め、ルビや傍点を略すなどした。

第二章　大正期歴史小説と芥川

第一節　芥川の歴史小説をめぐる状況

芥川龍之介の歴史小説は、テーマに重点があるのであって、〈歴史〉はテーマを生かすための道具、借り物にすぎないというのが早くからの定説である。たとえば高木卓は「歴史作家芥川」（吉田精一編『近代文学鑑賞講座　第十一巻　芥川龍之介』角川書店　昭三三）において、「芥川竜之介は、歴史小説そのものについては、さほどふかくは考えず、ごく常識的な見方しかもっていなかった。「歴史小説」の規定詞「歴史」は、彼においては、歴史的真実を追求する要素はほとんどもたず、その重点は、作品的本質をつつむ歴史色の外装、いわば時代色の衣装にあった。」と述べる。

近代の歴史小説を論じる際、森鷗外の歴史小説が文学史上の転換点とされるが、鷗外の歴史小説の多くが、歴史考証に基づきその時代の精神を表そうとした所謂正統派の〈歴史小説〉とされるのに対し、芥川のそれは、近代的なテーマを表現するために歴史的背景を借りただけの〈借景小説〉（岩上順一『歴史文学論』中央公論社　昭一七）と言われて区別されてきたのである。

そういった認識が一般的であるために、芥川の歴史小説研究では、細部の典拠の調査や人物造型など、作品の創作方法の検討が看過されることが多かった。中でも歴史上の実在人物を主人公とした作品群に関しては、早くに山本健吉が「芥川龍之介論」(『近代日本文学研究　大正文学作家論　下巻』小学館　昭一八／『日本文学研究資料叢書　芥川龍之介Ⅰ』有精堂出版　昭四五　所収)において、「歴史上の偉人に対する時、彼の方法は最もみすぼらしさを呈する。〔中略〕結果として結局古人を今人として、偉人を凡人として捉へたに過ぎなかつた。」と論じた。その後も既存イメージを裏返して意外性を狙った、芥川の〈知的遊戯〉(重松泰雄「編年史・芥川龍之介　大正六年」／「國文學」昭四三・一二)という否定的な評価がなされている。しかもほとんどの場合、既存イメージを具体的に検討することなしに、印象のみで評価されてきた。

しかしそのような先入観や、また「「昔」の再現を目的《エンド》にしてゐない」(「昔」／「東京日日新聞」大七・一・一)という芥川自身の発言があるからといって、芥川の歴史小説における歴史的素材の検討を閑却することはできない。実際に、前掲の重松泰雄氏ものちに「芥川における歴史と考証——鷗外と芥川」(「國文學」昭五六・五)において、「昔」における芥川の発言を「軽々には信じがたい」として、芥川における〈歴史〉を「彼自らの〈渇望〉乃至は希求」を表現するための「重要な媒体」と述べた。「芥川作品の「歴史」性が、当時の読者には意外に重い魅力として迎えられていた」のではないかとする浅野洋「芥川の歴史小説の方法」(「國文學」昭六三・五)や、また「これらの発言〔「昔」や「西郷隆盛」〕を鵜呑みにして何か生産的な議論が出てくるだろうか。」と疑問を投げかけた上で、芥川の〈歴史〉〈小説〉認識の背景を考察した松本常彦「歴史ははたして物語か、歴史観の再検討——リッケルトの影・序」(「國文學」平八・四)などの論もある。

史上実在の人物を扱った芥川の歴史小説についても、かつては知的遊戯、偶像破壊などとして片付けられてしまう一面もあったが、その後はそういった芥川の歴史小説に対する先入観のもとにこれまで切り捨てられてきた部分に照明を当てた論も出されている。鈴木啓子「芥川龍之介『袈裟と盛遠』の時代的位相」(「宇都宮大学教育学部紀要」平七・三)、勝倉壽一「「糸女覚え書」の構図」(「福島大学教育学部論集　人文科学部門」平一三・六)などである。

以上のような研究状況をふまえ、次の第三章から第七章までは、芥川が史上実在の人物を主人公として書いた五編の小説について論ずる。それらの作品を通して、これまで閑却されてきた〈衣裳〉すなわち歴史的素材や、人物造型などを検証し、芥川の史上人物ものにおける創作方法の考察を行なう。その上で、第八章では当時の歴史小説をめぐる文壇状況を概観して、芥川の方法が当時の文壇においてどのような意義を持つかを論じたい。

芥川には実在あるいは伝説上の有名人物を扱った小説がいくつかある。登場人物が〈有名〉と判断できるものを列挙してみると、

「煙管」（「新小説」大五・一一）〔河内山宗俊〕
「或日の大石内蔵之助」（「中央公論」大六・九）
「戯作三昧」（「大阪毎日新聞（夕刊）」大六・一〇・二〇〜一一・四）〔滝沢馬琴〕
「英雄の器」（「人文」大七・一）〔劉邦〕
「袈裟と盛遠」（「中央公論」大七・四）
「世之助の話」（「新小説」大七・四）〔「好色一代男」の世之助〕
「枯野抄」（「新小説」大七・一〇）〔芭蕉と弟子たち〕
「鼠小僧次郎吉」（「中央公論」大九・一）
「素戔嗚尊」（「大阪毎日新聞夕刊」大九・三・三〇〜六・六）
「好色」（「改造」大一〇・一〇）〔平中〕
「俊寛」（「中央公論」大一一・一）
「将軍」（「改造」大一一・一）〔乃木希典〕
「二人小町」（「サンデー毎日」大一二・三）

「糸女覚え書」（「中央公論」大一三・一）〔細川ガラシャ〕
「金将軍」（「新小説」大一三・二）〔小西行長〕
「桃太郎」（「サンデー毎日」大一三・七）
「古千屋」（「サンデー毎日」昭二・六）〔徳川家康〕

以上のようになる。本書第三〜七章では芥川の創作方法を明らかにするために、これらのうち、典拠が確定でき、また作品発表当時、その主人公の人物イメージがどのようなものであったかを調査考察できる作品を選び、検討したい。研究状況もふまえ、具体的には「或日の大石内蔵之助」「戯作三昧」「枯野抄」「鼠小僧次郎吉」の四つの歴史小説を扱う。さらに、日露戦争時を扱っているため歴史小説とは言いがたいかもしれないが、創作方法は類似すると思われる「将軍」も加えて論ずる。

作品ごとの考察に入る前に、次章以下で芥川の創作方法を検討する上でどのような点に注目すべきかを明らかにするため、次節において、芥川の歴史小説の方法意識を同時代、同世代の作家たちの意識と比べて確認する。

第二節　同時代作家たちの歴史小説、史劇の方法意識

「鼻」を発表した「新思潮」（大五・二）の「編輯後に」で「あれを単なる歴史小説の仲間入をさせられてはたまらない。」と宣言した芥川は、その後、先に引いた「昔」で、自らの歴史小説の方法意識を語る。

今僕が或テエマを捉へてそれを小説に書くとする。さうしてそのテエマを芸術的に最も力強く表現する為には、或異常な事件が必要になるとする。その場合、その異常な事件なるものは、異常なだけそれだけ、今日この日本に起つた事としては書きこなし悪い、もし強て書けば、多くの場合不自然の感を読者に起させて、その結果

> 折角のテエマまでも犬死をさせる事になつてしまふ。〔中略〕僕の昔から材料を採つた小説は大抵この必要に迫られて、不自然の障碍を避ける為に舞台を昔に求めたのである。
> しかしお伽噺と違つて小説は小説と云ふものの要約上、どうも「昔昔」だけ書いてすましてゐると云ふ訳には行かない。そこで略《ほぼ》時代の制限が出来て来る。従つてその時代の社会状態と云ふやうなものも、自然の感じを満足させる程度に於て幾分とり入れられる事になつて来る。だから所謂歴史小説とはどんな意味に於ても「昔」の再現を目的《エンド》にしてゐないと云ふ点で区別を立てる事が出来るかも知れない。〔中略〕それからもう一つつけ加へて置くが、或テエマの表現に異常なる事件が必要になる事があると云つたが、あれには其外にすべて異常なる物に対して僕（我々人間と云ひたいが）の持つてゐる興味も働いてゐるだらうと思ふ。それと同じやうに或異常なる事件を不自然の感じを与へずに書きこなす必要上、昔を選ぶと云ふ事にも、さう云ふ必要以外に昔其ものの美しさが可成影響を与へてゐるのにちがひない。〔傍線引用者、以下同〕

この発言自体が、アナトール・フランスが「エピキュールの園」の中で歴史小説に対する意識を述べた部分と類似する点があることは既に知られている（和田繁二郎「歴史小説の構造と性格――芥川龍之介の場合――」／「立命館文学」昭二七・一）。森鷗外の「歴史其儘と歴史離れ」（「心の花」大四・一）と比べられることも多いが、ここでは、特に芥川と近い世代の作家たちの方法意識と比較して、その共通性と差異を確認する。なお、以下で引用する諸文献からもわかるように、当時、歴史小説と史劇は、歴史に材をとった創作という意味で、併せて論じられることが多かった。本節および第八章でもその意味で、両者を一括して論ずる。はじめに、武者小路実篤である。

> なぜ歴史ものや、空想ものをかくか、〔中略〕それは人間の内にある、ある心の切断面をはつ切り味ひたい為だ。／くわしく云ふと吾人の日常生活は平凡だ。精神が動かずにゐる時が多い。〔中略〕異常なことがある時に異常な精神は目醒めるが、異常のこと、云ふものは滅多にない。〔中略〕我々の精神の内には実際の経験だ

けから云ふと生かされる機会を永遠に与へられないものがある。処が歴史とか、空想とか云ふものは我々の実際には経験出来ないいろ〱の世界に我々を導く。そして不断には中々得られない統一した経験に我々を導き、そして我々の心を生かしてくれる。（「雑感」／「白樺」大六・九）

テーマを活かすためか、「異常な精神」を目醒めさせるためかという点に違いがあるわけだが、「今日この日本」（芥川）＝「日常生活」（実篤）を脱するための装置として歴史を使っている点が共通している。実篤は実作の上で、史実や伝説をあからさまに改変することも多かった。

次に、「歴史の主観化・恣意化」「歴史の現代化」という意味で「芥川龍之介や菊池寛らの歴史文学と方法の上で共通してい」るという指摘（祖父江昭二「「大正文学」理解の一つの視点――長与善郎における非歴史的発想を中心に――」／『近代日本文学への探索』未来社　平二／初出「文学」昭三九・一二）もある長与善郎である。「項羽と劉邦」（「白樺」大五・九〜大六・五）の単行本化に際する序文を見てみる。

確にこの脚本の筋には歴史上の筋と齟齬してゐる所も少くない。自分は歴史を無視する者ではない。併し歴史は事実である処に価値があるが、芸術は事実よりも以上の物、以上の真実でなくてはならず、又内容上に無駄があつてもならない。（中略）事実の外形は歴史に求めるがいゝ。併し其性質、包まれたる内容、感じは芸術に求めるがいゝ。勿論出来る丈け事実の内に在るが儘の意義を探り、それを生かさなければならないが、其同じ目的の為めに事実の形を細工する事は芸術家の自由に許してよい筈である。（「現実的戯曲について」／「読売新聞」大六・八・一八、一九）[1]

この文章がやや言い訳めいて感じられるように、確かに「項羽と劉邦」は、長与が参照したという「通俗漢楚軍談」[2]を原話とすれば、原話無視が甚だしいところが多々ある。

一例を挙げれば「「項羽と劉邦」に就いて」（注（2））で「殷桃娘と云ふ女の事は通俗漢楚軍談には全で書いて

ない。」と述べている、殷桃娘という登場人物である。これは長与の後の回想を踏まえて岩淵兵七郎『長与善郎（評伝・人と作品）』（同書刊行委員会　昭六三／「アテネウム」昭三一・六〜昭四四・一〇連載の復刻版）が明らかにしたように、「女学世界」（大五・五）に掲載の物集悟水「数奇伝虞美人」を長与が参照し、登場させた人物である。有名な鴻門の会の場面で、[3] 項荘が剣舞によって劉邦を殺そうとする山場は、「通俗漢楚軍談」（巻之三「鴻門会樊噲排闥」）では、項伯が舞に加わって劉邦を守る。この項伯にあたる役割を、「項羽と劉邦」では殷桃娘が担っている。この有名な場面における原典のあからさまな改変には、長与も弁解の必要を感じたのか、初出時の「六号雑記」（「白樺」大六・二）において、「鴻門の会」が「あんな物になつた」ことに触れ、「自分が自由に書くのはドラマとしての運命の必然さを現はす為めで、自由を弄ぶのではない。凡て芸術には只事実では駄目なのだ。事実になる必然の経過、どうしてさうなるかと云ふ運命の必然さを全体の結構から丸彫りに出す事が大事なのだ。」と断っている。

このように、長与が歴史に材を取るのは、「己れを善く活かし得る」（先掲「現実的戯曲について」）からであり、歴史を描くためではない。昔の再現を目的としないという点で芥川と共通している。

次に、歴史小説のイメージはないが、志賀直哉の方法意識を見てみる。志賀の唯一の歴史小説「赤西蠣太」（「新小説」大六・九）は、後になってその執筆事情、執筆意識が語られている。

「赤西蠣太」伊達騒動の講談を読んでゐて想ひついた。講談ではこの小説の小江《さざえ》が触れば落ちるといふ若いおさんどん風の女になつてゐて、下等な感じで滑稽に使はれてゐたが、私は若し此女が実は賢い女で赤西蠣太が真面目な人物である事を本統に見抜いてゐたらばといふ仮定をして、其所に主題を取つて書いた。最初私は芝居や講談や徳川時代の小説の智識から、その時代らしく書くつもりで書いたが、私にはそれがハンデイキヤツプになり、うまくいかなかつた。それから四五年して又それを書くつもりで、旧稿を探したが遂に見当らず、人物の名も分らなくなつたので、いい加減に作り、書き方も前にそれで失敗したから殊更さういふ事を無視し

た書き方をして見た。（「創作余談（志賀直哉集の巻末に附す）」／「改造」昭三・七）

「赤西蠣太」の典拠となった講談については町田栄氏により指摘されている（「『赤西蠣太』の種本を発見」／「朝日新聞（夕刊）」昭五七・一〇・一四ほか）。講談での人物像がまずあり、それを無視というより逆利用する形で、新しい「仮定」を持ち込んだのである。伊達騒動という〈歴史〉や〈伝説〉はやはり「主題」のための衣裳ということになろう。その衣裳も、「時代らしく」見せる工夫はハンディキャップになるのでしなかったという。

また、「白樺」に史劇「明智光秀」を連載した近藤経一は、その「序曲」（「白樺」大七・三）において、「男」と「作者」という二人の会話体で「歴史物」について議論している。「昔の人に現代の詞を云はせられてはきいてゐられないよ。鎧着た人が君とか、僕とか云ふのをきいては笑はないでは居られないからね。」という「男」に、「作者」は反論し、史劇における言葉遣い、ひいては歴史物における歴史の役割について次のように考えを述べる。

僕達作者は何も何時までも見物人のそんな下らない習慣のために自分達に自由な詞をすてて、あの使ひにくひ変な詞を使ふ必要はないからね。〔中略〕芝居は歴史ぢあないのだからね。それは作者の心の産物なのだからね。作者は自分の心の中にあるものを外に出したいためにいろ〳〵の人物をもつて来る、昔の事件をもつて来る。然し実を云ふとその人物や事件は全く空想的なものでもいいのだ。けれどもたゞその自分の云ひたい事をより明白に表示するために、より効果を強くするために歴史上に適当な人があればそれを出して来、そういふ事件を使ふのだ。

このような「序曲」の後で明智光秀を描いた戯曲が始まっており、「序曲」は作品に対する近藤の断り書きとみてよい。近藤にとってもやはり歴史は作者の主観をよりよく活かすために「もつて来る」ものである。なお、ここで問題になっている、史劇における言葉遣いについて、長与も近藤と同様の見解を示している（先掲「「項羽と劉邦」に就いて」）。

以上の武者小路、長与、志賀、近藤という「白樺」の四人は、歴史に舞台を借りるのはテーマを活かすためであり、歴史を描くためではない、という点で芥川と共通している。しかし、先の「昔」の引用部分の後半で芥川が触れている「その時代の社会状態と云ふやうなものも、自然の感じを満足させる程度に於て幾分とり入れられる事になつて来る」という点に関して、この四人は無関心である。史実や伝説をあからさまに改変したり、現代語をそのまま使うことへの読者の違和感を無視するなど、「自然の感じ」には全く配慮していない。

この点で反対に、芥川と同じく「自然の感じ」を重視するのが谷崎潤一郎である。「帳中鬼語」（「社会及国家」大四・六、七、九）[4]において、「われ〳〵日本の作家が、鎌倉時代や平安朝時代を背景にした戯曲を書かうとする時、一番困るのは其処に出て来る人物の台辞である。バアナアド、シヨウが、Ceasar《ママ》 and Cleopatra を書いたやうに、時代錯誤《アナクロニズム》の批難を犯して、千年や二千年も前の時代の人物の会話を、純然たる現代語を以て綴ると云ふ事は、頗る考へ物であるかも知れぬ。日本の国語の性質上、私は特にさう考へて居るのである。」とし、近藤が問題にしている代名詞については、次のように述べている。

嘗て有楽座に於いて、秋田雨雀氏の脚本「第一の暁」が演ぜられた時、其処に出て来る徳川時代の武士と覚しき人物が、「君」「僕」を使用したので、観客席の婦人連が笑ひ出したのを記憶して居る。今日では各階級を通じて「君」「僕」が使用されるけれども。《ママ》昔は同一の時代でも階級に依つて各々特異の代名詞を用ゐて居た。それ故、苟くも史劇と云ふものが階級制度の激しかつた時代の空気を表現せんと努める以上は、是非とも代名詞の使用法を看却する事は出来ない。之と反対に、たとへ台詞の大部分に現代語を使用するとも、其の時代の特色ある代名詞をさへ用ゐる事を怠らなければ、観客のイリユウジヨンを破壊する恐れは極めて少い。

「観客のイリユウジヨン」を重視する姿勢は、それを「見物人のそんな下らない習慣」と一蹴する近藤とは対照的である。

「イリユウジョン」（幻影）という用語は、歴史小説論、史劇論において用いられる場合、坪内逍遙の「我が邦の史劇」（「早稲田文学」明二六・一〇・一三〜明二七・四・一〇断続掲載、題は「我が国の史劇」「我邦の史劇」となっている回もある）に既にある。掲載初回分に「過去の幻影《イルージョン》」等とあり、明治二十六年十月二十七日掲載分には「史的幻影」の語が見える。西洋における歴史小説、史劇論の影響もあって頻繁に使われた用語で、その意味する範囲は論者によって程度の違いがあるので注意を要するが、ここで谷崎が述べているのは、観客を「時代の空気」の中に引き込む必要性のことであり、不自然の感を与えて感興を殺いでは、芝居が台無しになってしまうということである。この点で、「その時代の社会状態と云ふやうなものも、自然の感じを満足させる程度に於て幾分とり入れられる」という芥川「昔」と通ずる。歴史ものにおける言葉遣いに関する谷崎の苦心には芥川も感心し、「良工苦心」（「文章倶楽部」大七・一）の中で、谷崎が「京都を背景とした歴史小説を書く時」、「現代の京都ものを基礎として、昔遣はれてゐたと思ふやうな言葉を創造《クリエイト》しなくちや気がすまない」と言っていたというエピソードを紹介している。

また谷崎の歴史ものに関して、「大鏡」をもとにした「誕生」（「新思潮」明四三・九）、同じく「大鏡」や「栄華物語」なども典拠とする「兄弟」（「中央公論」大七・二）等々、史料を駆使した創作方法はよく知られている。ただ、谷崎も歴史を再現することを目的としていなかったことは明らかで、例えば『金色の死』（日東堂　大五・六）の「序」において、「「お艶殺し」と「お才と己之介《（ママ）》」とは、執筆中に知らず識らず人情本的興味に引き擦られ、予が濃厚なる主観の色を自由に純粋に盛り上ぐる能はざりき。」と述べ、「主観の色」が出せなかったことを反省している。「お艶殺し」「お才と巳之介」は江戸時代を舞台とする架空の歴史ものではあるが、「主観の色」に重点を置いていたのである。

歴史よりも主観を重視するが「イリユウジョン」（幻影）を損なってはならないという立場は菊池寛も同じである。菊池が歴史小説の方法意識を語ったものとして有名な「歴史小説論」（「文芸講座」に連載の「小説論各論」のうち。引用は大一三・一〇・一〇掲載分）を見てみる。

> 忠直卿は私のテーマを小説化する道具である。忠直卿でも誰でもよかつたのである。（四、歴史小説の第二の場合）
>
> 英国の演劇学者であるウ井リアム・アアチヤアは、史劇についてこんな意味のことを云つてゐる。／「歴史的事実に、忠実である必要はない。だが、観衆の歴史に対して持つてゐる幻影《イリユージヨン》を壊してはならない。」と。（中略）たゞ原則としては、歴史的真実に忠実であることが出来たら、それに越したことはない。しかし、芸術と歴史とが、相背する場合、歴史を捨てるのは、作家の特権である。併し、その場合にも、読者の幻影丈は尊重しなければならない。何となれば、読者の幻影を壊すことは、即ち芸術的効果を滅茶苦茶にすることだから。（中略）我々作家は、読者や観衆に江戸らしい感銘を与へつゝ自分達の主題を、発展させてゆけばいゝのだ。ウ井リアム・アアチヤアの言葉を以てすれば、見物の江戸に対する幻影を破らない程度で江戸らしければいゝのである。（五、歴史小説と歴史）

歴史は道具であるということを宣言しているが、「幻影《イリユージヨン》」を壊すほどの〈歴史性〉[5]無視は認めていない。菊池の言う幻影《イリユージヨン》とは、谷崎の用いていたのと同じ意味であり、芥川が「自然の感じを満足させる」と述べていることと通ずる。

以上の比較から、これらの作家たちは、歴史を道具、衣裳として使っており、歴史を描くことを目的としていない点で共通していることがわかる。「昔」における芥川の宣言は、その点では芥川に限った主張ではなかった。しかし一方で、史実や時代の雰囲気をどの程度取り入れるか、全く無視してもよいものかどうかという点では各作家間に差があることが確認できる。「その時代の社会状態と云ふやうなものも、自然の感じを満足させる程度に於て幾分とり入れられる事になつて来る」という芥川は、谷崎や菊池の立場に近い。

早くから、芥川や菊池の歴史小説は、歴史に衣装を借りたテーマ小説であるという点が特徴だとされて論じられてきた。しかしその点が同時代作家たちの共通点であるなら、むしろ〈歴史性〉をどの程度、どのように取り入れているかという差異点に着目して芥川の歴史小説を考えてみるべきではないか。

以下の第三章から第七章では、芥川が歴史小説において史上実在の人物を描く際に、〈歴史性〉をどのように取り入れたかということ、つまり、実在人物の造型方法や、時代の雰囲気の演出方法に注目して、各作品を考察する。第八章では、そのような歴史小説における芥川の方法が当時の文壇でどのような意義を持つかを、評論類から概観したい。

注

（1）のち『項羽と劉邦』（新潮社）の初版（大六・一〇）および訂正再版（大六・一一）の序文として再掲。引用は初出（読売新聞）の誤字を正してある初版の序文による。

（2）長与は「「項羽と劉邦」に就いて」（「白樺」大五・九）で、「通俗漢楚軍談」の帝国文庫本（第二十一編　博文館　明二七）と通俗二十一史本（早稲田大学出版部　明四四）が同一の記事である旨を述べており、両方参看したらしい。

（3）「時事新報」大正七年一月五日の「批評と紹介」欄における『項羽と劉邦』の紹介には、「本書は支那史伝として有名なる項羽劉邦が鴻門の会を取扱へる脚本にて」云々とあり、当時もやはりこの場面が最も有名であった。

（4）『谷崎潤一郎全集　第二十二巻』（中央公論社　昭五八）では「ノートブックから」の題で収録。引用は初出による。

（5）本書で〈歴史性〉と表記するとき、伝説も含めて、人々の共通認識としてある〈史実〉と、演出としての〈時代らしさ〉とを併せて、広く歴史的素材という意味で用いる。

第三章　歴史小説（一）「或日の大石内蔵之助」

第一節　はじめに

「或日の大石内蔵之助」（「中央公論」大六・九）は、発表当時の文壇でかなりの好評を得た作品であった。江口渙の「此一篇は疑もなく芥川君の今迄書いたもの、中で最も傑れた作であり同時に又今秋の文壇の最も傑れた収穫である。」（「九月の小説と戯曲」／「帝国文学」大六・一〇）という評をはじめ、概して同時代の評価は高い。また、この作品は芥川生前に『煙草と悪魔』（新潮社　大六）、『傀儡師』（新潮社　大八）、『或る日の大石内蔵之助』（春陽堂　大一〇）、『沙羅の花』（改造社　大一一）、『傀儡師』（縮刷）（新潮社　大一一）、『或日の大石内蔵之助』（文藝春秋社出版部　大一五）の六つの単行本に収められていることから、芥川自身も自信があったのだろう。

一方、研究史上では、作品としての完成度や、芥川自身の感慨を大石に託して吐露したとする観点などから、ある程度評価はされてきた。しかし、歴史上の著名人物を扱った他の芥川作品と同様に、大石内蔵之助に関する既成イメージを裏返して見せるという〈知的遊戯〉の要素を持つ作品であるという評価から脱しきれていない。重松泰雄「編年史・芥川龍之介　大正六年」（「國文學」昭四三・一二）は、「単純な知的遊戯による解釈の新奇さをねらおうとすれば、結果はもっとも底の浅いものとなり、駄作となりやすい」と述べ、三好行雄「或日の大石内蔵助」（『芥川龍之介論』筑摩書房　昭五一）でも「知的遊戯性の指摘をまぬがれぬ」ことに触れている。それを受けて「読者の既成概念を転倒させるところに第一の眼目がある」ことを容認する今野哲「芥川龍之介「或日の大石内蔵之助」の文芸構造」(「日本文藝學」平一二・三)など、近年の研究でも、〈知的遊戯〉性は認めた上で、敢えて別の観点から作品を論じている。

このため、作品における大石像は芥川による〈恣意的〉な〈創造〉であるとされ、大石の人物造型の検討は軽んじられてきた。作品に描かれた大石像について、先掲三好行雄論文では「解釈という手続きを経て創造された架空の人間像」とし、鷺只雄「或日の大石内蔵之助」(「解釈と鑑賞」平一一・一一)でも「史実とは無関係に全く芥川自身の恣意的な興味・関心・解釈によって染めあげられ、創造された人物」とする。なお、同時代の諸文献におけるモチーフを視野に入れている論に櫟木春美「「或日の大石内蔵之助」に見る芥川龍之介の方法」(「国文――研究と教育――」(奈良教育大学)昭五二・八)があるが、人物造型についての具体的考察はない。つまり、前章の冒頭でふれたように、芥川の歴史小説において歴史は衣裳にすぎないという認識があり、そのせいか、この作品が江戸時代を舞台とし、大石内蔵之助を主人公とするということを充分に視野に入れた考証はなされていない。

しかし同時代評を顧みれば、「或日の大石内蔵之助」が当時あくまで歴史小説として受入れられており、時代を意識した表現や、大石の人物造型の点からも評価されていたことが窺える。例えば、松岡譲が「文章に気品があるとか、気が利いてゐるとか、冴えがあるとか、時代の色が出てゐるとかいふやうなことは、こゝに改めていふ必要もなからう。言つて見たところで、贅言だ。最近の「或る日の大石内蔵助」などを見ると、彼の手腕の凡てが益々渾成の域に近づきつゝあるかと思はれて、喜に堪へない。」(「煉瓦造りのやうに」/「文章倶楽部」大六・一一)と述べるように、時代の雰囲気がよく出ていることについては、この作品に限らないが芥川の歴史小説の特長として認められていた。また人物造型に関しては、「主人公大石内蔵助〔ママ〕の性格の上に別段変つた解釈も新奇な発見も加へられてはないが、周到な用意の下に、此上引張れば大石が大石でなく成る所まで持つて行かれてゐる。此処まで持つて行くことは滅多に他の者には出来ない。」（森田草平「新秋の創作を読む」／「時事新報」大六・九・六）、「ふつくらとしてゐて、大石といふ人間を、全円的に描き出してゐる。大石の大人格をよくのみこまなければ斯うは書けない。」（K「不同調」／「新潮」大六・一〇）など、既存の大石像を前提とした評価がなされていた。さらに、「「大石内蔵之助」などのあれは、斯く在ると見る心理状態の演繹なり忠実なデツサンであつたのに比して、之（引用者注、「世之助の話」「袈裟と盛遠」）は或る人物の心理の新たな創造とでも云へるやうに見える。夫れだけ、此二つの方が六づかしいものだらうが、夫れだけ又た放縦な遊戯的分子が加はつて、内蔵之助に見えた確実性が稀薄になつて居る様に思へる。」（無署名「四月の雑誌から」／「時事新報」大七・四・一一）という評も考慮すれば、芥川の後の作品と比べても、「或日の大石内蔵之助」における大石の人物造型が決して〈遊戯的〉とは受取られなかったことがわかる。

従って本章では、「或日の大石内蔵之助」において、時代を意識した表現がどのようになされているか、また、当時既存の大石像（それらが史実か否かは問わない）がどの程度取入れられ、逆に〈新解釈〉はどの点であるかについて考察し、同時代における好評価の一因を探る。それにより、この作品における大石の人物造型が、既存の大石像を裏切って新奇さを狙うという安易な方法によってなされたものではないことも明らかになると考える。次節ではまず作品の典拠に関する考察から始める。

第二節　考察の前提――典拠について――

作品の典拠として、吉田精一『芥川龍之介』（新潮文庫　昭三三）は「堀内伝右衛門覚書」（以下「覚書」）を直接の典拠とし、福本日南『元禄快挙録』（啓成社　明四二、以下『快挙録』、引用は明四三・一一の第十一版による）も挙げる。ただし吉田氏は『芥川龍之介』の昭和十七年三省堂版や昭和二十九年河出書房版では『快挙録』のみを挙げている。現在では殆ど全て『快挙録』に拠っているというのが定説である。既に諸論文によって比較もなされているが、部分的な比較であったり、「覚書」のみの指摘に留まっていたりするため、あらためて「或日の大石内蔵之助」『快挙録』「覚書」の比較表としてまとめておく（本章末尾五七ページ以下に付す）。

表で確認できるものだけでも、「或日の大石内蔵之助」は、③⑩などの基本的設定や、②④などの小道具類、⑬（「謹厚」）㉑（「佯狂苦肉の計」）などの語彙まで、かなり細かく『快挙録』を引用している。⑫の居眠りなど、「覚書」を参照したかと思われるものもあるが、概ね『快挙録』に拠っている。特に⑪に関しては、これまで作品中の三つの挿話のうち、一つ目の仇討流行のみが典拠が見つからず、創作であろうとされてきたが、⑪から、地名だけは『快挙録』から引用していることがわかる。なお、このうち「其の通町」について、従来の注は現中央区日本橋とするが、典拠にある「芝通町三丁目浜松町」のつもりで書かれたのであれば、現港区浜松町となる。芥川が芝通町のつもりで書いたのであろうことは、『芥川龍之介資料集』（山梨県立文学館　平五）に収められている草稿を見れば明らかである。

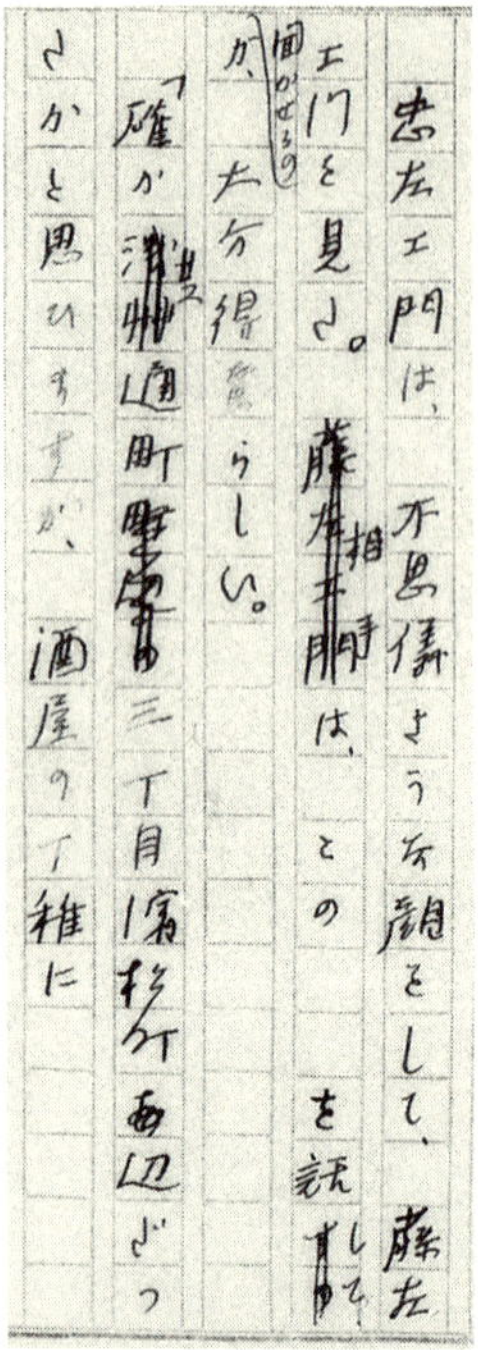

〈或日の大石内蔵之助〉草稿６（山梨県立文学館蔵、部分）

定稿で「芝」が「其の」となっているのは、芥川の書く「芝」の字が「其」の字と紛らわしい[1]ための誤植の可能性がある。草稿では初め「浅草」と書いているが、結局はあくまで典拠から地名を借りたところに、細部への配慮が窺える。

『快挙録』は、当時非常によく読まれた。

明治四十二年の初版から、二年足らずで袖珍版も出ている。日南が大正三年に『元禄快挙真相録』（東亜堂書房）を刊行した後も、『快挙録』のほうが広く読まれつづけたようだ。日南の思い入れが目立つものの、俗説を排し、できるだけ実像に迫ろうという姿勢で書かれたものであることは、一般にも認識されていた。例えば、あくまで史実考証を目的とした論である森林助「赤穂義士雑記」（『國學院雑誌』大四・一、四、七）が随所で『快挙録』を意識してその記述の誤りに言及していたり、佐藤松垂「義士討入の翌日（上）」（『史談文芸』大六・四）が、「福本日南著元禄快挙録も総てが真の事実であると断定することが出来ぬ是迚も世に在り触れたる史籍伝記や先人の言説等を綜合して真偽を判断取捨し甄別採録し史家としての忠実を尽し其誤伝なきを希ふて執筆編述したに過ぎない若し先人の文書に錯誤あるか又は採録其当を得ざるときは元禄快挙録も亦随ふて誤謬を伝へることになる。」と、〈史実〉を見極めることの難しさの引合いに出すのは、『快挙録』が〈史実〉を書こうとしたものであると認められていたが故であろう。

『快挙録』のこのような性質上、それを外枠から細部まで取込んだ「或日の大石内蔵之助」が、「概ね史実によつた」（高須芳次郎「最近の歴史文学と史実の考察（２）」／「新潮」大一四・一二）と受け取られるのは至当である。しかし肝心の大石の人物像が、一般に知られている既存像を無視した〈恣意的〉〈創造〉であれば、本章第一節で触れたような、既存の大石像を前提とした好評はあり得ない。例えば森田草平は「日記の中から」（『帝国文学』大五・一二）で、『快挙録』の縮刷本を読んだと語っており、本章第一節で引用した森田の評は、『快挙録』を読んだ上で「或日の大石内蔵之助」を読み、書かれた評なのである。以上のような典拠のあり方、典拠と作品との関係を前提として、考察を進める。

第三節　時代を意識した表現

本節では、作品の細部の設定を検証し、時代の雰囲気を醸し出すための工夫について論ずる。本節と次節において、当時の他の義士関連文献における設定や、義士像、大石像を確認するため、『快挙録』や「覚書」以外の諸文献も適宜引用する。(2)ただし必ずしも芥川がそれらを参照したと考えられる訳ではない。なお、引用に際し（　）内の漢数字はページ数である。

まず、五七ページ以下の比較表からわかるように、典拠から小道具や各人の逸話を取入れている部分は、作品の随所にある。その中で例えば比較表④の金網をかけた火鉢は、大石の気分を象徴する小道具であると同時に、細川家による優待を述べる際によく言及される小道具で、他の文献においても、御預後の大石らを描くのに欠かせないものである。櫟木春美論文（本章第一節で言及）の指摘する緑園『大石内蔵助』（七二二）、渡辺『言行録』（七五）のほか、恕軒『実談』（三六二）、熊田『日本史蹟』（三六九）、浪六『忠魂録』（二二七）、上野『赤穂義士譚』（四八八）、植田『実録赤穂義士』（三六五）、剣花坊『赤裸々』（二）などにもあるが、室鳩巣「赤穂義人録」（『赤穂義人纂書（補遺）』国書刊行会　明四四　所収「義人録」）（三八八）に「鉄網」をかけた火鉢のことが既に見られる。

比較表にある以外にも、例えば人物では「無骨らしい伝右衛門」「慷慨家の弥兵衛」「通人の名の高い十内」など各人の描き方に、それぞれの雰囲気がよく出ている。伝右衛門の「無骨」ぶりは、『快挙録』に「素樸なる古武士」（六九三）とあり、三好行雄による注釈（『鑑賞と研究　現代日本文学講座　小説5』三省堂　昭三七）でも指摘するように、「覚書」からもその様子は窺える。他には、「蛮殻」（上野『赤穂義士譚』四九二）という形容もある。弥兵衛についても、『快挙録』百七十三章は「弥兵衛の壮烈」という章名で、彼の激昂しやすい性格を伝えており、桂月『四十七士』は、「弥兵衛は人となり慷慨にして、気節あり」（九九）と述べる。講談本『後日物語』巻八では弥兵衛が頼まれて怪物退治をしたという話まで作られているほどで、激しやすいという人物像が定着していたようだ。十内の通人ぶりについては、『快挙録』はじめ諸文献で十内を紹介する際には必ずと言っていいほど触れられている。

このような、典拠を利用した設定は勿論だが、作品の時代設定と近い頃の文学から小道具を借りた表現もある。大石が思い出す廓の情景である。

それは、彼にとつては、不思議な程色彩の鮮な記憶である。彼はその思ひ出の中に、長蠟燭の光を見、伽羅の油の匂を嗅ぎ、加賀節の三味線の音を聞いた。

ここに出てくる三つの小道具「長蠟燭」「伽羅の油」「加賀節」は、典拠のものとは違う。『快挙録』では、「彼が夕霧の膝に憑り、左に伊丹の美酒を波々と盃に受け、右に蒔絵の硯箱を引寄せ、紅筆把つて小菊の紙に打向つた其刹那には、風神縹渺として、我亦我を知らざるものがあつたらう。」（一八七）と描かれている。比較表や上述の通り、典拠の小道具や語彙を細かく取入れている芥川が、ここでは『快挙録』の小道具を採らず、視覚嗅覚聴覚に分けて「長蠟燭」「伽羅の油」「加賀節」という小道具を用いている。実はそれらは、芥川が「世之助の話」（『新小説』大七・四）執筆に際して参照した西鶴の「好色一代女」（以下「一代女」）をイメージ源としている。

「世之助の話」は、検閲に配慮して一旦発表を見合わせたため、「或日の大石内蔵之助」より発表は遅れたが、執筆は少し前になる。石割透「大正六年（上半期）の芥川龍之介――同時代批評を中心に――」（『文学年誌』昭五五・七）は、新聞記事と芥川の書簡から、「世之助の話」の脱稿を大正六年六月とする。同作品は、「好色一代男」の時代を舞台とし、その中には先の三つの小道具のうち、「加賀節」「伽羅の油」の二つが使われている。「加賀節」は、廓で「友だち」と会話をする世之助のセリフに「おい、加賀節はしばらく見合わせだ。」「さあ改めて、加賀節でも承らう。」とある。「伽羅の油」に関しては、「伽羅の油のにほひが、急にこの女房の方へ、私の注意を持つて行つた」というように、女性を象徴する小道具として使われる。伽羅の油は鬢付け油で、特に女性のみが用いたものではないはずだが、[3]「或日の大石内蔵之助」でも先の引用のように、同じく女性の象徴として使われている。

これら二つの小道具に、「長蠟燭」も加えて全て「一代女」に見られるものである。「太鼓女郎に加賀節望みて、うたふて引くを」（巻之一淫婦美形）、「今宵もまた長蠟燭の立切まで、悋気講あれかし」（巻之三妖孽寛濶女）、「吹鬢の京笄伽羅の油に堅めて」（巻之五濡問屋硯）などである。もちろんこれらは特に「一代女」に限ったものではないが、「世之助の話」には

顔はあの西鶴の、「当世の顔はすこしまろく、色はうすはな桜にて」と云ふやつだが、「面道具の四つ不足なく揃ひて」はちと覚束ない。

という、「一代女」（巻之一国主艶妾）[4]からの明らかな引用がある。従って「世之助の話」執筆に際し、芥川が「一代女」を参照していたことは間違いない。「世之助の話」と執筆時期が近いことから考えても、「或日の大石内蔵之助」の「長蠟燭」「伽羅の油」「加賀節」という三つの小道具も、「一代女」に直接拠ったか、或は「世之助の話」執筆によって記憶に新しかったものであろう。元禄の義士たちの遊興を描くのに、西鶴の作品は最適の史料である。

このことからわかるように、「或日の大石内蔵之助」では『快挙録』の小道具を細かく引用して、その時代、その場の雰囲気を伝えているが、それは典拠に忠実であるためではなく、よりふさわしいイメージ源があればそちらを採用し、その時代に合った表現を徹底させているのである。

このように、その作品の背景となる時代に合う表現をするのは、芥川の歴史小説における常套法である。「或日の大石内蔵之助」と同じ江戸ものである「戯作三昧」や「枯野抄」にも、この傾向は見られるが、それについては後の第四章、第五章で触れる。

作品の背景はこのように作られているのであるが、では大石の人物造型は既存の大石像を無視した全くの〈恣意的〉〈創造〉なのだろうか。次に人物造型について検討する。

第四節　大石の人物造型について

(1) 大石の満足の描写――大石を描く型――

作品において、初めの大石の満足は、まず大石が泉岳寺で詠んだ歌で表される。比較表⑤にあるように、『快挙録』でも大石のほっとした気持をこの歌で代表させている。しかも典拠ではこの歌は泉岳寺での一日を述べた六二四ページでも一度紹介されており、比較表⑤にあげた六九一ページでの言及は、細川邸での大石の気持を示す中で再び引用されたものである。その点でも「或日の大石内蔵之助」冒頭部における大石の満足の描写は『快挙録』と共通する。他の文献でも、例えば「あら楽し（歌、以下略）これ人々が言はんと欲する所の情景、諸士は伝誦感吟しつゝ」（植田『実録赤穂義士』三四〇）とあったり、剣花坊『赤裸々』では、この歌を御預後に詠んだものとし、「心に何も思ふことが無くなつた」、「安々となつた、下世話でいふ呑気に為つた」（一八）様子をこの歌で表している。さらに浪花節の『大集会』所収「赤穂誠忠録」の「十八ヶ條申開」でも、この歌を引いた後「四十七士の面々が、思ひも晴て嬉しさの、雪の空さへ日本晴れ（中略）今高輪の泉岳寺」（二二六-二二七）とするなど、大石らの義挙を遂げた満足を「あら楽し…」の歌で代表させる方法がとられており、これは一種の型通りの描写と言える。

次に、「赤穂の城を退去して以来」として始まる「苦衷」の回想、そして「すべては行く処へ行きついた。」という感慨も、『快挙録』その他と共通するものである。苦心の回想が満足を引きたてることは、比較表⑤の『快挙録』のほか、「方丈の方では大石父子はじめ、何れも火鉢に当りながら、僧衆に対つて、色々戦況の事など語つて居る。〔中略〕衆寮の方でも人々火鉢を囲んで、血に塗れた衣服など炙りつゝ、互ひに過ぎ来し方の苦心談や、夜来の高名談などに打興ずるもあれば」（上野『赤穂義士譚』四三二）などがある。作品中の回想にあるような大石の「苦衷」は、『快挙録』はもちろん、「良雄が苦心は如何ばかりぞ」（中内『史伝』四四）など、注（2）に掲げた殆どの文献で再三説かれているところである。「すべては行く処へ行きついた。」という落着きも、例えば『快挙録』に引く、大石、十内、惣右衛門連名の書簡（寺井玄渓宛）に「追付罪品可仰付候と相待罷在候。段々之次第、武運に叶候義、本望此上不可有之」（六九七）とあったり、他書でも「亡君の御無念を晴し、御霊前へも奉告をいたしましたれば、最早思ひ残すところはござりませぬ」（如燕『赤穂義士』四四二）、「此上は唯公辺の御裁許に相任せ死刑のお仕置受るばかり外に望みも御座りませねば」（福地『芳哉義士誉』六六-六七）、「義士の面々は、誰一人生を願ふ者なく、身を戒め行を慎み、日夕辞世の詩歌を詠じて、〔中略〕死を賜ふの日を待受け、更に余念もないのである」（桃水『大石内蔵之助　第四巻』一五四八）などと通じる、全てを成し終え死を待つのみという心境である。

さらに大石は吉田忠左衛門と二人、満足を噛みしめる。「我々は、よく〳〵運のよいものと見えますな。」というように、「本意を遂げた」上に「のどかな日を送る」ことを許された「運」に満足している大石らの様子についても、例えば『快挙録』では、先にも引いた連名の書簡には「誠に以て冥加至極、筆紙に難尽仕合に御座候」（六九七）とあり、正月を経た切腹前日付の同三者連名の書簡（寺井玄渓宛）にも「唯今迄致存命候義、不思議之事に候」（七三五）とある。他書にも「〔春を迎えて〕人々は幽囚の身を忘れ。一日に千歳を招ぎたる心地して。二六時中の詞にも。唯冥加の程奉恐入と云ふより外なし。」（重野『実話』一七四-一七五）などとある。

以上のように、まだ満足に浸っている時の大石の心理の描写には、『快挙録』とその他のいくつかの文献にも共通する、大石を描く上での一種の型が取入れられている。では、その後の作品展開における大石像はどうであろうか。

（2）既存の大石像

「或日の大石内蔵之助」における大石の人物造型を検討する上で、まず、『快挙録』をはじめとする当時の諸文献における大石像がいかなるものであったか、大まかにつかんでおきたい（本章で大石像というとき、各文献や作品に描かれた大石の性格、心情のあり方を指す）。それは「内省的性格」を持っていても不思議のない「インテリ武士」（武田勝彦「芥川龍之介『或日の大石内蔵助』」／「解釈と鑑賞」昭五〇・一）だろうか、それとも「自己分析的な反省癖」が似合わない「闊達な元禄人」（野口武彦「芥川龍之介と江戸」／「國文學」昭五〇・二）だろうか。現代人の目から見てもそれだけの幅があるわけだが、参照した当時の諸文献のうち多くのものから窺える大石像もまた、その両面を含む。

『快挙録』には、「人となり寛厚にして、物事に齷齪たらぬ。而も其裏に毅然として犯す可からざる威厳がある。」（七八）、「平生極めて謙遜にして、少しも其能に誇らうともせねば、又其能を見はさうともせぬ。それかといつて曲々たる郷愿流の態度を持するのでも無い。酒も善く飲めば、時には洒脱な遊もする。兎に角珍しい人物である。」（八四）、「悠揚として余りに物に拘らぬ」（六八八）、「彼の気風からいへば、寧ろ平民主義であるにも関はらず、其裏に自ら狎る可からざる威厳を具へて居た。」（六八九）などのように、謹厳寡黙で深慮を秘めているといった面（波線）と、洒脱で寛厚、闊達な面（二重傍線）を併せ持つ大石像が描かれている。

同様のことは他書にも見られ、「外部は寛裕にして、寛大であるが、腹の中は誠に沈着した勇気があつた。天性才能智略あつて、決して人に見せない。」（恕軒『実談』一〇七）、「良雄人となり剛直にして濶達、撲実にして洒落」（渡辺『言行録』九八）、「良雄は平生極めて謙遜な人であつて。決して尊大振やうなことはなく、自己の能を誇らうともせず、極めて宏量な、夫れで部下を愛するの念厚く、而かも情実に溺れるやうなことなく、書も書けば画も描く、茶も花も、また酒も随分呑むし、たまには洒脱なことも遣つた、多能な仁であつた」（精華山人『赤穂義士大石内蔵助』前編一四〇)、「細心なる者は豪放ならず、豪放なる者は細心ならざるは、常人の常であるが、内蔵助に至つては、一身に細心と豪放とを兼ねた。」(日南『大石内蔵助』五八)、「平常細節に拘泥せず至極淡白洒落な性質」「稀に見る重厚の士である。彼れの全生涯を通じて、一点軽躁の点を発見することが出来ない。」(安場『快傑』二八四)などがある。また、特に御預け後の大石について、浪六『忠魂録』は「大事の前には洒々楽々の風流人、大事の後また洒々楽々の内蔵助、〔中略〕されど何処やらに犯すべからざる威厳ありしか、接待の諸士も他の同志とは声をあげて笑ひ興ずる事あれど、内蔵助の面前には思はず容を改めて言葉を謹みぬ」(二四五)と述べている。『講談文庫赤穂義士外伝』所収の神田伯龍口演「棟梁内蔵助」にも、「誠に以て物毎《ものごと》に御頓着のない、至つて率直な、そして極人情の深い処の、大した御器量人」(一二)、「固より深智遠謀ある御仁」(一八)とある。

以上のような大石の性格描写を、既存の大石像として理解した上で、以下、考察を進めるが、このような既存の大石像が作品の大石造型に取入れられていることを、予め確認しておきたい。それは作品中の〈普段の大石〉像の造型からわかる。仇討流行の話を聞いた大石の心理は、次のように説明されている。

　ふだんの彼なら、藤左衛門や忠左衛門と共に、笑つてすませてる筈のこの事実が、其時の満足しきつた彼の心には、ふと不快な種を蒔く事になつた。

一方、その後伝右衛門が座敷へ入ってきた時、大石は伝右衛門に言葉をかける。その時の大石の様子は、

　内蔵之助は、何時に似合はない、滑な調子で、かう云つた。

となっている。これは逆に言えば、いつもの大石なら「滑な調子」で話しかけはしないということである。

各傍線部、「ふだんの彼なら」も「何時に似合はない」も、その日(「或日」)の大石が普段と違うことを強調すると同時に、裏を返せば作品内で〈普段の大石〉がどのように造型されているかを示すものでもある。従って作品内における〈普段の大石〉とは、仇討流行(義挙の影響が意外なところまで波及したこと)を他義士たちと共に屈

託なく笑い合うような人物であり、一方では人（伝右衛門）に滑な調子で話しかけたりはしない人物、ということになる。一見、前者の明け透けでおおらかなイメージと、後者の謹厳で寡黙なイメージが噛み合わないようにも思われる。しかし先に触れたような、当時の大石像をもとにすれば、前者は闊達な面、些事に拘らぬ面を前提としたものであり、後者は謹厳さ、寡黙さを前提としたものであると理解でき、両面を併せ持つ「大石」像になっていることがわかる。ちなみに、寡黙であることは『快挙録』のほか渋柿『大石良雄』（前篇一六）、伯龍『講談義士伝大石良雄』（二八）などに見える。

もちろん、作品中で重要なのは〈普段の大石〉ではなく「或日」の大石である。その人物造型は、こういった既存の大石像とどの程度まで重なるのか、また既存の大石像には見られない独自性はどこにあるのかを以下で具体的に見ていく。

（3）三つの挿話における大石の心理

大石の満足を崩す三つの挿話（仇討流行、背盟者、廓遊び）において、大石の心理は世間や他の義士たちと相反するものとして描かれている。それが所謂〈新解釈〉とみなされているが、このうち廓遊びの解釈は『快挙録』とも共通することが知られている。「顧ふに彼が意にも無き放蕩濫行は、固より敵を詭惑する苦肉の計から出でたに相違なきも、英雄の胸中には亦自ら閑日月がある。彼が夕霧の膝に凴り、左に伊丹の美酒を波々と盃に受け、右に蒔絵の硯箱を引寄せ、紅筆把つて小菊の紙に打向つた其刹那には、風神縹渺として、我亦我を知らざるものがあつたらう。」（一八七）というものである。三嶋譲「芥川龍之介　或日の大石内蔵之助」（「國文學」昭六一・一二）、石割透「「さまよへる猶太人」「二つの手紙」「或日の大石内蔵之助」――〈噂〉の中の主人公」（『〈芥川〉とよばれた藝術家――中期作品の世界』有精堂出版　平四）、西原千博「『或日の大石内蔵之助』試解――話者と作中人物――」

（『稿本近代文学』平七・一二）などが、「或日の大石内蔵之助」の廓遊びの解釈は『快挙録』のこの部分に既にある、と指摘している。だとすれば、三つの挿話で浮び上がる大石像のうち、どこからが本当の〈新解釈〉なのかを検討する必要がある。

それにはまず、伝右衛門らの見方による誤解された大石像と、大石の内側から語られる大石像〈作品内における真の大石の心理〉との明確な区別が必要である。一読してわかることだが、伝右衛門や世間が見る大石像は、「彼らしい謙譲な心もち」、「一層の奥床しさ」などとあるように、既存の大石像の両面のうち、主に謙譲で謹厳な面を利用して描かれている。

これまでの作品研究では、このような伝右衛門らから見た大石像を当時の一般的な大石像とみなし、「或日の大石内蔵之助」における大石の心理はその裏をかいたものと見てきた。しかし当時の大石像が一面的なものでないことを確認した以上、そのような速断はできない。

第一の挿話の場合は、挿話自体が創作であるため[5]、大石の心理について他文献との比較はできないが、第二第三の挿話に関する大石の心理は、既存の大石像のうち、寛厚、闊達、洒脱といった面に沿ったものであると考えられるのである。

まず第二の挿話の場合、大石が背盟者を憎まないことは、『快挙録』や他文献にも見られる設定である。『快挙録』では、比較表⑯の部分は大石が「慨然」として語ったことになっているが、赤穂から逃げ出した大野九郎兵衛の財物を、没収せずに渡したことについて、「内蔵助が寛大の度量は是に至つて亦動き出した。」「凡そ内蔵助の弘量大度は此類である。」（五三二）などと評している。大野に関しては、彼が配当金の問題で強欲なことを言った時の大石の様子について、講談『赤穂義士雪の曙』は「内蔵之助も呆れて暫し答へもなく顔を見詰めて居りましたが去りとて立腹いたすやうな人物では御座いません」（一六六）と述べている。浪六『忠魂録』では、同志に血判状を返して真意を確かめる場面に、「たのみ難きは舟を覆す水にあらず車を摧く山にあらず、たゞ人情反覆の間にありとて、今更ら驚きもせず怪しみもせず怒りもせず狼狽もせぬ内蔵助」（八〇）とあり、剣花坊『赤裸々』には「ナニが恐いと云つて、月日の経つほど恐いものは無い、今少し早く討込んだら、中田理平治〔以下数名、略〕も、忠臣義士と唄はれて、死花を咲かせることが出来たのぢやらう、〔中略〕去年十二月十四日を外づして、今年の三月にでも討入としたなら、なほ幾人か同志が減じて居たかも分らぬ、今の四十六人は何時まで志は変へぬ義士ぢや、と後には云はれやう、また云ふて好い、が、深く人情の弱いところを考へると、先々格好の時節に討入をしたのぢや、」（二一五–二一六）とあり、特に傍線部などは「我々と彼等との差は、存外大きなものではない」とする作品の大石の心情と重なる部分がある。また、安場『快傑』では、「内蔵助は細川家お預け中、奥野将監・河村伝兵衛及び進藤源四郎等が半途変心したる事など、心易く接伴の士に物語つたと云ふが、それは必ずしも此等の徒輩を誹議したる訳でなく、〔中略〕寧ろ彼等の為めに、其の名を惜しんだに過ぎない」（二八五）と述べる。

『快挙録』はじめ多くの書の筆者が背盟者を罵っているにしても、これらの書では、必ずしも大石までもが背盟者を憎んでいたとしているわけではない(6)。まして講談や浪花節では、背盟者が背盟に至らざるを得なかった事情を創作し、講演者までもが背盟者の弁護にまわる場合が少なくない。例えば「或日の大石内蔵之助」や『快挙録』で背盟者として挙げられている高田軍兵衛も、浪花節『雪の曙義士銘々伝』第三編では、恩ある伯父の娘との結婚を決められて討入りに加わることができず、恥じて切腹し、遺書を見た大石も涙するという設定である。また講談『後日物語』では、同じく背盟者とされている奥野将監、小山源五右衛門らの名前をあげ、彼らは討入りが失敗した時の「後備予備」として残されたのであり、「不忠者と云はれ後々に其汚名を伝へられるのは実に気の毒千万」（三）だと述べる。このような背盟者とされる人物たちへの同情は、講談や浪花節の速記本では頻繁に見られる。

少なくとも『快挙録』では背盟者を憎まないという解釈によって大石の「寛大」を強調しており、作品でも「彼は彼等に対しても、終始寛容の態度を改めなかつた。」とある。背盟者を憎まないという大石の心理は、既存の大石像と重なる。

第三の挿話の場合も、諸文献では、放蕩を大石にとって全く苦しいものであったとするものが多いものの、先に触れたように、『快挙録』はじめ、ある程度楽しんでいたという解釈も珍しくはない。『快挙録』のほか、剣花坊『赤裸々』には「拙者の廓通ひ、阿呆馬鹿者に見せやう、といふのが主で有つたらう、さても心労で有つたらう、と、今日、斯う大事を遂げた後になると、専ら世間では噂するそうぢやが、これは拙者に於ては難有迷惑ぢや、固より其主意も有つたには有つた、〔中略〕乍併、鬱々の心を開き、心労の気を変へ、同志の労を慰さめ、我も此世の思出を楽しまう、と、本気でこの悪所を極楽世界にして居たことも有つた」（一二五―一二七）などとあり、計略を忘れて楽しんでいたという設定である。さらに安場『快傑』にも「彼れも亦隅に置けぬ人物、『盃を半分づつ飲む仲の善さ』底の艶事無しとも断じ得ぬ。呵々。」（三〇三）とある。廓遊びを楽しむ心理も、比較的新しい大石像ではあるが、既存の大石像の枠内にあると言える。

こうして見ると、背盟者、廓遊びに対する大石の心理は、既存の大石像を裏返した〈新解釈〉でも、芥川による独自の大石造型でもなく、既存の大石像の寛大で闊達な面に沿った、類例のある解釈であることがわかる。

では、三つの挿話における大石の心理に通底するのは、どのような考え方なのか。まず大石が仇討流行を義挙の悪影響とみなす理由は、直接は語られていない。しかし大石は仇討流行を「忠義」の好影響であると伝右衛門に褒められ、「面白くない」と感じて話をそらそうとする。そのことから、仇討の真似をする〈世間〉や伝右衛門らが、一面的に〈忠義〉のみに注目して仇討の真似をしたりその流行を好影響とみなすのに対し、大石は〈忠義〉本位に考えないために悪影響とみなしているということは確かである。そして第二第三の挿話で、大石自身の基準が明らかになる。それは〈人間性〉であり、第二の挿話では、「人情の向背も、世故の転変も、つぶさに味つて来た彼の眼から見れば、彼等の変心の多くは、自然すぎる程自然であつた。」「それを世間は、殺しても猶飽き足らないやうに、思つてゐるらしい。」などとある。「人情の向背も、世故の転変も、つぶさに味つて来た」という表現は、次の第三の挿話での、「人間性に明」ということと重なる。弱さも欲も持ち、時には裏切りもする、〈人間〉として見て「自然」であれば、そのありのままの〈人間〉らしさを憐れむことはあっても、憎むことはないというのが大石の考え方であり、背盟者を憎まない理由である。

ここで大石は、市中の噂や伝右衛門や他義士たちを「世間」として一括りにする。それによって大石と世間との対立という構造が浮かんでくるが、第三の挿話でその構造はさらに明確になる。

勿論この事実〔引用者注、復讐を忘れて放蕩に酔いしれた瞬間があったこと〕が不道徳なものだなどと云ふ事も、人間性に明な彼にとつて、夢想さへ出来ない所である。従つて、彼の放埒のすべてを、彼の忠義を尽す手段として激賞されるのは、不快であると共に、うしろめたい。

復讐を忘れて酔いしれたことを「不道徳」とは思わない理由も、大石が「人間性に明」だからである。大石は自分の中の〈忠義〉心を全否定しているわけではないが、弱さや欲という負の面も含めて、〈忠義〉のみに制約されない人間の自然の感情が〈人間性〉なのであり、それを尊重するなら、復讐を忘れる瞬間があっても「不道徳」ではないと考えている。従って世間の〈忠義〉のみの道徳観による解釈とのずれは「不快」であり、また世間は大石の行為の〈忠義〉でない部分までも〈忠義〉として理解した上で褒め称えているのであるから、「うしろめたい」。

また、第三の挿話に関連して言えば、作品の始まり近くで大石の満足が「道徳上の要求」云々として分析される部分が先行研究で一つの問題とされてきた。「具体的な彼の道徳観なるものは結局読者の前に提示されない」（勝倉壽一「芥川龍之介「或日の大石内蔵之助」論」／『芥川龍之介の歴史小説』教育出版センター　昭五八）、「「道徳上の要求」というものが一体そもそもどの様なものであったかという事はこの作品中にはまるで書かれていない」（本節先掲西原千博論文）と言われるように、確かに、「道徳上の要求」と「殆完全に一致するやうな形式」の具体例はどこにも書かれていない。しかし、大石の〈道徳観〉として考えた場合、それは、第三の挿話において、「不道徳」という言葉で再び持出されていることから、大石の〈人間性〉を主にした道徳観であると考えられる。「復讐」は大石にとって、〈人間性〉を排除して全て〈忠義〉で塗り変えた、いわば偽の忠義心からではなく、〈忠義〉とともにそれに制約されない〈人間性〉を保ったまま、人間としてなすべきことであった。それを成し遂げたこと、体現したことに満足していたのである。

このような〈人間性〉（大石）と〈忠義〉（世間）との対立構造は、典拠や他文献にも殆ど見られない。ただ、剣花坊『拙者』『赤裸々』が大石を「人間」的に描こうとしている姿勢がやや類似している。そのことについて触れておくと、大石が背盟者を憎まない理由、即ち〈人情〉の弱さを考慮すれば自分達も背盟者もあまり変りはないとする考え方は、既に『赤裸々』が試みている（引用済）。また、「或日の大石内蔵之助」では三つの挿話を経て、大石は世間の誤解への反感を抱くが、『赤裸々』にも「今でさへ、あの通りぢや、この後になると、（中略）誰とも違はぬ人間を、滅多やたらに賞めちぎり、それ聖人ぢや、英雄ぢや、と、いろ〳〵さま〴〵の着物を被せる」（五六）などとある。

なお、『拙者』（正・続）とその完結編である『赤裸々』は、冗漫極まりない駄作とはいえ、大正期における大石内蔵之助像の一例としては、注目に値する。次に比較するように、「或日の大石内蔵之助」冒頭に描かれる義士たちの様子と、『赤裸々』のそれがやや似ていることもあり、芥川が『赤裸々』を参照した可能性も捨て切れない。

大石内蔵之助良雄は、その障子を後にして、端然と膝を重ねた儘、さつきから書見に余念がない。書物は恐らく、細川家の家臣の一人が借してくれた三国誌の中の一冊であらう。／九人一つ座敷にいる中で、片岡源五右衛門は、今し方厠へ立つた。早水藤左衛門は、下の間へ話しに行つて、未にここへ帰らない。あとには、吉田忠左衛門、原惣右衛門、間瀬久太夫、小野寺十内、堀部弥兵衛、間喜兵衛の六人が、障子にさしてゐる日影も忘れたやうに、或は書見に耽ったり、或は消息を認めたりしている。〔中略〕内蔵之助は、ふと眼を三国誌からはなして、遠い所を見るやうな眼をしながら、静に手を傍の火鉢の上にかざした。〔中略〕かう思ひながら、内蔵之助は眉をのべて、これも書見に倦んだのか、書物を伏せた膝の上へ、指で手習ひをしてゐた吉田忠左衛門に、火鉢のこちらから声をかけた。（「或日の大石内蔵之助」）

フト目を開けて四辺を見ると。／吉田忠左衛門は、正しく行儀よく坐り、左手を膝につき、右手に御番の人から借用した三国志を読んで居る、原惣右衛門は坐つた儘、前へ屈んで、料紙を畳の上に置き、一心不乱に書物をして居る、片岡源五右衛門は間瀬久太夫と、何事か低声で打語らうて居る、小野寺十内は、また内室のおたんどのから来た文か、とも思はれる書簡を読んで居る、堀部弥兵衛老人は、便所へ立つたのか居ない、間喜兵衛は、拙者よりも、今すこし無口で、〔中略〕早水藤左衛門は、次の間へ話に去つたのぢやらう、〔中略〕さて、拙者は、同室の人々を、一ト通り見廻して、三国志を読んで居る吉田忠左衛門に言葉をかけた。（『赤裸々』五八―六二）

しかし、『拙者』（正・続）と『赤裸々』は英雄化されがちな大石の凡人的解釈を盛んに試みたものだが、「人間凡夫、泣きもする悲しみもする、乍併武士道の前はどこまでも立て、行く、これが赤裸々の大石内蔵助ぢや」（『赤裸々』二二七）という部分に明らかなように、結局は武士道を鼓吹しており、世間への反感も、過度な称賛への当惑というレベルに留まっている。「或日の大石内蔵之助」のような、道徳観の対立構造は確立していない。三つの挿話における大石の心理に通底する、〈人間性〉を主とする大石の道徳観と、〈忠義〉のみの世間の道徳観との対立は、確かに芥川の独自の大石像であると言える。

以上のように、「或日の大石内蔵之助」において、背盟者や廓遊びに対する大石の心理は、既存の大石像の、寛大な、物に拘らぬ面に沿った、既にある解釈であった。そして、それを『快挙録』のようにもともとの性格として済ませるのではなく、さらに掘下げて〈人間性〉という、〈忠義〉に縛られない人間の率直な感情の尊重、そして世間との対立構造を提示している。既存の大石像をさらに追究して独自性を出すという人物造型の方法が、これらから窺われる。

もちろん、〈人間性〉と〈忠義〉の対立が、作品を貫く構造であることは一読して明らかなことであり、〈人間性〉の問題に触れた多くの先行研究に言及するまでもないだろう。しかしその構造は、既存の大石像の寛大闊達な面を深めて新たに提示されているのであり、「或日の大石内蔵之助」における大石造型は、既存像を裏返した安易な〈知的遊戯〉ではないのである。本章第一節で詳述したように、同時代評が「或日の大石内蔵之助」の大石造型の〈周到〉さを褒めながらも、そこに〈遊戯的分子〉を見なかった理由は、ここにある。

第五節　補説——〈人間性〉をめぐって——

最後に補足として、〈人間性〉という言葉と、それをめぐる文壇状況について触れておきたい。本書第八章でも述べるが、当時の歴史ものの流行においては、史上人物や事件の新解釈が盛んであった。「英雄や偶像の、伝説や講談として巷間に流布していた像とは異なる別の一面を照射することで、人間らしさを見せる」のは「芥川のみならず、大正期の一つの作品傾向でもあった」（石割透「「さまよへる猶太人」「二つの手紙」「或日の大石内蔵之助」——〈噂〉の中の主人公」／『〈芥川〉とよばれた藝術家——中期作品の世界』有精堂出版　平四／初出「駒澤短大国文」昭六一・三）ことは周知のとおりである。従ってここでは、「或日の大石内蔵之助」における〈人間性〉の同時代性を確認するため、〈人間性〉〈人間らしさ〉に重きを置いた新解釈を具体的に見てみたい。

まず、〈人間性〉という曖昧な用語について、本章での意味内容を限定しておきたい。かつて小林秀雄は大正以来の日本の文学における「作家達による、人間性といふもの、無責任な濫用」について述べた（「歴史と文学」／「改造」昭一六・三、四　引用は四月分）。確かにこの言葉は大正期に盛に用いられるようになったもので、稲毛詛風「人間性の解放」（「早稲田文学」大五・一）は、同時代にも既に茫漠としていた〈人間性〉という言葉の意味を整理しようと試みている。それによれば、「人間性《ヒユーマニテイー》」には、「ありのままの相《すがた》――素朴な本能の状態」という意味と、「あるべき筈の相――で陶冶された情意の状態」の意味があり、前者は「美的であり本然的」であるのに対して、後者は「倫理的であり人為的」である。そして「「人間性」といふ名辞はより多く前者を現はすに恰適して居るし、後者は「人道」の名によつて示す方がより多く妥当である。」と分類する。詛風の論点は後者を主とした両者の融合にあるのだが、「人間性」が、「有るがまゝの形における人間の姿」という意味で使われることが多々あったことは確かである。本章でも、「或日の大石内蔵之助」において使われている〈人間性〉という言葉はその意味であるとみなし、詛風のいう前者の意味、弱さや欲などの負の面も含めた、理性や道徳に縛られない人間のありのままの感情、という意味でこの言葉を用いる。

大正期の歴史小説では、歴史上の人物に〈人間性〉を与えて新しい人物像を示すという手法は多く見られた。いくつかの例をあげてみよう。

まず、第二章でも触れた長与善郎の出世作「項羽と劉邦」(7)での劉邦である。以下に引用するのは、劉邦のもとに彼を慕う「市民」たちが詰めかけた場面である。劉邦は、自分がそれほど称えられ慕われるような君主ではないことを語る。

〔引用1〕俺が此位置にゐると云ふのは只運に過ぎないのだ。併しお前等は珍らしく残酷な君主に許り会ひつゞけて来たので今度始めてお前等と殆んど違ふ処のない俺を見て珍らしく徳の高い人間のやうに思ひ違へてゐるのだ。〔中略〕しかし眼のあたりお前等の悲惨を見た時怒りが俺の胸を内からた、き破つた。〔中略〕さうして俺が未だ嘗て知らずにゐた死に物狂ひな力と勇気とが俺の内に漲つた。俺はその時何をも怖れなくなつた。併しその勇ましい焔は永くは保たなかつた。そして今では俺は又……（額を抑へる）俺は未だお前等に愛される資格がないばかりではない。未だお前等を愛する力さへないのだ。（昂奮して）人民よ。俺がお前等を愛してゐる者と思つて呉れるな。俺は未だお前等を真に愛する事は出来ないのだ。愛してはゐないのだ！（一一九―一二〇）

〔引用2〕いや、お前にさう云はれると俺は益々苦しい。俺は此間あの後宮へ入つて群れ居る美しい女達や、驚く許りの豪奢を極めた快楽の房々《へや》を見た時俺は矢張り空しい誘惑の力強さをしみ〴〵感じたのだ。俺は始皇や二世を譏る資格の自分に少しもない事を感じた。彼等は只俺よりもずつと無邪気であるに過ぎないと思つた。〔中略〕しかし幸運にも一人の美しい女は其時に俺を其悪夢から眼覚ませて呉れた。其女から泣いて哀れな身の上を話された時、俺は立ち処に総ての不幸な女達を後宮から解放せずにはゐられなくなつたのだ。あの時位俺は嬉しかつた事はない。俺は自分自身を解放したからだ。（一二一）〔ともに訂正再版・第二幕第三場〕

初出（「白樺」大六・二）では第三幕第三場にあたるが、場面設定や内容はほぼ同じである。ただ、〔引用1〕の波線部は初出と大きく異なる。初出の該当部分を引用して比べてみよう。

さうして俺が未だ嘗て知らずにゐた底知れぬ力と、勇気とが俺の内に漲つた。俺はもう何をも怖れなくなつた。俺はたゞ俺の内にゐる天の命ずる声に従ふ許りだ。

この部分の訂正は、初版（新潮社　大六・一〇・四）で既に行なわれているが、この点線部から〔引用1〕の波線部への訂正によって劉邦の弱さという〈人間性〉が強調されていることは明らかである。初出と大きな違いのない〈引用2〉と併せて見ても、劉邦は人間ばなれした英雄なのではなく、あくまで〈人間性〉を持った存在として偉業をなしとげる。もちろん弱さという〈人間性〉を描くことはこの戯曲の主眼ではないのだが、しかし劉邦のみならず項羽の造型に関しても、この〈人間性〉に重きを置いた評が同時代にいくつか見られる。例えば西宮藤朝「長与善郎論」（「文章世界」大八・四）は、項羽の台詞にニーチェの超人主義があからさまに出ていることを具体的に指摘した後、その「力の権化」である項羽に、「悲しさ淋しさ」という「人間らしい一面をものぞかせてゐる事を忘れなかつた」として、作者を評価している。また南部修太郎は「長与善郎論」（「新潮」大九・五）において、項羽が強者である反面、「愛人虞姫の艶々しい髪に胸を躍らせ、その芳香に血を湧かせる人である」と言い、項羽が虞美人を失って「劇しく号哭する」場面を引用して、「長与氏は力の権化、エゴの帝王の強靭な性格の内に、人間性の美しい花を咲かせてゐるのである。」と述べる。そして、「我々を真に打つものは、我々を親しく温く動かす処のものはより人間的な人間性の力であらう、味ひであらう。」として「俺を最も苦しめるものはお前等が俺を買ひ被つてゐる事だ。俺が此位置にゐると云ふのは只運に過ぎないのだ……」という劉邦の台詞を引用し、「劉邦の謙抑の声により強き親しみと温みとを感じる」という。これら西宮、南部のいう「人間らし」さ、「人間性」が、本章でいう〈人間性〉と同義であることは明らかである。

次に、菊地寛の「三浦右衛門の最期」（「新思潮」大五・一一）である。この小説は、典拠[8]と比べても、特に右衛門の心理自体に独自の見方を施している訳ではないが、最後に「戦国時代の文献を読むと攻城野戦英雄雲の如く、十八貫の鉄の棒を芋〔ママ〕殻の如く振り廻す勇士や、敵将の首を引き抜く豪傑は沢山居るが、人間らしい人間を常にmissして居た自分は浅井了意の犬張子を読んで三浦右衛門の最後を知つた時初て“There is also a man”の感に堪へなかつた。」と述べられている。主君を捨てて落ち延びた右衛門の、「命ばかりは助けて下され」という命乞いは典拠でも同様であるが、菊池は戦国時代の価値観に照らせばあまりにも潔からぬその右衛門の言葉を、「人間の最高にして至純なる欲求」として共感を込めて描く。典拠が伝える右衛門の非を誤解であるとして同情を強め、殺され方も脚色して、その「欲求」を強調している。この作品を「あくまで人間性を肯定し温かく見つめようとする作者のヒューマニスティックな姿勢がはっきりと窺える」「人間讃歌一系の作品」に分類する見解があるように（片山宏行「「恩讐の彼方に」をめぐって――その成立と性格――」／『菊池寛の航跡〈初期文学精神の展開〉』和泉書院　平九／初出『近代文芸新攷』岡保生編　新典社　平三）、了意の伝える右衛門像の、〈人間性〉に重きを置いた新解釈である。無署名「十一月の雑誌から」（「時事新報」大五・一一・一〇）は、「叙述の間に誇張はあるが、其の「発見」に感興をそゝるものがある」と、その新解釈をひとまず評価した。

　最後に、当時の新進作家だけでなく、島村抱月の史劇「清盛と仏御前」における、清盛の淋しさに注目してみる。この作品には初稿「平清盛」（「早稲田文学」明四四・一）→改作「清盛と仏御前」（同　大三・一）→再改作「清盛と仏御前」（同　大五・二）[9]という改稿過程がある。「仏、そちだけは、いつまでも私の傍を離れるな、私は淋しい男ぢやからな」（再改作）という台詞は、初稿から一貫して同様の台詞があり、清盛が淋しい人間として造型されていることに変わりはない。しかし再改作において、清盛が最も深く淋しさをもらす台詞には、

> 私はなるほど上部にこそ日本国中を味方にも持つて居るが心はいつも一人ぼつちぢや、私はいかにも強い男ぢやとは思ふが、心はいつも淋しいぞ、私の後にはいつも暗い懸念のやうなものが附きまとうて居る、それぢやからこそ、私は強いものが好きぢや美しいものが好きぢや、暗いじめじめしたものが大嫌ひぢや、私を淋しい男と思うてくれ

とある。初稿と改作ではこの台詞はない。もっとも、改稿の中心は仏御前の人物造型にあるようだが、清盛の淋しさに注目すると、それが再改作では詳述され、強調される傾向にあることがわかる。

この史劇の上演に際し、抱月は「新史劇の技巧　芸術座の「清盛と仏御前」」（「読売新聞」大五・三・二五）において人物造型その他の方法意識を語っている。清盛像に関しては「平家物語が仏教の立場から見て、たゞ人の譏りを顧みず、驕る一方の人の様に書いたあの反対の立場からも見られ様と云ふ点から出発した」と、新解釈を試みたことを述べている。本間久雄はこの清盛造型を「在来の小説や芝居などに出てくるたゞ〳〵強情我慢の一面しか供へてゐない清盛に比して甚だしく清新味を与へる」と称賛した（「「清盛と仏御前」――芸術座合評の二――」／「読売新聞」大五・三・三〇）。

例を挙げればきりがないが、このように〈人間性〉を重視した新解釈が大正期には流行していた。「或日の大石内蔵之助」における、大石の〈人間性〉と世間の〈忠義〉の対立構造という新解釈は、まさにこのような同時代の歴史小説、史劇の新解釈パターンの中にあるものである。吉田精一は「或日の大石内蔵之助」について、「主題としては大石内蔵助の心理に新しい解釈を加へて近代人的な性格をあたへた。」「彼〔芥川〕の自画像」とし、「この作発表当時は、非常に目新らしく感ぜられ、月評などでも好評であつた。」（『芥川龍之介』三省堂　昭一七）と述べるが、そのような新解釈だけではもはや「目新らしく」はなかったのである。本章第一節で引用したように、好評の要因は新解釈ではなく、大石がよく描けていること、その人物造型方法にあった。

第六節　おわりに

以上、「或日の大石内蔵之助」について、典拠からの細かい引用に加え、「好色一代女」もイメージ源として時代や人物の雰囲気を緻密に作り上げていること、そして作品の大石像が、大石内蔵之助という人物に対する既存のイメージを裏返すのではなく、寧ろそれと重なっており、その上でオリジナリティを出すという方法で造型されていることを考察した。また、同時代文壇の状況をふまえ、その人物造型方法が評価された背景の一端を確認した。芥川の歴史小説において〈歴史〉は衣裳であるという認識にとらわれすぎることなく、当時の文壇では歴史小説として迎えられていたという中で考えれば、本章で論じたような面が浮び上がり、同時代文壇での高評価も決して的外れではないことがわかる。次章では、「或日の大石内蔵之助」発表の翌月から連載をはじめ、同じく実在の人物を主人公にした「戯作三昧」について、芥川の人物造型方法も含めて考察する。

注

(1) 例えば『芥川龍之介資料集』（先掲）所載の左の草稿写真の一行目に「芝居」の「芝」、三行目末に「其處」の「其」がある。「芝」は一見「其」と紛らわしいが、「其」の筆跡と比べてみると両者の区別ははっきりしている。

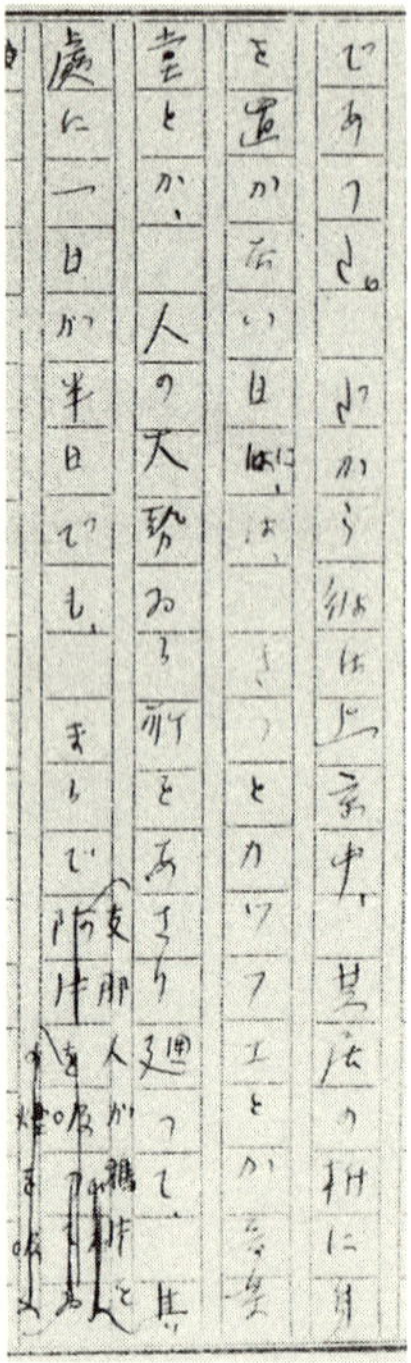

〈黒衣聖母〉草稿 1−3 b（山梨県立文学館蔵、部分）

(2) 本章で言及するのは以下の文献である。〔 〕内は本章中で用いる略称。同じ年に発行された複数の資料があるため、発行月も記す。

・小説、脚本、史談

文学博士重野安繹先生口演　門人西村時彦編述『赤穂義士実話』（大成館　明二二・一二）〔『実話』〕

福地源一郎『芳哉義士誉』（博文館　明三四・一〇）

信夫恕軒『赤穂義士実談』（広文堂書店　明三五・一一）〔『実談』〕

塚原渋柿『大石良雄』（前・後・続）（隆文館　明三九・七、一〇、四〇・一〇　大正五年に大日本国史学会より『元禄義憤録』として改題出版）
渡辺修二郎『大石良雄言行録』（内外出版協会　明四一・一）（『言行録』）
緑園生（渡辺霞亭）『大石内蔵助』（隆文館　明四一・二　のち『元禄快挙譚』と改題した版もある）
精華山人『赤穂義士大石内蔵助』（立川文明堂　明四二・八）
中内蝶二『武士道史伝大石良雄』（岡村書店　明四三・二）（『史伝』）
大町桂月『四十七士』（弘学館書店　明四三・三）
熊田宗次郎『日本史蹟赤穂義士』（昭文堂　明四四・一）（『日本史蹟』）
村上浪六『元禄忠魂録』（至誠堂　明四五・二　同著者『元禄四十七士』（上・下）（至誠堂　大三・八）と重なる部分が多い）（『忠魂録』）
上野静村『赤穂義士譚』（藍外堂書鋪　明四五・三）
司馬僧正（井上剣花坊）『拙者は大石内蔵助ぢや』（正・続）（帝国軍人後援会（続編は敬文堂書店）大二・二、九）（『拙者』）
植田均『実録赤穂義士』（嵩山房　大二・六）
井上剣花坊『赤裸々の大石良雄』（敬文堂書店　大三・六）（『赤裸々』）
福本誠（日南）『大石内蔵助』（養賢堂　大三・六）
半井桃水『実説大石内蔵之助』（一〜四）（博愛館　大五・一二〜大六・六）
大石会会長男爵安場末喜『武士道の権化快傑内蔵助』（中興館書店 誠文堂書店　大六・七）（『快傑』）

・講談、浪花節

桃川燕林講演、今村次郎速記『赤穂義士後日物語　巻五』（文事堂　明三一・六）（『後日物語』）
神田伯龍講演、丸山平次郎速記『講談義士伝大石良雄』（柏原奎文堂　明四一・九）
浪花節革新会編『浪花節名人揃義士伝大集会』（榎本書房　明四四・九）（『大集会』）
博文館編輯局編『講談文庫赤穂義士外伝』（博文館　明四五・四）
講談倶楽部編『赤穂義士雪の曙』（日吉堂　明四五・四）

桃中軒雲右衛門・桃中軒巳右衛門口演、小林桃雨・芝松南速記『雪の曙義士銘々伝』第三編（精華堂　明四三・一）
桃川如燕講演、小林東次郎編『赤穂義士』（長篇講談第二編）（博文館　大四・一二）

（3）「むかしむかし物語」（享保十七年か十八年成立か）に、「むかしは（中略）女などの伽羅の油附事なし」（『続日本随筆大成　別巻二』吉川弘文館　昭五六　より引用）云々として、初めは男性のみが用い、後に女性も用いるようになったことが書かれている。

（4）本章での「一代女」の引用は『浮世草子（巻の五）』（向陵社　大四）によるが、「世之助の話」における「一代女」の引用部分は、同書の該当部分と表記に若干の異同がある。当時の活字本の中で芥川が参照したと思われるものを特定することはできなかった。

（5）日本近代文学館芥川龍之介文庫蔵、平出鏗二郎『敵討』（文昌閣　明四二）では、「江戸中世以降追ひ〳〵百姓・町人の敵討が現れて来て、次第に多くなつ」ており、その原因には「曾我兄弟の敵討、赤穂義士の敵討」が「芝居、浄瑠璃に作られ」たことがあり、「冥々の裡にどのくらゐ感化を与へたか、どれだけ奨励をなしたか、わからない」と述べる。このような話をヒントに町人が敵討を真似る話を考えた可能性もある。

（6）なお、渡辺『言行録』の「良雄非同盟者を誹らず。」という項（本章第一節に引用の櫟木春美論文にも指摘）は、藩の名誉のためという解釈であり、背盟者を憎まないという設定とは断定できない。

（7）「項羽と劉邦」は昭和一七年坂上書院版まで数回改稿されている（第二章第二節 岩淵平七郎論文参照）が、本節では「或日の大石内蔵之助」の発表に近い時期の本文に拠るべきであると考え、「〔一九一七年〕十月二四日再訂正了」と記された、訂正再版（新潮社）を引用する。

（8）浅井了意「狗張子」巻之五「一、今川氏真没落附三浦右衛門最後」。ここでは『徳川文芸類聚　第四』（国書刊行会　大四）所収のものを参照した。

（9）再改作は同年同月、新潮社より中村吉蔵「真人間」と併せて刊行。また『抱月全集　第六巻』（天佑社　大八）所収。句読点等に若干の異同があるが本節での引用部はほぼ同文。ここでの引用は「早稲田文学」掲載分による。

「或日の大石内蔵之助」『快挙録』「覚書」　比較表

「或日の大石内蔵之助」	『元禄快挙録』	「細川家士堀内伝右衛門覚書」
①大石内蔵之助良雄《よしかつ》	或はヨシタカといひ、或はヨシカツともいひ、一般にはヨシヲと称して居る。が、其人の印に隆即ちタカの字を刻する所を視れば、ヨシタカが正称らしい。（七八）	
②書物は恐らく、細川家の家臣の一人が借してくれた三国誌の中の一冊であらう。	誰は「平家物語」、彼は「太平記」、又某は「三国志」などの書物をも持寄つた。（六七九）	平家物語、太平記出し申候、（中略）三国志御覧可被成やと申候へば、見申度と被申候故、（中略）出し申候、（六九）
③九人一つ座敷にゐる中で、片岡源五右衛門は、今し方厠へ立つた。早水藤左衛門は、下の間へ話しに行つて、未にここへ帰らない。あとには、吉田忠左衛門、原惣右衛門、間瀬久太夫、小野寺十内、堀部弥兵衛、間喜兵衛の六人が、	其の上の間には、大石内蔵助　吉田忠左衛門　原惣右衛門　片岡源五右衛門　間瀬久太夫　小野寺十内　堀部弥兵衛　間喜兵衛　早水藤左衛門　申さば是は元老室。（六七八）	上座に大石内蔵助千五百石家老四十五歳吉田忠左衛門二百石物頭六十三歳原総右衛門三百石物頭五十余片岡源五右衛門三百石側用人三十七歳間瀬久太夫二百石六十余小野寺十内百五十石京留主居六十余堀部弥兵衛三百石江戸留主居七十八間喜兵衛百石馬廻六十八早水藤右衛門百五十石（八）

「或日の大石内蔵之助」	『元禄快挙録』	「細川家士堀内伝右衛門覚書」
④金網をかけた火鉢の中には、	金網掛けた幾個の火鉢と錠前附の炬燵（六七八）	※〔後注参照〕
⑤泉岳寺へ引上げた時、彼自ら「あらたのし思ひははるる身はすつる、うきよの月にかかる雲なし」と詠じた、その時の満足が帰つて来たのである。	一挙の成功までに、彼の苦心は夷の思ふ所でなかつた。それで彼は大責任を卸したので楽々した。それは彼が泉岳寺に引上げた朝た『あら楽し思は霽るゝ身は棄つる、うきよの月にかゝる雲なし』と詠じ出たのでも知れる。（六九一）	
⑥この正月の元旦に、富森助右衛門が、三杯の屠蘇に酔つて、「今日も春恥しからぬ寝武士かな」と吟じた、	斯くて元禄十六年の正月元旦は端なく来た。〔中略〕富森助右衛門は三杯の屠蘇に醺然として、〔中略〕『今日も春恥かしからぬ寝武士哉』／と吟出した。（六九九—七〇〇）	
⑦忠左衛門は、手もとの煙管をとり上げて、つゝましく一服の煙を味つた。	茶受を寄せる人もあれば、煙草を贈る人もある。（六七九）	何も煙草好物にて御座候故〔中略〕拙者罷出候節は、宜き煙草を懐中して出候（六〇）〔など〕

⑧頻りに筆を走らせてゐた小野寺十内が〔中略〕これは恐らく、京都の妻女へ送る消息でも、認めてゐたものであらう。	〔十内は〕京都に残し来た妻女と国風を贈答し〔中略〕永訣の意を寓した長文の一書を妻女に寄せた。（七三八）	〔書簡のやりとりがあったことは（三八）にある十内の妻の歌から窺われる〕
⑨近松が甚三郎の話を致した時には、	近松勘六の家来甚三郎が忠節を講じよう。〔内容略〕後に勘六細川邸に在るの日、同志と四方山の話から、甚三郎の事に及び、〔中略〕悔恨流涕これを久しうするものがあつた。（四九九-五〇二）	或時次の座にて何も咄申候節、何も被申候は、今度近松勘六家来甚三郎と申小者事、存出し不愍に候と被申候故、いか様の訳に候やと尋候へば、〔下略。『元禄快挙録』と同様の内容〕（一九）
⑩〔義士の評判を伝右衛門が伝える〕	当時市中に於ける義徒の評判は実に盛んであつた。〔中略〕義士負贔の細川家の連中は、噂を聞いて来ては、一々之を内蔵助に報道した。内蔵助衷心の愉快は如何であつたらう。（七一〇）	折節吉田忠左衛門参り咄居被申候、今日御代り被成候や、町家に御座候はゞ、定て色々の咄共御聞可被成候、不苦御咄共承度と被申候故、旧冬より江戸中日用取の者迄、各様方の御忠義の咄のみにて御座候、〔中略〕と申候得共、（六二一）〔など〕
⑪中でも可笑しかつたのは、南八丁堀の湊町辺にあつた話です。〔中略〕その外まだ其の通町三丁目にも一つ、新麹町の二丁目にも一つ、	義徒の変名及仮寓〔略〕新麹町六丁目大屋喜左衛門裏店〔略〕芝通町三丁目浜松町檜物屋惣兵衛店〔略〕南八町堀湊町平野屋十左衛門裏店〔後	

「或日の大石内蔵之助」	『元禄快挙録』	「細川家士堀内伝右衛門覚書」
	略」（二四一–二四五）	
⑫読みかけた太平記を前に置いて、眼鏡をかけた儘、居眠りをしてゐた堀部弥兵衛が、	すると老人等は亦眼鏡を欲しがる。さらば眼鏡をと用立てる。（六七九–六八〇）	老人衆は、我等へ眼鏡所望被致候まゝ、早速調させ候て致持参候（六九）、堀部弥兵衛殿は、脇の方へ寄臥被居候が、右の刻目さめ被申候、（六八）
⑬これには流石謹厚な間喜兵衛も、	資性謹厚にして、何時見ても沈黙で居たのは、間喜兵衛老人であつた。（六九五）	如御覧間喜兵衛はいつとても咄不致、人のうしろに計居、如形律儀に堅き男にて御座候と被申候故、（五一）
⑭傍の衝立の方を向きながら、	広間の事なればとて、銘々の枕許には衝立まで立てられる。（六七八）〔など〕	拙者指図にて、小屏風沢山に出させ、臥被候時は、枕もとに立させ申候、（三七）
⑮「伝右衛門殿も老人はお嫌だと見えて、兎角こちらへお出になりませんな。」／内蔵之助は、何時に似合はない、滑な調子で、かう云つた。	上の間に居た吉田忠左衛門は之を聞きつけ、『伝右衛門殿には何時も若い者共とばかりお話がお合ひと見えまするナ。此方にも些とお入を願ひ	次座へ参り咄候所へ、上座より吉田忠左衛門被参、伝右衛門殿には、毎度若き者共と計り御噺被成候、御年もさのみ替も不仕候にと被申候故、

⑯「何故かと申しますと、赤穂一藩に人も多い中で、御覧の通りこゝに居りまするものは、皆小身者ばかりでございます。尤も最初は、奥野将監などと申す番頭も、何かと相談にのつたものでございますが、中ごろから量見を変へ、遂に同盟を脱しましたのは、心外と申すより外はございません。その外、新藤源四郎、河村伝兵衛、小山源五右衛門などは、原惣右衛門より上席でございますし、佐々木小左衛門なども、吉田忠左衛門より身分は低うございますが、皆一挙が近づくにつれて、変心致しました。その中には、手前の親族の者もございます。して見ればお恥しい気のするのも無理はございますまい。」

⑰「さやうさ。それも高田群兵衛な

たう存じまする』と言ひながら這入つて来た。（六八九－六九〇）

『〔上略〕実は此処に列席の者概ね小身者ばかりでおざりまする、当初には奥野将監など申者は、何かと倶に相談いたし、赤穂に於ては両人の名前にて、御目付衆に書面をも差上げ、其後両人宛の御書さへ下され、打連れて御当地へ御礼に参上したほどでおざれば、御老中方にまで名を知られた者でおざる。其他進藤源四郎、河村伝兵衛、小山源五左衛門など申者も、此処に居る原惣右衛門より上席いたし、佐々小左衛門など申族も、此吉田忠左衛門より上位に居ましたが、一挙に近づいて皆量見を変へ申しておざる。其中には拙者親族さへ交り居り、寔に御恥かしい次第でおざりまする』（六八九）

すると今朝引揚の際、一党はゆくり

（四二）

是に居申者共、大形小身なる者共許に御座候得ば、今少大身なる者、加はり可申事と可被思召段、御恥敷存候、如何にも大身なる者共も加はり候得ども、何れも了簡を替候故不及力候、先奥野将監と申者は千石取番頭仕居申候、今度赤穂にて、何角私両人申合、〔中略〕右の通故御老中様方、名も御存の将監、其外佐々小左衛門と申者は、三百石遣はし城代を申付、吉田忠左衛門よりは、高座に召仕候、〔中略〕其外進藤源四郎、小山源五左衛門、河村伝兵衛〔割注略〕など申者は、知行も多く遣し、足軽も預置、是に居申候、原総右衛門抔より、上座申付置候、剰右の内には私のつゞき御座候者も有之、いかにもかはり候得共、了簡を替候へば、不及力と咄申候故、（九－一〇）

右の咄の内に、高田軍兵衛と申小知

「或日の大石内蔵之助」	『元禄快挙録』	「細川家士堀内伝右衛門覚書」
どになると、畜生より劣つてゐますて。」〔中略〕「引上げの朝、彼奴に遇つた時には、唾を吐きかけても飽き足らぬと思ひました。何しろのめ〳〵と我々の前へ面をさらした上に、御本望を遂げられ、大慶の至りなどと云ふのですからな。」	なく三田八幡宮の辺にて邂逅つた。〔中略〕無恥便佞の郡兵衛は靦然たる色も無く、／『それは孰れもさぞ〳〵御安堵なされたでおざりませう。拙者も御一別後当八幡宮に日参仕り、御一党の御本意を遂げられるやう、それのみ祈願いたし、今も今とて社参の帰りでおざつた。念願届いて、如何にも祝着千万に存じまする』／など追従した。（六二九―六三〇）	遣し候者御座候、〔中略〕泉岳寺へ立退申刻、三田八幡の近所にて、逢申候故、何も物も不申通違ひ候処に、堀部弥兵衛申候は、何も如此数日の志を遂げ、上野介殿のしるしを、唯今泉岳寺へ致持参候、見被申候へと申候へば、返答に扨々何も御安堵可被成候、私も唯今三田八幡宮へ社参仕、各様御本意被遂候やうにとの志にて候、先々目出度存候と申候（五五）
⑱「高田も高田ぢやが、小山田庄左衛門などもしようのないたはけ者ぢや。」	最も下劣であつた奴は、小山田庄左衛門である。（五二三）	
⑲岡林杢之助殿なども、昨年切腹こそ致されたが、やはり親類縁者が申し合せて、詰腹を斬らせたのだなどと云ふ風評がございました。	当時の噂では親族から逼つて詰腹を切らせたとの説もあつた。（七一七―七一八）	旧冬二十七八日頃、岡林杢助殿と申仁、書置を残し、自害被致候沙汰承候と申候得共（六二）
⑳唐士の何とやら申す侍は、炭を呑	炭啞変形追予譲（七九二、林信篤	

んで唖になつてまでも、主人の仇をつけ狙つたさうでございますな。	（鳳岡）の挽歌の一節）
㉑高尾や愛宕の紅葉狩も、佯狂の彼には、どの位つらかつた事であらう。〔中略〕かう考へてゐる内蔵之助が、その所謂佯狂苦肉の計を褒められて、苦い顔をしたのに不思議はない。	内蔵助が佯狂苦肉の計を一言せねばならぬ。〔中略〕高雄、愛宕は紅葉して、茸狩催す頃ほひから、心にも無い内蔵助は、忽ち時代の権化となり、思ひ切つたる寛濶の大通人となり来つた。（一八四－一八五）
㉒承れば、その頃京都では、大石かるくて張抜石などと申す唄も、流行りました由を聞き及びました。〔中略〕先頃天野弥左衛門様が、沈勇だと御賞美になつたのも、至極道理な事でございます。	誰れ言ひ出したと無く京童の口に、／『あかほでわるうてあはう浪人。大石かるくて張抜石』／と嘲りはやした。（一九〇）、天野弥五右衛門は〔中略〕『〔略〕沈勇の人で無ければ、中々箇様には参らぬもの、只感服の外はおざらぬ』／と激称された。（七〇〇）
㉓当時内蔵之助が仇家の細作を欺く為に、法衣をまとつて升屋の夕霧のもとへ通いつめた話を、事明細に話して聞かせた。／「あの通り真面目な顔をしてゐる内蔵之助が、当時は	其頃名高い傾城といへば、京の島原では升屋の夕霧、伏見の撞木町で笹屋の浮橋とて、評判記にも上れば、小唄にも謡はれる。内蔵助は是等の許に三日と欠がさず切々と通ひ、

「或日の大石内蔵之助」	里げしきと申す唄を作つた事もございました。〔中略〕そこへ当時の内蔵之助の風俗が、墨染の法衣姿で、あの祇園の桜がちる中を、浮さま〳〵とそやされながら、酔つて歩くと云ふのでございませう。〔中略〕何しろ夕霧と云ひ、浮橋と云ひ、島原や撞木町の名高い太夫たちでも、内蔵之助と云へば、下にも置かぬように扱ふと云ふ騒ぎでございましたから。」
『元禄快挙録』	〔中略〕彼が酔余の興に乗じ、戯れに草して廓の世界に伝へたる自作の「里げしき」は、此折の事と思はれる。〔中略。「里げしき」の歌詞〕内蔵助が里の間に『うき様』にて通つたのは、恐らく此『こぼれて袖に露のよすがのうきつとめ』から来たのであらう。（一八六–一八七）、彼は或時は大小の刀さへ腰にせず、墨染の法衣を身に纏ひ、遊里の裏へと浮かれ込む。（一八九）
「細川家士堀内伝右衛門覚書」	

〈比較表注〉

典拠の引用は、『元禄快挙録』（啓成社　明四二・一二　初版、明四三・一一の第十一版）による。なお、袖珍版（啓成社　明四四・七初版、大一二・一二の三十版を参照した）との異同は「或日の大石内蔵之助」との比較上は問題にならないものであった。「覚書」は日本近代文学館芥川龍之介文庫に『校訂翁草』（五車楼書店　明三九）があることから、『校訂翁草』第十九所収「細川家士堀内伝右衛門覚書」から引用した。ただしこの『校訂翁草』は、首巻および第一～二十の全二十一冊だが、芥川文庫には、第十九は残っていない。なお、（　）内はページ数、〔　〕内は引用者注であり、傍線も引用者による。

表中の※印について、『校訂翁草』と、明治以降大正六年までに発行された「覚書」の諸本（管見の限り『実録彙編』（忠愛社　明一九）、『続史籍集覧』五三・五四（近藤活版所　明二七）、『赤穂義人纂書』一（国書刊行会　明四三）、『肥後文献叢書』四（隆文館　明四三））では、「金網」の語が見えないためこの欄は空白としておく。

第四章　歴史小説（二）「戯作三昧」

第一節　はじめに

「戯作三昧」（「大阪毎日新聞（夕刊）」大六・一〇・二〇〜一一・四）は、研究史上、〈芸術家小説〉と位置付けられ、馬琴の三昧境は〈芸術三昧〉として読まれてきた。初出の新聞連載で言えば最終回にあたる、十五節の三昧境では、実は一度も〈芸術〉という語は用いられておらず、三昧境は〈戯作三昧〉、馬琴は〈戯作者〉と書かれているのだが、〈戯作三昧〉境をそのまま〈芸術三昧〉〈芸術境〉と言い換えている論考も少なくない。それほど、馬琴＝芥川＝芸術家という理解が前提化しているということである。当然そのように読む根拠も充分にあってのことであり、小説家馬琴が主人公であることや、芥川の芸術観からみて、この作品を〈芸術家小説〉群の一つとして読むのはもっともであろう。〈芸術家小説〉として読まれてきた研究史については、『芥川龍之介作品論集成　第二巻』（翰林書房　平一二）の海老井英次「解説」にまとめられているのでここでは繰り返さない。

近年、「戯作三昧」を芥川の芸術至上主義のあらわれとして読むことに疑問を投げかける論考も出され、関口安義「自己確立のドラマ――「戯作三昧」の世界」（「文教大学国文」平一八・三）は、三昧境を「芸術至上の心というより、実生活上の心意気とでもいうべきか」とし、馬琴の自己確立のドラマを読み取る。

本章でも、〈戯作三昧〉がすなわち〈芸術三昧〉であると読んでよいのだろうかという問題を、また別の視点から論じてみたい。十四節までの馬琴は、作品における馬琴の意識から見ても、大正期の芸術家像から見ても、〈芸術家〉に違いないけれども、三昧境の馬琴は〈芸術家〉として理想の〈芸術境〉に達したといえるのだろうか。それが本章で提示する疑問であり、結論から言えば、その〈芸術家〉であることへの執着、作品の出来栄えや価値を気にかける意識を捨て去ったところに三昧境は成立し、そのことを意味するものとして〈戯作〉の語が〈芸術〉の語とは峻別されて用いられている。このことは、従来指摘されているような「十四節と十五節の間に断絶、ないし飛躍の印象を消せない」（三好行雄「ある芸術至上主義――「戯作三昧」と「地獄変」――」／『芥川龍之介論』筑摩書房　昭五一）ということ、また「この馬琴の境地と『八犬伝』とが、そのまま円滑に結びつかない点に問題が残る」（石割透「「戯作三昧」――芸術家意識の定着」／『〈芥川〉とよばれた藝術家――中期作品の世界』有精堂出版　平四／初出「駒澤短大国文」昭六二・三）という、材料との関連上の問題点と関わる。

全てを忘れ去った恍惚の境地をこそ〈芸術三昧〉と呼ぶのだというのが大方の見解だが、最終回の十五節で敢えて〈芸術〉の語を一度も用いず〈戯作〉の語に収斂させているこの作品の仕掛けを見落としてはならない。

「戯作三昧」を論ずる中で、この〈戯作（者）〉という語を他の語と特に区別している研究もある。和田繁二郎「「戯作三昧」」（「立命館文学」昭二八・七）は〈戯作〉の語に芥川とのギャップを感じると述べ、清水康次「『戯作三昧』の振幅」（『芥川文学の方法と世界』和泉書院　平六／初出「女子大文学国文篇」昭六〇・三）は、「「道徳家」と「芸術家」の矛盾」を解決せずに吸収する語が「戯作者」であると述べる。同じ点で今野哲「芥川龍之介「戯作三昧」の構造」（「二松」平九・三）は、「「道徳家」の側面よりも「芸術家」の側面を優位に据える在り方への馬琴の転位」を読み取る。吉岡由紀彦「芥川龍之介「戯作三昧」考――〈芸術《アート》〉＝《イコール》〈人生《ヒューマン・ライフ》〉のモメント――」（先掲『芥川龍之介作品論集成　第二巻』／初出「立命館文学」平五・一〇）は、「老芸術家」→「戯作者」→「作者」という、馬琴の別称の移行に「〈創り手としての作者芥川龍之介〉の肉声に近い強い感情移入」を読む。しかし本章では諸先学とは別の、上述のような視点から「戯作三昧」を考えてみたい。
考察に入る前に、芥川の歴史小説の手法の一つである、時代を意識した表現が「戯作三昧」の冒頭部分にも見られるので、そのことについて次節で触れておきたい。

第二節　時代を意識した表現

第三章第三節で、「或日の大石内蔵之助」において芥川が、典拠のみならず作品の時代設定と近い頃の文学からも小道具を借りて、その時代らしい雰囲気の演出をしていることを論じた。「戯作三昧」においても同様の指摘ができる。この作品の冒頭部で「浮世風呂」の言葉や小道具が使われていることは既に知られているが、「浮世風呂」の挿絵のうちの二枚（有朋堂文庫『浮世風呂　浮世床』（大二）では六〜七、二九二〜二九三ページ所載）と、次に引用の冒頭部分とを比べてみると、芥川が描いた冒頭の情景そのものが、挿絵に拠っているとわかる。（絵は部分。）

天保二年九月の或午前である。神田同朋町の銭湯松の湯では、朝から不相変客が多かつた。式亭三馬が何年か前に出版した滑稽本の中で、「神祇、釈教、恋、無常、みないりごみの浮世風呂」と云つた光景は、今もその頃と変りはない。風呂の中で歌祭文を唄つてゐる嚊たばね、上り場で手拭をしぼつてゐるちよん髷本多、文身の背中を流させてゐる丸額の大銀杏、さつきから顔ばかり洗つてゐる由兵衛奴、水槽の前に腰を据ゑて、しきりに水をかぶつてゐる坊主頭、竹の手桶と焼物の金魚とで、余念なく遊んでゐる虻蜂蜻蛉、――狭い流しには、さう云ふ種々雑多な人間がいづれも濡れた体を滑らかに光らせながら、濛々と立上る湯煙と窓からさす朝日の光との中に、模糊として動いてゐる。

傍線部の光景は、みな二つの挿絵に見られるものである。なお、挿絵の中で「文身の背中」と、「焼物の金魚」の

有朋堂文庫『浮世風呂　浮世床』P.6-P.7 より

有朋堂文庫『浮世風呂　浮世床』P.292-P.293 より

部分には、わかりやすくするために印をつけた。このように芥川は、馬琴を主人公とする作品の冒頭には、同時代の戯作者式亭三馬の「浮世風呂」を挿絵ごと駆使しているのである。なお、日本近代文学館芥川龍之介文庫にもある帝国文庫『三馬傑作集』（博文館　明三五）にはこれら二枚の挿絵のうち一枚（上段、文身の男や焼物の金魚で遊ぶ子供が描かれているほうの絵）しかないので、芥川は帝国文庫本ではなく、二枚の挿絵を備えた本に拠ったのであろう。

芥川の常套的手法で書き始められている「戯作三昧」であるが、馬琴やその創作生活の描き方はどのようになされているのか。次節からは、本章第一節で述べたように、〈戯作（者）〉という語に注目して考察を進めてゆく。

第三節　〈戯作（者）〉について

〈戯作（者）〉という語に注目する上で、まず作品本文中から、〈戯作〉〈芸術〉の語を拾い、まとまりごとに記号を付して列挙してみる。（　）内は節数、会話文は［　］内に発話者を記す。「芸術」を含む語には囲み、「戯作」を含む語には波線を付す。

A　彼はさう云ふ種類の芸術には、昔から一種の軽蔑を持つてゐた。何故かと云ふと、歌にしても発句にしても、彼の全部をその中に注ぎこむ為には、余りに形式が小さすぎる。〔中略〕さう云ふ芸術は、彼にとつて、第二流の芸術である。（二）

B　さうしてさう云ふ不純な動機から出発する結果、屢々畸形な芸術を創造する惧があると云ふ意味である。（四）

C　芸術家としての天分を多量に持つてゐた彼は（七）

D　が、一方又それが自分の芸術的良心を計る物差しとして、尊みたいと思つた事も度々ある。（八）

E　それは、道徳家としての彼と芸術家としての彼との間に、何時も纏綿する疑問である。彼は昔から「先王の道」を疑はなかつた。彼の小説は彼自身公言した如く、正に「先王の道」の芸術的表現である。だから、そこに矛盾はない。が、その「先王の道」が芸術に与へる価値と、彼の心情が芸術に与へようとする価値との間には、存外大きな懸隔がある。従つて彼の中にある道徳家が前者を肯定すると共に、彼の中にある芸術家は当然又後者を肯定した。勿論此矛盾を切抜ける安価な妥協的思想もない事はない。実際彼は公衆に向つて此煮切らない調和説の背後に、彼の芸術に対する曖昧な態度を隠さうとした事もある。

しかし公衆は欺かれても、彼自身は欺かれない。彼は戯作の価値を否定して「勧懲の具」と称しながら、常に彼の中に磅礴する芸術的感興に遭遇すると、忽ち不安を感じ出した。（十）

F　「たかが戯作だと思つても、さうは行かない事が多いのでね。」［馬琴］（十一）

G　六十何歳かの老芸術家は、涙の中に笑ひながら、子供のやうに頷いた。（十四）

H　この感激を知らないものに、どうして戯作三昧の心境が味到されよう。どうして戯作者の厳かな魂が理解されよう。（十五）

このように見てみると、〈戯作〉の語は、（十五）の三昧境で用いられる以前、つまりE、Fでは、いずれも建前上の卑下として使われている。作品中には、「創作」「小説」「作者」「著述」など、作家や作品、創作活動を指す語は他にもいくつか用いられている。それらが特に価値判断を含まないのに比べ、Eは公言する上で、またFは崋山との会話の上で、自分の携わっている小説というものを卑下して言う際に〈戯作〉の語を用いているのである。それに対しHの三昧境では、そうした卑下ではなく〈戯作三昧〉境や〈戯作者〉を自認している。

「戯作三昧」に影響を与えたとも言われる、永井荷風「戯作者の死」（『三田文学』大二・一、一、三、四　のち改稿改題

「散柳窓夕栄」）のように、主人公（柳亭種彦）に関して一貫して〈戯作（者）〉の語を使っている場合はともかく、「戯作三昧」においては、（十四）までは馬琴は〈芸術〉という語を多用して語られており、同じく（十四）までの〈戯作〉の語は、その〈芸術〉の語とは峻別されている。試みにＥＦの〈戯作〉の部分を〈芸術〉の語で置き換えてみれば、文脈は成り立たなくなる。

次に、一般的な用法としての〈芸術〉〈戯作〉の語を確認しておきたい。生田長江編『文学新語小辞典』（新潮社大二）の「芸術」の項には「普通には（中略）技術のやうに実用を目的としないで、美を表はす事を唯一の目的とする技術及び作品を指す。即ち建築、彫刻、絵画、音楽、詩歌、小説等がこれである」とあり、「芸術的」の項には「一般に、実用的即ち功利的に対していふ言葉である」とある。

「戯作三昧」の同時代文壇において、「小説は芸術であり小説家は芸術家であるに相違ない」（中村星湖「芸術家及び職業者としての小説作家」／「早稲田文学」大六・一〇）というように、〈芸術〉は小説や詩歌などの文芸と同義で用いられた。また「真実の芸術」「真の芸術家」（同前）とは何か、といった問いかけがしばしば見られたように、〈芸術〉の語には高尚性が伴い、先の『文学新語小辞典』にあるように、「実用的即ち功利的に対して」というニュアンスを含んだ。「戯作三昧」ではそのような同時代の語義での〈芸術〉が用いられている。

〈芸術〉の語は「中国や明治以前の日本においては、才知・学問・技術などの意味に使われていて、近代的な芸術という意味には用いられていなかった」（『講座日本語の語彙　第十巻　語誌Ⅱ』明治書院　昭五八／平林文雄「芸術〈美術〉」の項）ということから、三昧境で〈戯作〉の語を用いたのは、馬琴の心情に密着して語る三昧境に、史上人物としての馬琴が知るはずもない〈art＝芸術〉の語を持ち込むことを避けたからだ、という推測もできるかもしれない。しかし、先の抜粋Ｅにおいて、同じ文脈の中で〈芸術的感興〉と、勧懲の具としての〈戯作〉が対置されているので、〈芸術〉や〈創作〉などの語が馬琴の心情に密着するとそのまま〈戯作〉の語に置き換わるとは考えられない。

次に〈戯作〉の語であるが、生田長江ほか編『新文学事典』（新潮社　大七）の「戯作者」の項には、「稗史・小説・戯曲の作者をいふ。徳川時代には此等の書は士君子の排斥するものなりし故、作者自ら貶して斯くいへり。」とある。同時代小説でも、中條（宮本）百合子「日は輝けり」（「中央公論」大六・一）では、息子が文学を志していると知った父の頭の中に「戯作者」云々という罵りの言葉が浮かぶ。息子は父への愛情と「芸術的良心」の間で苦しむ。近代から見た史上人物としての馬琴に関する諸言説に限ってみても、〈戯作（者）〉という語は、単なるジャンルや職業名として用いる場合と、卑下の場合とが混在していた。しかし「小説」「著作」「小説家」「作家」などの語を用いている論者も、特に馬琴が小説家という境涯を恥じていたとか、「戯作三昧」にもあるように他の作者輩を軽蔑していたという文脈においては〈戯作（者）〉の語を用いることが多かった。

例えば「戯作三昧」の典拠とされる『馬琴日記鈔』（文会堂書店　明四四　以下『日記鈔』）において、馬琴自身の言を除いた評者の言説の中から、〈戯作（者）〉の語を全て抜き出すと、

①当時の群小戯作者の間に屹然として自ら持するところがあつたその真面目（序・六一）

②馬琴が当時の戯作者等と伍せず独り自ら高うせし見識を見るべし。（二六―二七）

③当時の戯作者と伍をなすを厭はれしは勿論にて（二八）

④水越の改革、当時の戯作者にとりて一大霹靂なりき、ただ八犬伝がその災厄を免かれたる、翁が平生の主張も偲ばれて嬉し。（一九二―一九三）

⑤渡世の為なれば是非に及ばずといふところ、翁が戯作に隠れたる動機を窺ふべし。（二一一）

の五例になる。（　）内はページ数である（以下同）。①～④は、馬琴が当時の戯作者たちの中で孤高の存在であったことを示す文脈である。⑤は、改名主のために原稿を直すのも渡世のため、という記事に付けられたコメントで

あるが、『日記鈔』二二七ページに引用されている馬琴の言（八犬伝の回外剰筆）に「戯墨は読書の余楽にて吾真面目にあらねども、是を以て旦暮に給し又是を以て有用の書籍を購んとてする也」というくだりと関わり、戯作などしたくはないが渡世のために書きもするし直しもする、ということで、これも馬琴の小説家境涯への羞恥、軽蔑の文脈である。

『日記鈔』の評者のように、軽侮を含む文脈でしか〈戯作（者）〉の語を使っていないというのは極端な例だが、そこまでの限定ではなくとも例えば関根正直「曲亭馬琴翁の生活」（「帝国文学」明四〇・七、八）では、馬琴に対しては主に「小説」「著作」の語を用いているが、「当時の謂はゆる戯作者は、多く市井の軽薄才子なれば、これと伍をなさじとて、自づから高く標置し」とある。藤岡作太郎『近代小説史』（大倉書店　大六・一）も、「小説家」「作家」「著作」の語を多用しているが、軽侮の文脈になると「馬琴は小説を作りながら戯作者といはるゝを厭ひ、」「一歩進めて戯作の賤むべからざるを云ふに至らず、事実には之を行ひしも議論には之を出すことなかりき。」「彼れは断して自ら賤めたる戯作者の班に入りて、唯差当り之を弁ぜり。」（五六七）などと述べている。

史上人物としての馬琴に対するこれら近代の言説の中では、〈戯作（者）〉の語は、馬琴自身のそのような羞恥、卑下と結び付いていた。「戯作三昧」の（十四）までの二例における〈戯作〉の語に含まれる卑下の要素も同様である。そうであってみれば、〈小説〉でも〈芸術〉でもない、他ならぬ〈戯作〉の語がなぜ最後の三昧境でも用いられているのかが問題となる。この語を単なる職業、ジャンルを指すものとしての〈戯作（者）〉ととらえ、他の語に置き換えることはできない。

以下これを踏まえ、〈戯作（者）〉の意味を論ずるが、まず、少なくとも（十四）までの馬琴が、「戯作三昧」成立当時における典型的な小説家＝芸術家像として描かれていることを確認し、さらに（十五）の三昧境についてそれら小説家像と比較検証して結論を導きたい。

第四節 〈芸術家〉馬琴像と三昧境

馬琴が抱える諸問題が、芥川自身の作家生活や考えを一部反映していることは、蒲池文雄「「戯作三昧」の成立に関する一考察」(『愛媛大学紀要人文科学(11)A』昭四〇・一二)ほかの先行研究で既に検証されており、芥川のみならず「日本の文壇の同時代性をも一面反映し」ているという指摘もある(吉岡由紀彦論文、本章第一節引用)。確かに、同時代の言説と比べれば、馬琴が同時代の典型的小説家＝芸術家像として描かれていることがわかる。以下、「戯作三昧」の発表になるべく近い時期の小説、随筆のうちから、ごく簡単に類例を確認し、その上で、同時代の小説家像に収めきれない「戯作三昧」の馬琴の特殊性を検証してみたい。作品の展開に従って順に述べてゆく。

(1)「下等な世間」への不快

「戯作三昧」において、愛読者(近江屋平吉)、批評家(眇の小銀杏)、書肆・編集者(和泉屋市兵衛)との関わりで馬琴が味わう〈不快〉に通ずるものとして、例えば長与善郎『彼等の運命』(『白樺』大四・二〜五・一、洛陽堂大五の単行本による)では、主人公の小説家が、「意地の悪い批評家のやうな悪戯気」をあらわにする男に対し、「不快」を感じ、「こんな虫のやうな対手を捕まへて其でムカツ腹を立てたりする自分を余りに情けなさ過ぎるとも思」い、「もつと〳〵高い余裕がなくてはいけない」(一七九)と考える。馬琴が「しかし、眇がどんな悪評を立てようとも、それは精々、己を不快にさせる位だ、いくら鳶が鳴いたからと云つて、天日の歩みが止まるものではない。己の八犬伝は必ず完成するだらう。さうしてその時は、日本が古今に比倫のない大伝奇を持つ時だ。」と〈高い余裕〉を持つことで眇の小銀杏に悪評された不快をふり払おうとする場面と類似する。里見弴「或る生活の一片」（『中央公論』大六・二）の小説家は、新聞で自作の批評を読んで「こつちで構えてゐる所には一と刀も打ち込むで来られない人なら、ほつておけと思」ったり、性質の悪い人間が自分の著作を読もうとするのを見て「遊女に客を選択する権利はあつても、作家には読者を否む方法すらないのが情なく思はれ」る。眇の悪評を「一顧の価のない愚論」と一蹴したり、弟子入り志望の「愛読者」に「自分の読本が貴公のやうな軽薄児に読まれるのは、一生の恥辱だ」と書き送った馬琴に通ずる。編集者から受ける不快に関しては、原稿を取りに来た「客」にさんざん嫌味を言われ、ついにその「客」を殴り、追い出してしまう長与善郎「創作に失敗したる夫」（『白樺』大四・一）の小説家がある。この編集者（客）は、主人公の仲間たちの名を出し、「Cの脚本は今度舞台に上る相だね。」「Bの小説も今度アメリカの雑誌に載る相だ。」などと言って主人公をけしかける。種彦や春水の名を出して馬琴を刺激しようとする和泉屋と同じである。他にも、締切日に原稿を取りに来た雑誌記者から、「君は天才ぢやないんだらう」と言われて「不愉快」になる谷崎潤一郎「或る男の半日」（『新小説』大六・五）の小説家など、多々見られる。

(2) 芸術家と道徳家、崋山、実力の不安

「しまひには芸術と道徳といふやうな問題に入つて行つて、理想的な芸術的人格と理想的な道徳的人格とは一致するといふやうな事を話し合」う小説家たち（江馬修「七月の日記」／『新潮』大六・八）の姿は、十節で「道徳家としての彼と芸術家としての彼との間に、何時も纏綿する疑問」に悩む馬琴の姿を思わせる。また、「ある時には彼は友と会ふと興奮した。友と仕事の話しでも調子づいてしてゐると衰へた気分も俄かに元気になるのであつた」という小説家の気持ち（先掲長与善郎『彼等の運命』二五八）は、崋山との対話により「一種の力強い興奮」をつかの間取り戻す馬琴に通じる。しかし崋山が帰った後、昨日書いた原稿を読み返した馬琴は、次のように失望する。

読むに従つて、拙劣な布置と乱脈な文章とは、次第に眼の前に展開して来る。そこには何等の映像をも与へな

い叙景があつた。何等の感激をも含まない詠嘆があつた。さうして又、何等の理路を辿らない論弁があつた。彼が数日を費して書き上げた何回分かの原稿は、今の彼の眼から見ると、悉く無用の饒舌としか思はれない。彼は急に、心を刺されるやうな苦痛を感じた。／「これは始めから、書き直すより外はない。」

このような失望は、「自分の書き現はさうと思つた事は、予期した半分も書けてゐないで、たゞその場のくど〳〵しい叙景や、行き詰つて思はず中心から逸れた部分や、書き擲つたやうにさへ見える落ち附きのない描写の仕方や——そんなあなだらけな点ばかりが目に立つ、成つてゐない、詰らないものになつてしまつてゐた。清書しながら自分はもう落胆して了つた。『明らかに失敗の作だ。これはもう一度初から遣り直さなければ駄目だ』」（秋庭俊彦「下層室」／「早稲田文学」大六・二）という小説家と同じである。そしてその先には、「失敗がそれ丈けに止まらず、今後永久に続いて自分全体が駄目になつて了いはしないか。自分の中の泉はもう永遠に涸れて了つたのではないかと思はれて来る〔中略〕さうなると自分が平常限りなく忌み軽蔑してゐるもの、勝ち誇つた凱歌を想像する」（先掲長与「創作に失敗したる夫」）ことになる。「彼自身の実力が根本的に怪しいやうな、忌はしい不安」を感じ、自分も「同時代の屑々たる作者輩」と「同じ能力の所有者だつたと云ふ事を、さうして更に厭ふ可き遼東の豕だつたと云ふ事は、どうして安々と認められよう。」という馬琴の心情と同様だ。

（3）太郎による救済

以上のような苦境から、幼い孫の太郎によって救い出される馬琴の姿は、みじめな浅ましい生活に「あゝ、これが生活か！」と悲嘆する新聞記者が、一歳七ヶ月の息子の登場によって「転換の出来ない苦しい気持」からつかの間救われたり（広津和郎「神経病時代」／「中央公論」大六・一〇）、前日から白いままの原稿用紙を前に追い詰められている「彼」が八つになる弟と遊ぶことによって気を紛らす姿（谷崎精二「妹」／「新潮」大六・一）、「子供は屢々彼をこんがらかつた頭の世界から自由で、ナイイヴな、天然の世界に引き戻した。それは無心に彼を感化し、蝶の如く彼の前に舞ひながら彼を真の「彼」と自然とに導く事を助けるものであつた。」という小説家の姿（長与善郎「小さき幸福」／「新潮」大六・一〇）と同様である。

ここで、このような子供の役割について述べておきたい。芥川自身が子供の無垢性を重要視しており、それが太郎の造型に表れていることは、既に蒲池文雄「「戯作三昧」考」（「愛媛大学紀要第一部人文科学（9）A」昭三八・一二）、同氏先掲論文（本節）、吉岡由紀彦先掲論文（本章第一節）において指摘されている。しかしもちろんそれは芥川に限ったことではなく、先に引いたように、同時代小説の子供像としても定着していたものである。河原和枝『子ども観の近代』（中公新書　平一〇）は、日本近代において「子どもを無垢な存在とみるロマン主義的な子ども観」（序章）が、ワーズワスの影響を受けた国木田独歩など大人の「文学」を通して輸入され、それが童話に影響して定着していく過程を検証している。

そのロマン主義に関しては、ピーター・カヴニー『子どものイメージ　文学における「無垢」の変遷』（江河徹監訳　紀伊国屋書店　昭五四）によれば、「ロマン派固有の、この「無垢なる子ども」という考え方」（緒言）は、ルソーの影響でブレイクやワーズワスなどのロマン派詩人によって導入され、その後、ヴィクトリア朝のディケンズやジョージ・エリオットらの小説にも受継がれた。そして、木村毅が「子供を芸術化した文芸は」「英国に発生はしたが、他国にも続々とそれを追ふものが生じ」た（『明治文学展望』改造社　昭三）というように、ディケンズらの影響は全欧に、そして日本にも及んだ。

ロマン派的子供像の日本近代文学への影響については既に数多くの論考があるが、「戯作三昧」との関わりで言うなら、例えば、太郎の顔を眺める馬琴が「これが大きくなつて、世間の人間のやうな憐れむべき顔にならうとは、どうしても思はれない。」と考える部分などは、「自然の造作のままの美しさでもってわれわれを喜ばせてくれる顔の、何と少ないことだろうか！　心配や悲しみや浮き世の欲望が心をゆがめると同じように、顔かたちをも変えてしまうのだ。」（ディケンズ『オリヴァー・トゥイスト』第二十四章）[1]、「世にもみごとなあどけない顔には、このようにひとの心を清める力があるので、世間のあらゆる下卑たことや、卑劣な行いから生じる嘆かわしいことがこの小児の顔をまで汚しはしまいかと心配になって、改めて身震いが出るのである。」（エリオット『ダニエル・デロンダ』第十六章）などに通ずる考え方である。また、「戯作三昧」において馬琴が安らぎを感じるのが死（一）、自然（九）、子供（十四）であることも、ロマン派においてこれら三者が結び付いていることを考えると興味深い。

　太郎の役割について検討する上で、芥川に影響したと推測される文学的または思想的背景を指摘した論もあるが[2]、これらの影響を考えに入れても、〈老芸術家〉が子供によって救われるという、老人と子供の対比は説明できない。馬琴は、冒頭の銭湯の場面で、秋＝老いを感じて「無心の子供のやうに」「「死」の中に眠る」ことを望み、（十四）の結びには、「老芸術家は」「子供のやうに頷いた」とある。老人と子供という対比は、作品の冒頭と三昧境の直前とを担っており、重要である。英文学における無垢な子供像の中には、純粋な心を失った大人、殊に「老人たちは自分たちの観念にあまりにも執着する」[3]といわれるような、何年も俗世にまみれ凝り固まってしまった老人の偏執を解き放ち、救い出す無垢な子供というモチーフがある。例をあげると、ワーズワスの詩「マイケル」(Michael) や、その詩の一部をエピグラフとして掲げたジョージ・エリオットの「サイラス・マーナー」(Silas Marner) である。

　ワーズワスは、子供を「人間最初の詩魂のあらわれ」とし、その「詩魂」をすり減らすことなく「死に至るまで」保ちつづける（「序曲」第二巻二六九–二七九行）ことを理想とし、多くの人間が成長につれてその「詩魂」「真理」を失ってしまうことを嘆いた。「マイケル」の息子ルークも、子供の時には、年老いた父親マイケルにとって、「太陽に光を与え、風に音楽を添えるような、感情と流出物とが少年から迸り出て、老人の心が生れ変ったように思われた」というほどの存在であった。子供が老人に希望をもたらすというモチーフである。

マイケルは、偏狭というわけではなく誠実で真面目な老人だが、「墓場に片足を突き込んだほどの老年」になって一人息子ルークを得、とてもかわいがった。その描写の中に、「子供と云うものは年老いたものに、この世が与える凡ゆる賜物にもまして、希望や将来に対する期待をもたらし」という句がある。それをエピグラフに掲げ、老人の凝り固まった心を解き放つ子供というモチーフにまで至ったのがエリオットの「サイラス・マーナー」である。

親友とフィアンセと神に裏切られ、愛と信仰を失ったサイラス・マーナーは、知る人もいないラヴィロワ村にやってきて、人々に心を閉ざし、織工をしながら貯めた金貨を眺めることだけを生甲斐にして十五年を過ごす。四十歳にもならない程の年だが老けこみ、子供たちからは「マーナーじいさん」（Old Master Marner）と呼ばれ、「あんたは独り身だし、年とっているんだから」（十三章）（an old bachelor like you）と言われているように、老人として設定されている。生甲斐であった金貨をごっそり盗まれ、絶望したサイラスの小屋に、ある晩突然、幼い女の子エピーが迷い込む。偏狭な〈老人〉サイラスの執着を解き放ち、新しい世界へと導くエピーの存在は、太郎と同じ系譜にある。「今では彼の周囲には、老若を問わず、彼を嫌うひとはなかった。というのも、この子がきて彼と全世界とをもう一度結びつけてくれたからだった。」（十四章）などのくだりは、頑な老人の心を解放する子供の力を語っている。

芥川がこういったモチーフを知っていた可能性について触れておくと、ワーズワスの詩は、日本近代文学館芥川龍之介文庫にワーズワスの作品集が残っていることからも、芥川は接していたはずである。中でも「マイケル」は日本で早くから有名であった詩で、国木田独歩の詩や、「源叔父」（「文芸倶楽部」明三〇・八）などの小説に直接影響した詩としても知られている。(4)「源叔父」には、妻子を亡くして以来親しい人々にも心を閉ざし、歌うこともしなくなった船頭の老人が、少年と暮らすことで心を開き、歌を取り戻すという場面がある。

「サイラス・マーナー」については芥川が読んでいたか確証はないが、同作はエリオットの作品中、「誰云ふとなく代表作のやうになつてゐる」（平田禿木「ヂョーヂ・エリオト」／「英語青年」大八・一一・一五～一二・一五）小説であった。芥川は大学時代、英文学の講義のつまらなさに辟易し、「夏目さんの文学論や文学評論をよむたびに当時の聴講生を羨まずにはゐられない」（大三・一二・二一　井川恭宛書簡）と言っていた。その『文学論』（大倉書店明四〇）で漱石はエリオットを「泰西の小説家中一流に位すべきものにして特に其知的方面に於ては殆ど無比と云ふて可なるが如し」（第三編第一章）とまで褒めている。芥川がその代表作を、あらすじさえ知らなかったということは考えにくい。しかも「サイラス・マーナー」は漱石が帝大での講義テキストに用いた作品である。漱石追悼の「新小説」（大六・一臨時増刊）に掲載の「夏目漱石氏の一生　大学教授時代」という記事で、松浦一が回想しているのによれば、「図書館あたりに沢山あつた書物の便利の為でもあつたらうが、サイラス・マーナーを我々に読まして居られた」と言う。

もちろんこれらの英文学作品は一例であって、このようなモチーフは英文学だけとは限らないし、「戯作三昧」の太郎と馬琴の対話に、特定の作品のみの影響を見ることは無理がある。ただ、子供が世俗に汚されない無垢性ゆえに老人に希望を与えたり、偏見や妄執から解き放つというモチーフが、芥川の、というよりも上記のように明治大正期の作家や学生たちの身近な文学作品の中にあったということは、「戯作三昧」の馬琴と太郎を考える上で看過することはできない。

「戯作三昧」や先に引いた同時代小説に見られるような、行き詰まった大人を救う子供の役割は、ロマン派子供像に源を持つ外国文学や、それらに影響された日本近代文学において定型化していた子供像を受けたものと言える。

ここまでは、馬琴の造型と、同時代の文学や芸術家像との共通性について述べてきたが、続けて作品の展開に沿い、馬琴の造型における特異な面についても検討しておきたい。まずは書斎の問題である。

（4）書斎の役割、位置

「戯作三昧」において、書斎は「執筆中は家内のものも、この書斎へははいつて来ない。」（十五）という、家族と離れ、独り閉じこもって創作に耽る場所である。そのような書斎という空間の役割についても、例えば谷崎精二「都築老人」（「早稲田文学」大六・四）の小説家は、「書き物をして居る間猥りに家人が彼の書斎へ出入する」と「非常に不快な、いら〳〵した様子を見せ」、日夜書斎に閉じこもっていると、「何物も彼の気持を静かな観照から妨げる□〔欠字〕無く、世界のあらゆる出来事は唯書斎の外の雑然とした。〔ママ〕一つの噪音として彼の周りにたつて行」く。小山内薫「泥の山」（「新小説」大六・四）の作家も、「戸を締め切つた夜の書斎は私にとつての広い野原だ、自由な天地だ」という。

「戯作三昧」における書斎の役割は、このように同時代小説において典型的なものであるが、馬琴の「玄関の隣にある書斎」（六）という位置は異例だ。これまで挙げた小説のうち、長与『彼等の運命』「小さき幸福」、里見「或る生活の一片」、精二「妹」、そして書斎の役割として例示した精二と小山内の二例は、書斎が二階にあることが明記されている。里見の「幸福人」（「中央公論」大六・九）、野上弥生子「彼女」（「中央公論」大六・二）でも書斎は二階である。これらの小説の主人公である作家たちは、それによって、茶の間などの日常生活があり人の出入りも激しい一階から隔絶され、仕事に集中できる。『彼等の運命』において、「階下に降り」（四一一）て「若い女達を対手にしてこんなことを暢気に饒舌つてゐる自分の怠慢さ」（四一三）を恥じた主人公が「慌しく二階に駆け上」（四一四）る姿はその意味で象徴的である。ちなみに、先に触れた荷風「戯作者の死」でも、「家内のものをも遠ざけ、書ものをするからとて、二階の一間に閉ぢ籠つた」（引用は初出による）とあるように、種彦の書斎「修紫楼」は二階だ。平屋の場合でも、たいてい書斎は奥にあり、例えば近松秋江「疑惑」（「新小説」大二・一〇）では、「奥の書斎」で孤立していた小説家の「私」は、自分の妻と家に置いていた学生とが親密になっていることにさえ、なかなか気づかない。「戯作三昧」のように、人の出入りの激しい玄関の隣に書斎があるというのは珍しい。

　このことについては、太郎が「俗なる世界」である茶の間を通らず「〈仏参〉の世界から直行したことは意味がある」（宮坂覺「汚染される〈空間〉・聖化される〈空間〉――芥川龍之介「或日の大石内蔵之助」「戯作三昧」――」／山形和美編『聖なるものと想像力（下巻）』彩流社　平六）というような、創作上の効果もあるかもしれないし、史上人物としての馬琴とも関わる。これまで「戯作三昧」を論ずるにあたって、典拠との比較はなされつくしているものの、史上人物としての馬琴の書斎の位置について触れた論はないようなので、ここで述べておく。

　典拠の『日記鈔』からは、「戯作三昧」の設定である天保二年時点で馬琴が住んでいたのが同朋町であることまではわかるが、家の間取などはわからない。ちなみに、同朋町に移る前の飯田町時代の書斎は二階にあった。文政元年七月晦日の鈴木牧之宛書簡には「拙者は年中二階住ひにて」（『曲亭遺稿』国書刊行会　明四四、三六八）とある。「戯作三昧」では、銭湯が同朋町にあるので、芥川は馬琴の家を同朋町のものとして設定しているのだが、間取りを知るには『日記鈔』以外の文献が必要である。芥川が見た文献を特定することはできないが、当時あった文献から、書斎の位置はほぼ推測できる。例えば、水谷不倒撰『近世列伝体小説史』（春陽堂　明三〇）の下巻一六五ページ、馬琴の章には、孫のつぎ女の回想による同朋町の間取図が載っている（図参照）。

　信憑性には欠けるが、その図によれば、平屋で、玄関を入ってすぐが薬局兼診療所、その隣に居間、客間と続いている。茶の間は厨を兼ねていて、診療所の奥である。「書物置場」はあっても「書斎」という記述はないので、診療所の隣にある「居間」（図のへ）か、或は家の一番奥にある「居間」（図のチ）のうちどちらかが書斎ということになる。この図だけでは決定できないが、馬琴の「改過筆記」（『続燕石十種　第二』国書刊行会　明四二）にこの家について「書斎と客の間のあはひ、宅の中宮より丙の方［やや東よりの南方］に当る所の床板をとり放ちて」（三二八）とあり、また「居宅の正面、南の方なる数間の板屏」（三二四）とあるので家は南向き、図でいえば上方

之はつぎ女の物語によりてかくもありけむとかける瀧澤家のさまなり。
つぎ今年六十六歳、七歳の幼き時見捨てたりし家を六十年の今の記臆に求めたるなればあへて誤なしとにはあられど大方はかゝらむといふによりてかけるなり。

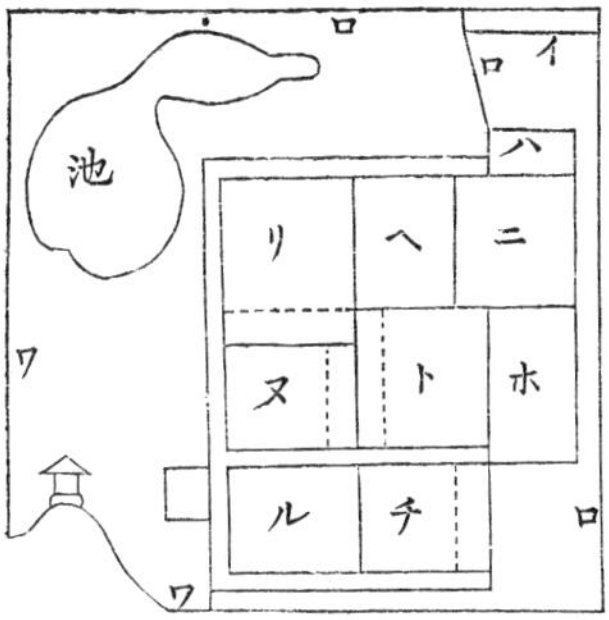

上圖におきて　イは門　ロは塀　ハは玄關　ニは藥局にして診察所をかねたる所　ホは茶の間にてくりやをかぬ　ヘは居間　トは納戸　チは居間　リは客間　ヌは書物曙場　ルは納戸　チは便所　ヲは垣：を以て限れるは床の間押入等　室を圍めるは椽なり。井のありかはきゝもらせり。本圖は大方は二分一間のつもりなり。

翁はかねてより輿繼には兄の祀をつがしめむの心がまへありければ、幼きより醫師のわざを學ばせ、文政の初こゝに家を求めてうつらせけり。我れもとく世の事を捨てゝとは思へども家をば流石にてあはれよき聟をがなとえ

『近世列伝体小説史』より

が南になる。そして書斎は南向きの居間（図のヘ）ということになる。「改過筆記」によらずとも、目の悪い馬琴が「今日風雨南へあて、雨戸立籠くらく候に付、著述不便也」（「戊子日記」／『近世文芸叢書　第十二』国書刊行会　明四五、七四）というように、明るい南向きで執筆していたことからしても、北の居間ではない。

間取図では、南の居間即ち書斎へは、縁側を使えば診療所を経ずとも玄関からすぐに行けるようになっている。ほぼ「玄関の隣」と言ってよい位置であり、「戯作三昧」の書斎の位置と合う。馬琴の書斎が大正期の典型的小説家像とは違って「玄関の隣」にあるのは、芥川が、何らかの資料によってこのことを把握したためという可能性もある。

この書斎の件と同様に、作品において最も重要な三昧境に関しても、同時代の芸術家像との共通点とともに特異な点が見られるので、続けてその考察へと進みたい。

(5) 三昧境

三昧境の描写にも、同時代の小説家像との共通点、類似点がいくつかある。例えば神来の興を火にたとえることは、「文章世界」（大六・六）の「創作と実験」で豊島与志雄が自らの「創作態度」を語っている中に見られる。豊

島は「茲に云ふ創作力とは心のうちに燃ゆる一種の火を指すのです。」「それはプロメシユウスの火」であり「真剣になつて創作したことのある人は皆此の火の味を知つてゐるに違ひない」、「此の火が燃え上る時に本当の創作が出来る」と言う。プロメテウスがゼウスに逆らって天上から盗み出し、地上に運んで人類に与えた火であるから、天から降りてきた、文字通り〈神来〉の興という意味だろう。そして豊島は「一度筆をつけ初めると」「其処にはたゞ、心のうちの火を燃やすこと、表現の選択との努力が残るばかり」で、「執筆中や脱稿後の気持ちは自分にとつては少しも大事なことではありません。大事なのは筆を取るまでの間です。一度筆を取つたら、もう最後まで力一杯につき進むの外はありません。」という。神来の興＝火を得て筆を取り始めたら、あとはつき進むのみ、という境地は三昧境と重なる。

また先掲長与善郎「創作に失敗したる夫」の「夫」は、自分が創作の興に押し流される過程を、勢いを増す水の流れに喩えて「妻」に説明する。

泉の憤き出すエネルギーが強くつてどん〳〵湧いてゐる中にその水が何方かに流れ出すともう自然な勢で其方に迸つて行く。〔中略〕流れ出した水勢は更に後から〳〵と水を誘つて水量も自ら増し、細流であつたものが立派な川になり、更に大河となつて流れる方向にどん〳〵流れさへすればいゝことになる。さうなればもうよし時々に迷ふことはあつても流れを中止させることは出来ない。〔中略〕強いエネルギーに克つものはない。それには自分さへ自由にされて了ふ。手先きに使はれて了ふ。だからそんな時には自分が書いてゐるやうな気はしない。ある内から湧く止み難い力に強ゐられてその命ずるが儘に只自分が手を働かしてゐるやうな気がする。さうして自分がそれを書いてゐることを意識せずにどん〳〵書いて行く。

といった描写は、三昧境において神来の興が光の「流」に喩えられて語られる次の場面とよく似ている。

頭の中にはもうさつきの星を砕いたやうなものが、川よりも早く流れてゐる。さうしてそれが刻々に力を加へて来て、否応なしに彼を押しやってしまふ。〔中略〕頭の中の流は、丁度空を走る銀河のやうに、滾々として何処からか溢れて来る。〔中略〕しかし光の靄に似た流は、少しもその速力を緩めない。反つて目まぐるしい飛躍の中に、あらゆるものを溺らせながら、澎湃として彼を襲つて来る。彼は遂に全くその虜になつた。さうして一切を忘れながら、その流の方向に、嵐のやうな勢で筆を駆つた。／この時彼の王者のやうな眼に映つてゐたものは、利害でもなければ、愛憎でもない。まして毀誉に煩はされる心などは、とうに眼底を払つて消えてしまつた。あるのは、唯不可思議な悦びである。或は恍惚たる悲壮の感激である。

さらに「創作に失敗したる夫」の「夫」は、苦労しながらでも仕事をしている時には「自己に征服者の意気と王者のやうな充実した権威とをさへ感じて来る。だから創作家の苦痛と寂寥とが凡そ最も深酷なものであると同時に、その歓喜は又他の何者にも獲られない深い、勝ち誇つたものなのだ」と語る。この「王者のやうな」という語も右に引用の三昧境と共通している。

神来の興を得て三昧境に耽る馬琴の描写は、このように、同時代の小説家像と重なるものである。しかしここで特に注目したいのは、「注意に注意をして、筆を運んで行つた」「あせるな。さうして出来る丈、深く考へろ。」「ややもすれば走りさうな筆を警めながら」というように、筆が走らないように注意していた馬琴が、「否応なしに彼を押しやってしまふ」「筆は自ら勢を生じて、一気に紙の上を辷りはじめる」「その流の方向に、嵐のやうな勢で筆を駆つた」というように、結局は筆を走らせてしまうことである。果してこのようにして書かれた作品は、馬琴の納得いく〈芸術〉なのだろうか。もちろんそのような全てを忘れての没入こそが三昧境なのであるし、神来の興を得ることが即ち優れた作を書くことなのだという考えもあるだろう。しかし、「経験上、その何であるかを知ってゐた馬琴」というからには、馬琴が神来の興を得たのは今夜が初めてではない。経験を踏まえた上で、「深く考へろ」と自らに命じていたはずが、結局は流されてしまう。これでは、（十三）で馬琴自らが失望した「何等の映像をも与へない叙景」「何等の感激をも含まない詠嘆」「何等の理路を辿らない論弁」のうち、少なくとも「深く考へ」ることが必要だと思われる「理路」は怪しくなる。つまり、「「神来の興」に導かれて、「光の靄に似た流」の中に溺れ、「嵐のやうな勢で筆を駆つた」馬琴とは違って、良秀の住する芸術の境は、あくまで意識的な明晰な世界であ」ると言われるように（海老井英次「「戯作三昧」と「地獄変」――〈自我〉の神格化――」／『芥川龍之介論攷――自己覚醒から解体へ――』桜楓社　昭六三／初出「文学論輯」昭五三・六）、馬琴の三昧境には勢いや感興がある代りに意識や理性はない。「三昧境に身を任せて書き綴っている文章が、数日を経た後には「悉く無用の饒舌としか思はれない」ようになる可能性もある」（水洞幸夫「「戯作三昧」試論――馬琴の情熱がめざすもの――」／「学葉」（金沢女子短期大学紀要）平一・一二）のである。同時代小説でいえば、先掲里見弴「或る生活の一片」にいう、「一寸した亢奮が来た時に直ぐ机に向つてみても、丁度夢のなかで非常な哲理などを考へついて、これだ！と思つたのが、朝になつてから考へてみるとまるで取り止まりのないことであるやうに、亢奮が去ると同時に、その書きかけは破らずにはゐられないやうなものになつて了つた」という事態になるかもしれない。

三昧境において、「毀誉に煩はされる心などは、とうに眼底を払つて消えてしまつた。」という時、作品自体の出来や価値を気にかける意識も消えている。他の「屑々たる作者輩」（十三）の小説とは異なる〈芸術〉への執着、自分は「下等な世間」（九）の人々とは異なる〈芸術家〉であるという、（十四）までの意識が消え、書いたものがどんなものであろうと、価値のない「たかが戯作」であろうと、執筆時の陶酔が全てだと、「恍惚たる悲壮の感激」に浸っている。そのことが表われているのが、〈戯作三昧〉〈戯作者〉という語である。筆が滑らぬよう気にかけていた意識が、押し流されてしまったという三昧境の過程に、馬琴が〈芸術（家）〉への執着を持っていたがそれを捨て去ったという、作品全体の流れが凝縮されているのではないだろうか。

先に引いた豊島与志雄も、神来の興を得ながらも「表現の選択」をする冷静な意識は失わない。長与善郎「創作に失敗したる夫」でも、「夫」が作品の価値への意識を捨て去るどころか、「強情では負けはしない。執着では負けはしない。」「凡ての外部の悪や醜い迫害からも営養分を吸へるだけ吸つて生長してやる。さうして仕舞には克つてやる。あらゆる禍を転じて福となすのが天才の本職だ。」と、あらためて下等な世間を見下す「天才」芸術家たる決意を固める点がこの作品の主眼である。

以上のように、馬琴の〈芸術家〉としてのさまざまな悩みは、ほぼ同時代の〈芸術家〉＝小説家像に沿っている。しかし三昧境において、その〈芸術（家）〉への執着までをも捨て去ったというところに、馬琴の特異性がある。作品の流れに添ってまとめれば、冒頭からの下等な世間による〈不快〉は、馬琴があくまで彼等とは異なる〈芸術家〉としての誇りに拘泥し、自分までが下等な言動を強いられることでその誇りに水を差されたがゆえの〈不快〉であった。さらに、水滸伝を読み、内容の道徳性への感興よりも、その場面の戯曲的な情景への芸術的感興が優位に立ってしまったことから、自分の〈芸術〉の価値基準として、道徳性を優位に置くのか、芸術性（「芸術的感興」をもたらす美的価値）を優位に置くのかが定まっていないことへの不安を思い出す。即ち、〈芸術家〉として立つ足元の危うさである。その不安から逃れるように、崋山を「玄関まで」出迎えるが、いわば理想的〈芸術家〉崋山に接した後、馬琴が陥ったのは、「彼自身の実力が根本的に怪しいやうな、忌はしい不安」であった。それまでの馬琴の〈芸術家〉としてのさまざまな悩みがここに極まり、自分は本当に「屑々たる作者輩」とは異なる〈芸術家〉なのかという疑いにまで煮詰まっている。そこに太郎が登場して救われ、その夜、三昧境に至る。

（十四）の結び、「六十何歳かの老芸術家は、涙の中に笑ひながら、子供のやうに頷いた。」という一文は、「老芸術家」が〈芸術家〉であることへの執着を捨てて「子供」になることを示していると考えられる。太郎は、下等な世間の対極にあるものとして馬琴を世俗から三昧境の高みへと導いたというよりも、その無垢性が、高みに至ろうとする心、つまり〈芸術家〉という体面への執着をこそ解き放ったのである。老人の凝り固まった心を、無垢な子供が解き放つというモチーフについては、本節（3）で述べたとおりである。

そして三昧境の馬琴は、（十四）までのような〈芸術家〉として創作活動に陶酔しているのではなく、〈戯作者〉として陶酔している。三昧境は、決して〈芸術家〉馬琴の到達点でも、〈芸術家〉の孤独な理想郷でもない。（十四）と三昧境の断絶はここにある。

ここで補足として、作品終結部における書斎と茶の間の問題でしばしば言及される蟋蟀の声について触れておく。作品は茶の間の情景を描いたあと、「蟋蟀はこゝでも、書斎でも、変りなく秋を鳴きつくしてゐる」と結ばれる。この一文は、単に静けさや没入ぶりを表すだけではない意味を感じさせる。これまでの研究でも、この蟋蟀を「三昧境の価値を腐食する」（高木香世子「芥川龍之介「戯作三昧」論」／「カルデラ」昭五〇・一二）ものと見るにしても、「〈書斎〉と〈茶の間〉を結ぶ心の交流を思わせる安らぎの象徴」（永栄啓伸「背離する語り（上）——芥川龍之介「戯作三昧」——」／「解釈」平七・一〇）と見るにしても、いずれにせよ家庭の象徴であると読む見解が多く、その点は首肯される。

そして、この一文は、ディケンズの“Christmas Books”の中の一篇、「炉端のこおろぎ」（The cricket on the hearth）に代表される、家庭の象徴としての蟋蟀のイメージを踏まえていると考えられる。「炉端のこおろぎ」では、蟋蟀は「炉と家の守り神」であり、幸福な家庭の炉端にはいつも蟋蟀の声が響く。家庭の平和が危うくなると蟋蟀がその鳴声で、また妖精となってそれを救い、逆に強欲で情け知らずの商人の家には蟋蟀はいない。

この蟋蟀に対するイメージは、もともと遍く普及していたというよりはこのディケンズの作品の影響が大きかったようだ。(5)ちなみにアナトール・フランス“Nos Enfants”の「ファンション」に出てくる、安穏な老後をすごしているおばあさんも、「炉辺の蟋蟀」にたとえられている。

芥川の、大正六年九月二十八日の塚本文宛書簡は、「恍惚たる悲壮の感激」という、三昧境と同じ言葉があり、

「戯作三昧」執筆時期に近いこともあって、しばしば引用されるものである。その書簡のはじめのほうで芥川は、ディケンズについて「クリスマス・カロルの外にもあゝ云ふクリスマスを題材にした話を二つ三つ書いてゐますがあれが一番傑作だつたのです　原文は中々むづかしいから　文ちやんの英語ぢや少しよみかねるでせう」と書いている。この内容から、芥川が「クリスマス・キャロル」を含む全五篇を集めた“Christmas Books”を読んでいたことが推測できる。山梨県立文学館の芥川旧蔵書の中に、海軍機関学校蔵書印のある同書が残っている(6)ことと併せれば確実だろう。

その家庭の象徴としての蟋蟀の声が、書斎も茶の間も含めた家庭を包む声として、「戯作三昧」の最後の一文に響いている。〈芸術家〉であろうとすることへの固執を捨てた三昧境の馬琴に、もはや芸術と俗世間といった二項対立はなく、書斎と茶の間はそのような対立関係にはない。馬琴が三昧境の興奮からいずれ醒めるのは間違いないが、醒めた後の作品の出来がどうであろうと、妻お百がどう言おうと、〈戯作三昧〉境自体には幻滅する必要もないし、対立もしない。馬琴の執着を解き放った太郎が「茶の間の方へ逃げて行つた」ことや、書斎も茶の間も含めた〈家庭〉に響く蟋蟀の声は、そのことの象徴だと考えられる。

第五節　おわりに

以上、三昧境における〈戯作（者）〉の語に注目して、三昧境では馬琴がそれまでの〈芸術（家）〉意識への執着を捨て、作品の出来栄えや価値への執着をも取り払っており、そのことが〈戯作（者）〉の語に表されていることを論じた。そこに同時代における小説家像にはない馬琴の特殊性、芥川独自の人物造型が見出される。また、典拠や、作品の時代設定に近い頃の小説類に材を求める手法は「或日の大石内蔵之助」と同様であった。

本章のはじめに触れたように、これまでに三昧境とそれ以前との間の断絶や、三昧境と実際の「八犬伝」との落差などの問題点が指摘されていたが、馬琴の悩みが自分の〈芸術家〉としての立場を危うくする方向へ進み、ついに自分は〈芸術家〉なのかという段階まで極まったところで、太郎によって〈芸術家〉であることへの執着を解き放たれ、〈戯作三昧〉境に至ったのだと考えれば、これらの問題も、〈芸術家〉馬琴と〈戯作者〉馬琴の違いということになる。またそれが、三昧境での〈戯作者〉という言葉、作品名でもある〈戯作三昧〉という言葉に込められた意味を読み取ることなのではないだろうか。馬琴の境地を、芥川の芸術観とそのまま重ねて、馬琴の〈戯作三昧〉を〈芸術三昧〉の語に置き換えて理解してしまうことは、その意味を見過ごしてしまうことになるのである。

次章では、「戯作三昧」と同じく研究史上〈芸術家小説〉に位置づけられている「枯野抄」について考察する。

注

（1）以下、本章で引用する外国文学作品は和訳によるが、芥川の旧蔵書や、旧蔵書にない場合は当時見られた任意の原文に当たり、文意の懸隔がないことは確認済みである。以下で引用する、和訳および参照した原書の書誌事項は左のとおりである。

〔引用する外国文学作品　引用順〕

・ディケンズ『オリヴァー・トゥイスト』小池滋訳（ちくま文庫（上）平二）“The Adventures of Oliver Twist” London: Chapman and Hall（出版年不明。京都大学附属図書館受入印より明治三三年以前、選択任意）

・エリオット『ダニエル・デロンダ』淀川郁子訳（松籟社　平五）“Works of George Eliot ; v.8” Edinburgh; London: W. Blackwood and sons, 1901（選択任意）

・ワーズワス「序曲」岡三郎訳（国文社　昭四三）、「マイケル」田部重治訳（岩波文庫　昭四一改版）“The Poetical works of Willam Wordsworth:with introductions and notes” ed.by Thomas Huntchinson. London: Oxford University Press, 1914〔日本近代文学館芥川龍之介文庫（以下芥川文庫）蔵本〕

※「マイケル」で、「サイラス・マーナー」のエピグラフとなっている部分は、エリオットの引用では “A child, more than all other gifts /That earth can offer to declining man,/ Brings hope with it, and forward-looking thoughts”とあるが、この芥川文庫本ではこのうち二行目が抜けている。「年老いたもの」という部分が抜けてしまうわけだが、詩の全体のモチーフを理解する上では支障はないと思われる。

・エリオット「サイラス・マーナー」工藤好美、淀川郁子訳『ジョージ・エリオット著作集２』（文泉堂　平六）“Works of George Eliot; v.5”〔出版元、出版年 v.8 に同じ〕（選択任意）

・ディケンズ「炉端のこおろぎ」皆河宗一訳『世界文学全集　第十巻』（河出書房　昭四二）“Christmas Books” London: Chapman and Hall 1906〔注（６）により、芥川旧蔵本と同じ Chapman and Hall 版によった〕

・アナトール・フランス「少年少女」三好達治訳『少年少女』（岩波文庫　昭四七改版）。“Child life in town and country” として英訳され、芥川文庫蔵 “The merrie tales of Jacques Tournebroche and Child life in town and country” 1910　所収。

（２）中野記偉「芥川龍之介におけるＲ・ブラウニング体験――「戯作三昧」に関連して」（『逆説と影響』笠間書院　昭五四／初出「英文学と英語学」昭五二・二）がブラウニング、剣持武彦「外国文学と芥川」（「解釈と鑑賞」昭五八・三）がリルケ「家常茶飯」、松本常彦「神来の興」（「敍説」（敍説舎）平七・一一　および「國文學」平八・四）が天才論の影響をそれぞれ指摘している。

（３）アナトール・フランス『エピクロスの園』（大塚幸雄訳　岩波文庫　昭四九）一〇三頁。芥川文庫に英訳本あり。

（４）吉武好孝「英米作家の導入と日本思想の近代化」、岡本昌夫「ワーズワスとコールリッジ」（ともに『欧米作家と日本近代文学　第一巻』教育出版センター　昭四九）

（５）ジャン＝ポール・クレベール『動物シンボル事典』（竹内信夫ほか訳　大修館　平一）には、「ディケンズは『炉端のこおろぎ』と題するクリスマス物語の中で、こおろぎが、家の友人で、幸福をもたらす、なじみの小妖精であるという説に読者を慣れさせた」とある。

（６）London, Chapman and Hall, 出版年不明。閲覧禁止のため現物は未見。飯野正仁「山梨県立文学館所蔵「芥川龍之介旧蔵洋書」目録」（「資料と研究」平一二・一）より。

第五章　歴史小説（三）「枯野抄」

第一節　はじめに

「枯野抄骨を折つたものですから世評に関りなく自分では或程度の満足を持つてゐます」（大七・一〇・一〇　菅忠雄宛書簡）と言っているように、「枯野抄」（「新小説」大七・一〇）は芥川龍之介がその出来上りに自信を持っていた作品である。芭蕉とその門弟たちを描いているという点で、芥川の、史上人物を扱った歴史小説群の一つに位置付けられ、「枯野抄」の創作方法を考察することは、その作品群全体を考える上でも興味深い。

またこの作品の先行研究において、読みの上での問題となっている点の一つに、登場人物の一人、丈草の位置付けがある。ごく簡単に大別すれば、丈草の感慨を、他の弟子たちの心理と同種、同列のエゴイズムとしてとらえるか、それとも、そこに丈草の芭蕉への理解や、或は〈芸術家〉としての覚悟を読むなどして他の弟子とは区別するかという点で見解が分かれている。例えば、丈草を他の弟子と区別し「芸術家の覚悟」を読む三好行雄「枯野の詩人――「枯野抄」の意味――」（『芥川龍之介論』筑摩書房　昭五一／初出「国語展望」昭四六・六）、「垂死の芭蕉を見ず、またその死を悲しんではいない点においては、丈艸も他の人物たちと変わりはない」とし、丈草に「芭蕉に向かおうとしない眼差しの極点」を見る清水康次「群像を描く」（『芥川文学の方法と世界』和泉書院　平六／初出「女子大文学国文篇」平一・三、引用部は初出を一部改稿）などの論があげられる。なお、吉岡由紀彦「枯野における

〈図〉と〈地〉の由来――「枯野抄」論の前提――」(「近代文学論創」平一一・六)で、丈草を他の弟子と同列視するか否かに関して先行研究の整理、検討が行なわれている。また『芥川龍之介全作品事典』(勉誠出版　平一二)「枯野抄」の項(伊藤一郎)にも丈草の重要性に関する先行研究状況への言及がある。

そこで本章ではまず、この作品の創作方法を、いくつかの周辺資料や同時代小説および外国文学との比較から考察する。それは人物を造型する材料の段階では、丈草のみが特別に造型されているとは言えないということを確認することになる(第二節)。次に、それらの造型された人物や、その心理描写が、作品においてどのような構造をなしているかを中心に考察して、丈草の位置付けについて論じたい(第三節)。

第二節　情景および人物の描写方法

「枯野抄」には、周知のように芥川自身による解説「一つの作が出来上るまで――「枯野抄」――「奉教人の死」――」(「文章倶楽部」大九・四)がある。「枯野抄」を論じる際に頻繁に引用されているものであるが、ここでも内容を確認しておくと、初めは「「花屋日記」といふ芭蕉の臨終を書いた本や、支考だとか其角だとかいふ連中の書いた臨終記のやうなもの(引用者注、支考「前後日記」(「笈日記」難波部)、其角「芭蕉翁終焉記」(「枯尾花」上巻))を参考とし材料として、芭蕉が死ぬ半月ほど前から死ぬところまでを書いてみる考」であった。「先生の死に会ふ弟子の心持といつたやうなものを私自身もその当時痛切に感じてゐた。その心持を私は芭蕉の弟子に借りて書かうとした」のだが、沼波瓊音が「丁度それと同じやうな小説(?)(引用者注『芭蕉の臨終』)を書いて」いたので、計画を変更して「芭蕉の死骸を船に乗せて伏見へ上ぼつて行くその途中にシインを取つて」弟子達の心持を書こうとした。しかし知人が手に入れた蕪村の「芭蕉涅槃図」を見ると、計画がまた変わり、「その「芭蕉涅槃図」からヒントを得て、芭蕉の病床を弟子達が取り囲んでゐるところを書いて漸く初めの目的を達した」という（傍線引用者、以下同じ）。

ちなみに、ここでいう伝蕪村筆「芭蕉涅槃図」は下島勲旧蔵で、平成十五年十月に下島家から日本近代文学館に寄贈されている。この解説と、出来上った「枯野抄」から考えて、最終的に達したという「初めの目的」とは、「花屋日記」以下を「材料」に、「先生の死に会ふ弟子の心持」を書くという目的であるということになる。そこで本節では、まず「材料」を中心に検討し、次に芭蕉の描写や、「弟子の心持」の中に見られる同時代小説との類似性を検討して、芥川の「枯野抄」創作方法を探る。

（1）蕉門に関する周辺資料から

「枯野抄」の典拠については、俳諧名著文庫『花屋日記』（俳書堂　大五）[1]を中心に、支考「笈日記」、其角「枯尾花」その他の蕉門関係の文献、さらに久米正雄「臨終記」、芥川「葬儀記」（ともに「新思潮」漱石先生追慕号　大六・三）の漱石の死に関する記述等も視野に入れた詳細な比較が、諸論文、注釈によって既になされている。比較的詳細な指摘をしているものだけでも安田保雄注（1）論文、北条常久「芥川龍之介「枯野抄」論――その教材面を中心にして――」（「日本文学」昭五〇・一二／初出「秋田語文」昭四八・一二）、勝倉壽一「「枯野抄」――人生の枯野――」（『芥川龍之介の歴史小説』教育出版センター　昭五八／初出「解釈」昭五六・四／『芥川龍之介作品論集成　第二巻』翰林書房　平一一　所収）、伊藤一郎注（1）論文などがある。海老井英次校注『芥川龍之介Ｉ』（近代文学注釈叢書十四　有精堂出版　平二）や、花田俊典注解『芥川龍之介全集　第三巻』（岩波書店　平八、第二刷　平一九）などの注釈でも比較が詳しい。それら先行研究で指摘されているものについては、繰り返し述べる必要はないであろう。

ここではまず、これまでごく大まかに触れられるのみで、「枯野抄」との具体的、詳細な比較はなされていない沼波瓊音『芭蕉の臨終』（敬文館　大二）に注目し、『花屋日記』「笈日記」「枯尾花」になく、『芭蕉の臨終』にある記述で、「枯野抄」に影響したと考えられるものを確認したい。『芭蕉の臨終』をめぐっては、初版刊行直後に、芭蕉を〈神〉として描いている云々の問題で野上臼川「二つの歴史小説」（『時事新報』大二・一一・七）と、沼波瓊音「臼川君の評に対して」（『時事新報』大二・一一・一二）の応酬があり、同時代におけるこの小説の認知度は高かったようだ。

芥川が『芭蕉の臨終』から取り入れたと思われるのは、まず情景や人物描写における数種類の小道具である。最初に、「枯野抄」冒頭部分と『芭蕉の臨終』に各々描写された、大阪の町の様子を比較してみる。

立ちならんだ町家の間を、流れるともなく流れる川の水さへ、今日はぼんやりと光沢《つや》を消して、その水に浮く葱《ねぶか》の屑も、気のせゐか青い色が冷たくない。まして岸を行く往来の人々は、丸頭巾をかぶつたのも、革足袋をはいたのも、皆凩の吹く世の中を忘れたやうに、うつそりとして歩いて行く。暖簾の色、車の行きかひ、人形芝居の遠い三味線の音――すべてがうす明い、もの静な冬の昼を、橋の擬宝珠に置く町の埃も、動かさない位、ひつそりと守つてゐる……（「枯野抄」）

気は明鏡のやうに澄んで、家々の板庇白地に屋号を太く縫出した暖簾、酒望子《さかばやし》それ等が秋の陽炎に揺れるやうに見えた。描いたやうな鬚を立て大きな角の一つ紋の羽織着て左手は突袖、右手に細い杖を突いた分限者らしい人。坊主頭を日に露して細格子の長い裾を草履に蹴つ、急ぐ医者。鬢の幅も髷の幅も同じ位に細く唯青い大額の町人。捨扇散らしの被衣を聯ねて、各手に珠数を持つて行くのは、気晴らしがてら聴法に行くのであらう。細長い両刀ぼつこみ、袴を膝の上まで括り上げ、布に脛を包んで濶歩して行く阪東生れらしい男。縁の広い菅笠に、今日の眩い日をよけて行く少女。（『芭蕉の臨終』二二一―二二三頁　初版の頁数。以下同じ）

一致が確認できるのは、暖簾という小道具である。また往来を行き交う人々を描写し、その身なりで時代の雰囲気を示している点など、大阪の町の描写には両者似通ったところがある。ただ、事細かに風俗を描写していく『芭蕉の臨終』の文体と、「葱」「丸頭巾」「革足袋」という冬の季語を使って表現を凝縮した「枯野抄」の文体との違いは瞭然である。

第三章、第四章でそれぞれ「或日の大石内蔵之助」、「戯作三昧」について、時代を意識した表現がなされていることについて触れたが、「枯野抄」の冒頭部分でも、このように冬の季語を使って、芭蕉と弟子たちを描くにふさわしい雰囲気を演出している。特に「葱」「丸頭巾」は、「葱白く洗ひたてたるさむさ哉」（真筆自画賛、『韻塞』）「幼名や知らぬ翁の丸頭巾」（『菊の塵』）という芭蕉の句にも見られる季語である。なお、「葱」に関しては蕪村の「易水にねぶか流るゝ寒さかな」の句の利用であるという指摘（安田保雄注（1）論文）がある。丸頭巾は「枯尾花」（俳諧文庫第一編『芭蕉全集』博文館　明三〇　所収）所載の芭蕉追悼の句にも「此かた見行来にみせん丸頭巾」（朔巫）「借シ着つる夜半もありけり丸頭巾」（万平）などがある（二一二、二一三）。革足袋では嵐雪に「革足袋の四十に足を踏みこみぬ」がある。

このほか、「枕頭に炷きさした香の煙」（「枯野抄」）と「芭蕉が少しでも人に不快の感を与へまいとして、絶えず次郎兵衛をして、焚かせて居る香の香」（『芭蕉の臨終』四八）[2]、「大兵肥満の晋子其角」（「枯野抄」）と「でつぷりと酒肥りして、活々した其角」（『芭蕉の臨終』九六）、また「彼（丈草）はこの恍惚たる悲しい喜びの中に、菩提樹の念珠をつまぐりながら」（「枯野抄」、この箇所のほか二箇所で丈草の「珠数」「念珠」に言及）と「丈草は珠数を揉んだ。一同声を呑んで合掌した。」（『芭蕉の臨終』一一四）など、細かな描写を『芭蕉の臨終』から取り入れていることがわかる。念珠については、丈草「ねころび草」に「常々の念珠わする、ことなく」（俳諧文庫第九編『蕉門十哲集』博文館　明治三一、二三二）とあるのに拠るとも考えられるが、「枯野抄」でも『芭蕉の臨終』でも、同じく芭蕉の臨終場面での丈草の描写にこの小道具を用いていることから、『芭蕉の臨終』の記述をより直接に参照したと考えていいだろう。

その他、弟子たちの心理の部分にも、『芭蕉の臨終』の影響が見られる。「その緊張した感じと前後して、一種の弛緩した感じが――云はば、来る可きものが遂に来たと云ふ、安心に似た心もちが、通りすぎた事も亦争はれない。」（「枯野抄」）については、『芭蕉の臨終』では、芭蕉が「純な無垢な風流の一生を完成して徳化洽ねく、斯く多数の門弟に囲繞されて果てられる」ことへの、其角はじめ弟子たちの「満足」として描かれ、「突詰め差迫つた後に、今は安静な気が、この花屋の裏座敷に満ちわたるやうに覚えた。」（九八-九九）となっている。つまり『芭蕉の臨終』における「安静な気」が、「枯野抄」では内実を百八十度転換して、表面上は同じ「安心に似た心もち」となっていることがわかる。

以上は『芭蕉の臨終』との比較であるが、その他、例えば「色の浅黒い、剛愎さうな支考」（「枯野抄」）という描写は、支考の句「祭客我ほと黒き顔もなし」（「蓮二吟集」所収句。俳諧文庫第八編『支考全集』博文館　明三一の附録「野盤子支考」（宮島六鼠）に引用）を参照したかと思われ、芥川が人物の性格造型のみならず、かなり微細な部分まで、蕉門に関する細かな知識を駆使して作りあげていることがわかる。

その人物造型に関して言えば、「（門人たちについては）その作品、伝記などを通じて彼らの性格を調査したあとが見られるし、わずか二十枚かそこらの短篇におのおのの個性を描き分けようとした努力は成功しているといってよかろう」（吉田精一「芥川「枯野抄」をめぐって」／「文藝春秋」昭四八・九臨時増刊／『吉田精一著作集　第二巻』桜楓社　昭五六）と言われ、また「蕉門の主な人びとにたいする芥川の歴史的な知識や把握というものが一応の水準に達している」（小田切秀雄「芥川作品のおもしろさとは――『鼻』と『枯野抄』にこまかく立入って――」／『明治大正の名作を読む』むぎ書房　昭五八）と言われるように、当時既に定着していた各門人の人物像に合わせて描かれている。ただ、これまでの研究では、人物像の具体的検討には及んでいない。

「わが俳諧修業」（『俳壇文芸』大一四・六）において、芥川が中学時代に読んだと言っている正岡子規『獺祭書屋俳話』を中心に、いくつかの文献によって簡単に確認してみる。なお、同書の引用は増補版（大鐙閣　大三、大一〇再版）によるが、初版（日本新聞社　明二六）でも、引用部の異同は明らかな誤字のみである。

まず、「枯野抄」で「「生」の享楽家」とされる其角は「大盃を満引し名媛を提挈して紅燈緑酒の間に流連せしことも多かるべし。」（『獺祭書屋俳話』一五）と述べられ、日本近代文学館芥川龍之介文庫（以下芥川文庫）蔵、沼波瓊音『模範名家俳句大成』（東亜堂書房　明四一、芥川文庫蔵本はその増補版で、大正五年の再版）にも、「榎本其角」の章の「小伝」欄に「其角性放逸、世事を屑せず、毎に飲み醒たる事なし」（一三四）とある。

去来は「枯野抄」で「日頃から恭謙の名を得てゐた彼」「殆彼一人が車輪になつて、万事万端の世話を焼いた。」「自分が師匠に仕へるのは親に仕へる心算だ」「彼の如き正直者」などとされる。『獺祭書屋俳話』では「去来人と為り温厚忠実其芭蕉に事ふること親の如く又君の如く常に親愛と尊敬とを失はざりしかば」（二一）と述べられており、俳諧文庫第十四編『素堂鬼貫全集』（博文館　明三一）所収の内田不知庵「芭蕉後伝」には「去来は蕉門の忠臣」（二八一）とある。芭蕉や蕉門を描いた講談速記本の『芭蕉旅日記』（桃川実講演、今村次郎速記、三芳屋書店　明三九）でも、「枕辺に始終薬を勧め、介抱をいたしまするのは彼の去来でございます」（一四二）と、去来の献身ぶりを伝えている。

「あの老実な禅客の丈草」（「枯野抄」）も『獺祭書屋俳話』では「丈草の俳句を通覧する者は其禅味に富むことを心づかぬ者は非ざるべし。少くとも諸行無常といふ仏教的の観念は常に丈草の頭脳を支配せしものと思しく其種の作句実に多し。」（二六）とされる。丈草は芭蕉が葬られた義仲寺の近くに仏幻庵を結んで冥福を祈ったということなどからも、篤実な人物として知られている。このことは、『獺祭書屋俳話』『模範名家俳句大成』などにも書かれており、芭蕉の死後三年の心喪に服した後、仏幻庵を結んだことは丈草の伝記上の事実として知られている。

丈草を主人公としてその年少期から死までを描いている小説「名古屋史話内藤丈草」（小林素江、「名古屋新聞」大五・三・二七〜同六・三、途中休載日あり）でも、丈草は「落着いた子供であつた、もの静かな性質を有つた子供であつた、今年九歳にしては、老《ま》せすぎた態度《やうす》のある子供であつた」（第二回）など、子供のときから、ものに動じない老成したところのあった人物として描かれている。芥川がこの小説を目にした可能性はほとんどないだろうが、当時における丈草の人物像の一端が窺える。

「皮肉屋」「人を莫迦にしたやうな容子」「横風」（「枯野抄」）と書かれている支考については、子規は「人と為り磊落奇異敢て法度に拘はらず」（二八）などと述べて、それほどの否定的評価はしていない。しかし他の多くの文献では「蕉門の悪魔の如く伝へらるゝ」（安藤和風編『俳家逸話』（続・三五）春陽堂　明三九　芥川文庫蔵）存在であり、「〔支考と許六は〕ともに騎岸〔ママ〕不遜な性質で」（佐々醒雪述「元禄の蕉風」四八／『俳諧注釈集　上』博文館　大一附録）などとされる。

芥川は「目下大に俳書ばかり読んでゐる」（大七・一・二五　久米正雄宛書簡）と言い、大正七年五月九日の菅忠雄宛書簡や、「わが俳諧修業」（先掲）には、高浜虚子に句稿を見てもらったことが書かれている。つまり大正七年五月上旬ごろ虚子に師事しているのである。それほど俳句に興味をもっていた芥川には、既にこういった蕉門の人々の人物イメージは、当然のものとして頭に入っていただろう。なお蛇足ながら、伊藤一郎注（１）論文等で触れられている、「枯野抄」における「治郎兵衛」という表記（『花屋日記』では「次郎兵衛」）は、「治郎兵衛」で一貫した雨谷一菜庵『芭蕉翁』（鳴皐書院　明三四）、岡本黙骨『俳聖芭蕉』（日月社　大三）（『芭蕉研究資料集成』明治篇、大正篇に各々所収、クレス出版　平四、五）の存在を考えると、誤記の踏襲や意識的改変とは言い切れないだろう。

ちなみに、芥川以外でも、芭蕉を扱った小説、戯曲は多くあり、大正七年に限ってみても、管見の限り田中貢太郎「芭蕉庵の春」（『中央公論』一月）、灰野庄平「芭蕉と遊女」（戯曲）（『大学及大学生』一月、二月）、園頼三「此一筋につながる」（『三田文学』九月）がある。芭蕉、蕉門に関する知識はもとより、それを小説、戯曲化する試みも広まっていたといえる。

ただ、「枯野抄」に描かれた人物たちの心理内容にまで踏み込んで検討するとなると、必ずしも既存のイメージどおりではない。例えば惟然は、沼波『芭蕉の臨終』（初版、先掲）に収められている脚本「箇人惟然坊」が東儀鉄笛主演で舞台化されて一時話題となっていた人物である。(3) そのイメージは、「飄逸奇行の俳士」（山崎藤吉『俳人芭蕉』三〇四　俳書堂　大五、もと明治三十六年発行の私家版を改題）、「人我とも忘れたる隠者」（竹内玄玄一「俳家奇人談」〔文化十三年版〕／『俳人逸話紀行集』三六二　博文館　大四　所収）といったものが一般的だったようで、沼波の脚本でも飄逸、脱俗ぶりが強調されている。死に恐怖する「枯野抄」の惟然の心理はそういったイメージとは結び付かない。

以上のように、「枯野抄」の情景描写や人物造型は、典拠や『芭蕉の臨終』をはじめ、蕉門に関する詳細な知識を駆使して描かれている。しかし、この作品の中で、質、量ともに中心を占める、弟子たちの心理描写の中身は、惟然の例からもわかるように、それらの文献からは得られないものである。次節ではこの心理描写について検討する。

(2) 同時代小説、外国文学からの類例

「枯野抄」における弟子たちの心理については、同時代評や先行研究によって、外国文学や同時代小説の中から、部分的な類例がいくつか指摘されている。トルストイ「イワン・イリッチの死」との共通性を指摘する宮島新三郎

「十月の文壇」（「早稲田文学」大七・一二）、菊池寛「玄宗の心持」（「枯野抄」発表後の作品。「中央公論」大一一・九）、田山花袋「生」を指摘する片岡良一「わびしい風景」（『国語と文学の教室　芥川龍之介』福村書店　昭二七）、トルストイ「アンナ・カレーニナ」「イワン・イリッチの死」、ドストエフスキー「カラマゾフの兄弟」の「一本の葱」を指摘する石井和夫「「枯野抄」――「首が落ちた話」、「奉教人の死」との三副対の構造について――」（『アプローチ芥川龍之介』明治書院　平四、のち『漱石と次代の青年』有朋堂　平五、『芥川龍之介作品論集成　第二巻』翰林書房　平一一　所収）などである。

ここでは、弟子たちの心理を一人ずつ掘り下げて検討してみたい。視野をさらに広げて同時代小説や外国文学と比較してみれば、弟子たちの心理、特に芥川の漱石に対する心持と重ねられることの多い丈草の心理(4)でさえ、さほど特別とは言えないことがわかる。弟子の心理のみならず、芭蕉の臨終の描写も、確かに大部分を久米正雄「臨終記」（本章第二節（1）で言及）に拠ってはいるが、同時代小説などとの比較によって、その描写がある程度類型的であることがわかる。

以下、まずその芭蕉の臨終の表情から検討してみる。「枯野抄」では次のように描かれている。

> 芭蕉はさつき、痰喘にかすれた声で、覚束ない遺言をした後は、Ⓐ半ば眼を見開いた儘、昏睡の状態にはいつたらしい。うす痘痕のある顔は、Ⓑ顴骨ばかり露に痩せ細つて、Ⓒ皺に囲まれた唇にも、とうに血の気はなくなつてしまつた。Ⓐ殊に傷しいのはその眼の色で、これはぼんやりした光を浮べながら、まるで屋根の向うにある、際限ない寒空でも望むやうに、徒に遠い所を見やつてゐる。
>
> 顔の色は前よりも更に血の気を失つて、水に濡れた唇の間からも、Ⓓ時々忘れたやうに息が洩れなくなる。と思ふと又、思ひ出したやうにぎくりと喉が大きく動いて、力のない空気が通ひ始める。しかもその喉の奥の方

で、かすかに二三度痰が鳴つた。呼吸も次第に静になるらしい。

うす痘痕の浮んでゐる、どこか蠟のやうな小さい顔、遥な空間を見据ゑてゐる、光の褪せた瞳の色、さうして頤にのびてゐる、銀のやうな白い鬚――それが皆人情の冷さに凍てついて、やがて赴くべき寂光土を、ぢつと夢みてゐるやうに思はれる。

以上の芭蕉の表情の要素を、（A）眼の表情↓半ば開き、光が褪せ、遠くを見ている　（B）（瘠せたために）顴骨が目立つ　（C）唇に血の気がない　（D）痰がつまって喉が鳴る　（E）蠟のような顔色　（F）のびた鬚　のように整理しておく。

安田保雄注（1）論文、北条常久論文（本節（1）に引用）などで指摘されているが、久米正雄「臨終記」、芥川「葬儀記」における漱石の臨終の描写は以下のようになっている。

両頬には嘗つて見た事のない疎鬚が、もぢや〳〵と生へてゐる。しかも銀色に光るその髯のために、先生の顔は云ひやうのない聖さと、厳さと尊さとを増してゐた。（「臨終記」）

顔色はすつかり青く光沢を帯びて、眼は大きく見開かれてゐた。而して其瞳は、凝視するともなく茫然と前方を見据えてゐた。それは恰も、眼前にゐる私の存在を通り越して、杳か永遠なる何物かを見凝めてゐるやうであつた。私は筆で血の気のない先生の唇を撫でた。（同）

時々忘れたやうに呼吸が止まる。而して思ひ出したやうに、「ぎくり」と喉を動かされる。その喉の中で、微かに二三度痰の鳴る音がした。而して呼吸はだん〳〵静かになつて行つた。（同）

〔漱石の死顔〕蠟でゞもつくつた、面型のやうな感じである。（「葬儀記」）

（B）を除くほぼ全ての要素がこれらにあり、特に（D）などは引写しとも言えるようなものである。しかし、他にも同時代小説やその頃読まれた外国の小説に目を配ってみると、こういった要素が臨終の人や、時には遺体の表情を描く際の典型的なものであることがわかる。

顔の色は冷油の如く冷く、心持弛緩したⒸ唇は血色が死んで居て、細く揃つた歯並が覗いて居る。頬肉のゲッソリ削げた所以かして、Ⓐ眼も半眼に閉ぢきらず、〔中略〕Ⓔ蠟細工のやうに艶のないⒻ黄色な腮には胎毛のやうな腮髯が数ふるばかり生いて居た。（真山青果「小説臨終」／「新潮」明三九・七、八うち七月分）

Ⓑ頬骨の尖つた、顔色の蒼ざめた、最早助かりさうも無い病人（島崎藤村「死の床」／「文章世界」明四五・三）

Y——は折々濁った眼を大きく見開く事もあるが、一言も口をきかうとしなかつた。そしてⒹ咽喉をごろ〳〵と鳴らして、何ものかに誘はれるやうに静かに眼を閉ち〔ママ〕るのであつた。（佐藤緑葉「ある男の死」／「生活と芸術」大二・一〇）

Ⓔ蠟細工のやうな蒼い色をした顔が冷く両眼を瞑つてゐる。（徳田〔近松〕秋江「逝く者」／「文章世界」大三・一〇）

落ち凹んだ眼、反対に高くそゝり立つた鼻、Ⓑ削つたやうな頬、Ⓒ紫色の唇。それ等を取り廻したⒻぼう〳〵した鬚と白い髪。（野上弥生子「父の死」／「三田文学」大四・二）

Ⓓ喉鳴りが世にも怖ろしいものと私の耳朶を打つた。瞳孔はもう打開いてⒶ視線はたわいもなく宙宇に迷ふてゐる。（島田青峰「父の臨終へ」／「ホトトギス」大七・九）

ペトロフの呼吸は次第に困難になりⒹ咽喉が苦し相に鳴つて居る。Ⓐ眼はうつとりと沈んで天井を見詰めて居る。（マッチエート作・狭野茨園訳「西比利亜短篇小説ふたつのまこと」／「アカネ」明四一・四）

〔タイスの臨終〕Ⓐ彼女の瞳は無限のなかに泳いでいた。（アナトール・フランス「舞姫タイス」[5]）

〔国王の臨終〕アカデミイ総裁とその大きな本の方へ、Ⓐ殆ど光の消えた眼差を向けて（アナトール・フランス

「ジェロム・コワニャールの意見」(6)

同時代の小説のごく一部や、芥川が親しんでいたアナトール・フランスの小説からだけでも、このように、「枯野抄」の芭蕉の様子は、臨終の描写として典型的なものであることがわかる。久米の「臨終記」がそもそも典型的なのであり、「枯野抄」はそれに拠っただけであるとしても、その芭蕉の臨終の描写は、特に漱石の死をのみ読者に連想させるように描かれたものではなく、また、殊更に醜く誇張されているわけでもない、普遍性をもったものである。

次に、弟子たちの心理についても、同様に確認してみる。初めに、木節の「自分は医師として、万方を尽したらうかと云ふ、何時もの疑惑」については、北条常久論文（本節（1）に引用）において、久米正雄「臨終記」の中の「私もこれでやつと安心しました。〔中略〕吾々も微力乍ら全力を注いで、人事を尽したが駄目だつたのが解りました。」と主治医真鍋嘉一郎が言う部分が指摘されている。しかし「臨終記」に限らず、医者が自分の治療に〈疑惑〉を持つという心理には、例えば芥川と共に第四次「新思潮」発刊に加わった成瀬正一の「最初の石」（「新思潮」大五・四）に、

「え丶御心配なことは、ありますまいと思ひます。ぢつとお休みになつて、お動きになつてはいけません。」／さうは云つても、果してそれが確かにい丶ことかどうかを疑つた。その上、今診た所によると、どうも何だか訳の分らない余病が併発しか丶つて居る様であつた。〔中略〕余病らしいものは何だらうと思つて考へたけれども、どうしても分らない。分らないと思ふと恐怖の念が襲つて来て、懊悩に堪えなかつた。

とあるほか、アナトール・フランスの「村医者の手記」にも、医師が「自分の診断に確信がもてず、おびえ、混乱」するという一節がある（杉捷夫訳『アナトール・フランス小説集7』白水社　平一二）。

次に、其角の心理については、二つに分けて検討する。まず前々からの〈予測〉に反して師匠の死に対して冷淡

であるという心理は、肉親の死に関して「如何に悲しく、痛ましく、苦しい見ものかを想像してゐ」たけれども、実際には「悲しくないと云ふのは事実でないまでも、その悲しみは如何にも余裕のある根ざしの浅い感情であ」ったという、野上弥生子「父の死」（先掲）などのような形で見られる。岩田由美「母の死」（「青鞜」明四五・三）にも「親に死なれると云ふ事は、身も世もあられず悲しい事のやうに思つてゐたのに、左程にもないのが情無くなりました。」とあり、徳田（近松）秋江「逝く者」（先掲）にも、父の死に対し「私は、嘗て今日の場合を想像に描いて悲しんでゐたのとは、自分にも案外に何故か涙が出なかつた。」とある。また、其角の心理としてもう一つの重要なモチーフである、瀕死の病人への生理的嫌悪感には、久米正雄「臨終記」にある、漱石の息子純一が漱石の顔を「汚い顔」と言ったという挿話だけでなく、例えば片岡良一論文（先掲）が丈草の感慨に関連して挙げている田山花袋「生」（「読売新聞」明四一・四・一三〜七・一九　同年初版本（易風社）より引用）にも「垂死の一塊物に対する不愉快の情と、不幸なる母親の一生の運命に同情する心と、自己の将来に於ける不安の念と、この三つが一緒になつて、常に凄じい波を挙げた。」（二十四章）とある。その他、中澤イキチ「血統」（「ＳＮＡＫＥ」大五・七、八）では精神病で入院している父の痩せ衰えた肉体に対して主人公は「堪らなく厭」と感じ、平塚らいてう「老死」（「中央公論」大七・九）では病の床にある祖母の表情を、「祖母は両眼を堅く閉ぢ半〔ママ〕は開いた口は思ひきり曲つて、その間から舌の先端が見えて居ました。桂子はまたいやなものを見せられたやうな気がして、眼をちよつとそらすのでした。」と書く。白石実三「曠野の死」（「新小説」大七・一〇）では瀕死の兄の変わり果てた身体やその臭気に対して「思はず彼はベッドから身を退けた」というほどの生理的嫌悪感が吐露されており、同時代の小説の中で、瀕死の人間（多くの場合は肉親）への冷淡さを表す一要素として、この嫌悪感はよく用いられている。

　去来の心理である、「明日にもわからない大病の師匠を看護しながら、その容態をでも心配する事か、徒に自分の骨折ぶりを満足の眼で眺めてゐる」ことへの「疚しい心もち」に関しては、他者の臨終に際しての心持としては類例を見つけられなかったが、菊池寛「悪魔の弟子」（「帝国文学」大七・一）には、友人の死と、自分の骨折りおよび狂的な悲嘆、それに対する遺族からの感謝を空想して思わず満足に浸り、そのような自分を「有罪《ギルチイ》に感じ」るという場面がある。

また、正秀の慟哭の中にある「一種の誇張」に対する乙州の「不快」に関しては、慟哭の誇張という点では例えば久米正雄が、幼い時に亡くなった父のことを書いた小説「父の死」（「新思潮」大五・二）に「吾からその嗚咽を助長させ、吾れと吾が嗚咽に酔はうとすらした」という一節があり、慟哭への不快という心理であれば、近藤経一「亡き友に」（「白樺」大六・一二）に、友人の死の知らせを聞いて、そばにいた自分の弟がすすり泣きしたことに対して、「変に理性的」な、「ある反抗的な心持」を抱く場面がある。

支考の心理についても、其角のそれと同様、二つに分けて見ることにする。まず、支考個人の心内として述べられる、「終焉記の一節」を意識した「観察的な眼」で師匠を眺めるというモチーフがある。死に行く人を観察的な眼で眺めるということでは、

殊に『人間の死』と云ふものに遭遇した事のない茂子にはこれ程の悲哀も亦一種の大きな驚異と興味でありました。茂子は凡てのものを静かに見てゐようと決心しました。而してこの『見よう』とする目は彼女の頭脳に極度の冷静を保たせました。（野上弥生子「父の死」先掲）

が挙げられるだろう。また、支考がそのような自分の心理や、周囲の門弟たちの観察から導き出す結論の部分、即ち、悲しむべき死を前に、その死を悼まず、自分のことばかり考えている、という、しばしば「枯野抄」の重要なモチーフとして言及されてきたものに関しては、同時代小説や外国文学にも類例が数多い。

以前露西亜の小説で恁麽《こんな》のを読んだ。其は或る船乗の悴が親父の臨終の枕頭に坐り、壁際に吊してある獵虎《らっこ》襟の長外套を見上げながら、親父が死んだら那衣《あれ》を着て先づ誰に見せやう、無論恋人に見せる事だ、で、恋人は

何と云つて悦ぶだらう、其時自分は何う答へやう、と切りと空想に耽つて居て、親父の瞑目するさへ気が付かずに居たと云ふ筋。／まあ何と云ふ浅間しい考だらう。〔中略〕其に今の私は、何うだ！私の心は正しく病人の枕頭にある金側の時計に注がれて居るではないか。嗚呼、其金側時計に注れて居るではないか。そして其瀕死の病人と云ふは現在唯一の弟で、今年卒業の理学士なのである。（真山青果「臨終」先掲）

というものをはじめ、入院している父に付き添いながら、「病気の父の傍で、相対の女〔引用者注、父の看護婦〕と二人で楽しく暮した迄であつた。」「ツイゾ一度も、父の狂暴な病気に同情を寄せたことはなかつた。」という中澤イキチ「血統」（先掲）の主人公や、「友達が死ぬかといふ病気になつてゐる事を自分の一日の楽をさまたげはせぬかといふ事の為に不快に思ふ」、近藤経一「亡き友に」（先掲）の主人公、また、嫂への恋のために、「仮にも次兄の死の機会を利用しようとしたことに強く心を苛なまれ」る、白石実三「曠野の死」（先掲）の主人公などの心理がある。さらに、死を悼まないというレベルにとどまらず、死を願うまでに至ったものもある。例えば舟木重雄「乳母の死」（「奇蹟」大一・一二）には、かつて女性を妊娠させ、その女性が自殺したという「秘密」を持っている「私」が、ただ一人その秘密を知っている、病気の乳母の死を願うという場面があり、モーパッサン「老人」（Le vieux）（小澤愛圀訳「臨終」／「処女」大三・九）も、瀕死の父に対し、死んだ際の葬式が農作業に差し支えるので、日程の都合から、早く死んで欲しいと願う夫婦の様子を描いている。平塚らいてう「老死」（先掲）にも、祖母の看護に疲れている母親のために、「いつかしら祖母の死を願つてゐる」主人公の心理が描かれている。同様に、妻が長患いの夫へ「死ぬるものなら早く死ねと、むごい思ひが頭を掠める」という正宗白鳥「死者生者」（「中央公論」大五・九）もある。

芥川の手帳にある、「枯野抄」の構想メモとして知られている記述に、(7)「文考　悔恨（一度師の死をねがひし）」とあるのも、芥川がどのように描く計画であったのかはわからないので推測にすぎないが、死を願うという意味ではこのような範疇に入るだろう。同じく手帳の構想メモにあって、「枯野抄」に取り入れられていない心理に「其角　女に対する欲望」があるが、これなども、先に引いた白石実三「曠野の死」、中澤イキチ「血統」の中にも見られるモチーフであり、人の死に際する周囲の人間の感情として珍しいものではない。

次に惟然の心理について見てみる。「自分が死ぬのではなくつてよかつたと、安心したやうな心もちになる。と同時に又、もし自分が死ぬのだつたらどうだらうと、反対の不安をも感じる」という心理については、早くから「枯野抄」との共通性が指摘されていたトルストイ「イワン・イリイッチの死」（芥川文庫に英訳版蔵）にもあり、他にも

彼は更に自分は生きて居ると思つた。そう云ふ意識が起つたと同時に、窒扶斯に悩んで居る瀕死の青年（自分の患者）の姿が漠然と心に浮んで来た。（中略）この感は、凡ての人間に共通な感である。人が、自分に全然無関係な他人の死を聞く時、或る漠然たる満足を感ずるその感である。それは、自分が生きて居ると云ふ誇りから来るものか、それとも、他人の死を悦ぶ無意識の残酷性から来るものか、或は、人性の中に潜んで居る嫉妬性から来るものか、何か分らないけれども、兎に角否定することの出来ない事実である。（中略）彼は自分の患者を想つてゐるのではなかつた。たゞ赤の他人の瀕死の姿を想つて居るのであつた。（成瀬正一「最初の石」先掲）

といったものがある。

最後に、丈草の「解放の喜び」に関しては、片岡良一論文（先掲）の指摘どおり、田山花袋「生」（先掲）に、母が死んで、その子供たちが「これで重荷をおろした」と感じ、「其前に新しい生活の開かれるのを見」るという場面がある（三十章）。そのほか、目に付いたものには、坑夫の親分が死んで、労働者たちが「共通な不安と、解放された様などこかゆつくりした気安さ」を感じるという伊東鶴子「ナツシング」（「新潮」大三・五）もある。ただ

しこれは労働者とその管理者という関係であるから「解放」といってもやや意味が異なる。

また、モーパッサン「家庭」（En famille）（青柳瑞穂訳『モーパッサン全集　第二巻』春陽堂　昭四〇より）における次のような描写も、死の悲しみが幸福に変わって行くという点で丈草の「〔安らかな心もちが〕果ては涙そのものさへも、毫も心を刺す痛みのない、清らかな悲しみに化してしまふ」という心理と共通している。ただし、この母親の場合は、死んだと思われたがのちに生き返る。

カラヴァンは、夜のこの甘い空気を飲んで、心いくまで息をついた。すると、すがすがしさ、やすらぎ、この世ならぬ慰めが、手足の末端にまでしみ込んでくるような気がした。／しかしながら、彼はこの襲ってくる幸福感に抵抗して、「おかあさん、おきのどくなおかあさん」を心の中でくり返しながら、誠実な人間としての一種の良心から、むりに泣こうと努力した。が、もうそれもできなかった。いまさっきまでは、いろいろのことを思い出して、あんなに激しくすすり泣いたのに、今はどんな悲しい思いも、彼の心を締めつけなかった。

芥川はのちに「一塊の土」（「新潮」大一三・一）でも、寝たきりだった息子を亡くしたお住の気持を「悲しいとばかりは限らなかった」「兎に角朝比奈の切通しか何かをやつと通り抜けたやうな気がしてゐた」と描き、その後、嫁のお民をも亡くしたお住の気持を「お民の死は確かに彼女の上へ大きい幸福を齎してゐた。〔中略〕お住はまだ一生のうちにこの位ほつとした覚えはなかつた。」と描く。こういった〈解放感〉は、それまでの抑圧の原因はそれぞれ異なるものの、人の死に際する感情として、ある程度普遍的なものであることがわかる。

ちなみに、死とは関わりないが、丈草の心理に関連して言及しておくなら、師の存在によって本来の自分が抑圧されるという精神的圧迫感に触れたものに、田村俊子「木乃伊の口紅」（「中央公論」大二・四）の一節があり、「師匠の慈愛が、自分のほんとうに生きやうとする心の活らきを一時でも痲痺らしてゐた事にあさましい呪ひを持」ち、「この師匠の手をはなれなければ自分の前には新らしい途が開けないもの、様に思」う気持が述べられている。

以上、臨終の芭蕉の表情や、弟子の心理の描かれ方について、同時代小説や芥川が親しんでいた外国文学から類例を見てきた。ある人間の臨終の様子と、その際の周りの人々の感情に関しては、「枯野抄」ではある程度類型的に描かれている。「先生の死に会ふ弟子の心持」とは言っても、それらは肉親や友人などの死に際する〈近代人〉＝同時代小説の登場人物の心理として繰り返し描かれてきたモチーフなのである。「枯野抄」の執筆背景に漱石の死があるのは確かだが、読者には必ずしも漱石の死のみを連想させるものではないし、描かれた心理の内容から見る限りでは、丈草の感慨をのみ、芥川のそれと重ねたり、特殊だとして区別する必要もない。

以上のような〈弟子の心持〉が、作品の中ではどのように構成され、意味付けられているのか、次節において考察してみたい。

第三節　丈草の位置付け

(1) 弟子たちの心理の相互比較から

芭蕉の死に関する弟子たちの心理について、あらためて比較してみると、ある特徴に気付く。乙州の心理だけは、初めから芭蕉の死からは逸れており、あくまでも正秀の慟哭に対して反感を抱いたというものであるが、他は、芭蕉や芭蕉の死をめぐっての、弟子たちの感慨である。にもかかわらず、芭蕉という人間の中身を問題にしている、即ち、芭蕉を人間一般や〈師匠〉という普遍性のある存在として外面的にとらえるのではなく、個性を持った一個人として受けとめ、それを自らの心理の原因としているのは、丈草の心持のみである。

治郎兵衛も含めて具体的に確認すると、治郎兵衛、木節、惟然の心持には、それぞれ「芭蕉にせよ、誰にもせよ、ひとしく彼岸に往生するのなら」、「自分は医師として、万方を尽したらうかと云ふ、何時もの疑惑に遭遇した」、「これはやはり芭蕉の場合も例外には洩れないで」とあり、彼らが芭蕉の死を、特に芭蕉でなくても構わない、人間の死一般として受取っていることが明白である。なお、治郎兵衛に関しては、論点は本稿とは異なるが、大高知児「芥川龍之介「枯野抄」考――その表現と構造をめぐって――」(『日本近代文学の諸相』明治書院　平二)に、「風雅に殉ずる〈芭蕉〉も、その他の〈誰〉とも、同じ位相の中でとらえて」おり、「芭蕉の芸術と本意」が理解できていない、とする見解がある。

其角の心理も、語り手による推測的な語りではあるものの、芭蕉の臨終の表情を、「醜き一切」、「死」の「象徴」と、普遍化して、芭蕉の個性など内面には触れていない。去来の「疚しい心もち」という心理も、対象が芭蕉でなくとも〈師匠〉であればよいのであって、もっと言えば、「親に仕へる心算」という言葉に象徴されるように、「孝道」を示すべき対象であればよいのであり、芭蕉個人がどのような人物であるのかには無関係である。支考の様子は、「何時もの通り」という言葉を三回も繰返して語られ、芭蕉の死が支考にとって特別でも何でもないことが強調されている。また支考の心持が芭蕉その人に向かっていないことは、「皆直接垂死の師匠とは、関係のない事ばかりである。」と明言されている。

つまり、丈草以外の弟子たちの心理には、芭蕉の性格や個性など、いわば芭蕉という人間の中身が影響していないのである。彼等がとらえる芭蕉は外面的であり、それらの心理は、〈人間の死〉或は〈師匠の死〉であれば成り立つものである。

しかし丈草の場合は「芭蕉の人格的圧力」とある。師匠であることによる圧力ではなく、「人格的圧力」と言うからには、丈草の「解放の喜び」は、人間一般でも師匠一般でもなく、その「人格」を伴った芭蕉の死によってしか得られないものなのである。丈草の心理が他の弟子たちと区別できるのはこの点である。次にこの丈草の心理と、枯野の句とのかかわりを考察する。

（2）枯野の句の解釈と丈草の心持

芭蕉の辞世の句として当時も知られていた句は、この作品のエピグラフとなっているほか、作品中では次のように引用される。

「旅に病んで夢は枯野をかけめぐる。」――事によるとこの時、このとりとめのない視線の中には、三四日前に彼自身が、その辞世の句に詠じた通り、茫々とした枯野の暮色が、一痕の月の光もなく、夢のやうに漂つてでもゐたのかも知れない。

これが、作品中で一度も語られることのない芭蕉の心の内を象徴する情景であるということは勿論であろう。明治大正期の解釈の数例を確認してみると、「旅中に病める身は一入心細くよるべもなく落付かぬ心持をよく写し出して居る。」（内藤鳴雪『秋冬芭蕉俳句評釈』（俳句入門叢書第五編）大学館　明三七／『芭蕉研究資料集成（明治篇作品研究1）』クレス出版　平成四　所収）、「俳聖芭蕉翁辞世の吟として著名なもの、〔中略〕一面には心情の淋しさを云ひ表し、他面には風流人の特性を発揮して居る」（角田竹冷編『芭蕉句集講義　冬之部』博文館　大四／『芭蕉研究資料集成（明治篇作品研究3）』クレス出版　平四　所収）、「悉く旅中の一小宿りたるに過ぎ無かつた彼に在つては、死の外に帰る棲家は無かつたのである。」（高浜虚子『俳句は斯く解し斯く味ふ』新潮社　大七・四）などがある。また、「枯野抄」の発表より後になるが、「芭蕉の臨終の句として有名な作である。〔中略〕彼は病床にうつらくして居ながら、ある晩ふと夢を見た。その夢は、枯草が黄色に靡いて居る広野原――そこには一軒の家もなく、一本の樹木もない――の間を、何の為めとも知らず、何か大きい力に追はれながら、自分が駆け廻つてゐる夢であつた。〔中略〕その夢から醒めた芭蕉は、本来の自分の姿を見究めたやうに感じた。その感じを、不完全ながら言葉に現はせば、寂寥そのものである。突き詰き《ママ》た孤独そのものである。」（半田良平『芭蕉俳句新釈』紅玉堂書店　大一二／『芭蕉研究資料集成（大正篇作品研究2）』クレス出版　平五　所収）という解釈もある。〈枯野〉の景色に芭蕉の淋しさや孤独を重ねる解釈はごく一般的である。

しかし、この句の情景を「暮色」と解釈したのは、句そのものから読み取れるものでも、常識的解釈というわけでもなく、「枯野抄」独自のものである。例えば沼波の『芭蕉の臨終』では、枯野の句を詠む夜の芭蕉の夢の光景に「日も無く月も無く唯灰色の雲が、その傾いた方へ、泥水のやうに、流れ流れる。昼でも夜でも無い。」（八五）とある。この場合は時間設定を拒否しているわけだが、一方の「枯野抄」でははっきりと「暮色」に、死に行く芭蕉を重ねているのである。

もちろん、『花屋日記』から知られる芭蕉の臨終時刻が申の刻（十六時ごろ）であるとか、また、この句を詠んだのが夜であることから、「暮色」「一痕の月の光もな」いとなっているのだと考えることもできる。それを否定することはできないが、それ以上の意味を読み取ることができるのではないか。というのは、「枯野抄」の中にはもう一箇所、心の内を日の光で象徴した表現が用いられているからである。暮れゆくのではなく、反対に、明けゆく日の光である。

が、その安らかな心もちは、恰も明方の寒い光が次第に暗の中にひろがるやうな、不思議に朗な心もちである。

この丈草の心持が、芭蕉の枯野の句の解釈と対になっていると読むことができる。「明方の寒い光」云々という表現については、冒頭の「埋火のあたたまりの冷むるが如く」との照応を見る石井和夫論文（本章第二節（2）に引用）、「暗く、冷たい座敷が「申の中刻」から暮れやすい冬の夕方に向かってさらに暗さを濃くしようという流れ」に抗したものとする水洞幸夫「「枯野抄」試論――〈涅槃図〉の構図に潜むもの――」（「学葉」平五・一二）があるが、人物の内面を暮色と明け方に象徴させているという共通性から考えて、枯野の句の解釈との照応と見ることができる。死に行く芭蕉が「暮色」であり、月の光すらない「暗」の訪れ＝芭蕉の死によって、丈草は漸く「自由な精神」を「本来の力」で発揮できる始点に立ち、本来の生を得ることができる、つまり「明方」なのである。

題名やエピグラフにも通ずる、「枯野抄」における枯野の句の解釈は、このような、死に行く者と、それによって生を得る者という対比までを含んでいる。そのために敢えて「暮色」という解釈を施したのだと考えられる。

ちなみに、ある人間の死が他の人間に生をもたらすというモチーフで連想されるものの一つに漱石の「こゝろ」（「東京朝日新聞」大三・四・二〇〜八・一一／休載挟む。「大阪朝日新聞」にも連載）がある。「先生」は「私」に宛てた遺書の中で、比喩的な表現ではあるが「私は今自分で自分の心臓を破つて、其血をあなたの顔に浴せかけようとしてゐるのです。私の鼓動が停つた時、あなたの胸に新しい命が宿る事が出来るなら満足です。」（8）と書いている。師弟関係ではないが、里見弴「姉の死・弟の生」（「中央公論」大六・一一、のち「姉の死と弟の生」と改題）は、ロシア革命下のブルジョア姉弟を描いたもので、死を選んだ姉の屍を前に、弟は「僕は、姉さんを見舞へば必ず死の魅力に誘惑されさうな気がして、露骨に云へば、姉さんが死ぬのを待つてゐました。〔中略〕姉さんには死がよかつたのだ。僕には生がよくなければならないのだ！」と、生を選ぶ覚悟をする。

また、〈夜明け〉について芥川の作品で言えば、「偸盗」（初出「続偸盗」／「中央公論」大六・七）にも、夜明がほど近いころ、死に行く猪熊の爺が、たった今生まれたばかりの自分の赤ん坊を見る場面で、「彼は、この時、暗い夜の向こうに、――人間の眼のとゞかない、遠くの空に、さびしく、冷かに明けて行く、不滅な、黎明を見たのである。」とある。そこでは死（或は死にざまに収斂される猪熊の爺の人生）が「暗い夜」に、また比喩的な〈生〉でなく文字通りの新しい生命が「黎明」に、よりはっきりと対比、象徴されている。

平岡敏夫「日暮れからはじまる物語――「蜜柑」・「杜子春」を中心に」（『芥川龍之介　抒情の美学』大修館書店昭五七／初出「国文研究」昭五一・九）では、芥川作品における〈日暮れ〉に注目し、「〈日暮れ〉の意識は、芥川生涯のもの」、また、他の作家においても「ある普遍性を有している」が、芥川の場合はより切実であると述べている。〈夜明け〉も、普遍性を有し、かつ芥川生涯のモチーフという点では同様だろう。初期の書簡（大四・四・二三山本喜誉司宛）でも、失恋を経て芸術上の目覚めを得たことを「寂しい曙」と言っているし、遺稿「或阿呆の一生」（注（4）に引用）十一節「夜明け」では、漱石と出会い、作家として出発を始めた頃の気持を〈夜明け〉に託して描いている。

以上論じてきたように、弟子たちの心理の中で、丈草のそれのみが芭蕉の「人格」という内面性を源にしており、そしてその「人格」をもった芭蕉の死によって丈草の生が始まるということが、枯野の句に伴う描写と丈草の感慨との対比に表れている。人物造型方法という点から考えると、このような役割が他の弟子でなく丈草という史上人物に与えられている理由には、芥川の丈草観があげられる。

これまでの研究でもしばしば触れられてきたが、芥川が後になって述べている丈草観の中には「誰が最も的々と芭蕉の衣鉢を伝へたかと言へば恐らくは内藤丈艸であらう。」（「澄江堂雑記」／「俳壇文芸」大一四・一）というように、芭蕉の衣鉢を継ぐ者という認識がある。さらに言えば、そのような丈草観は近世から既にあり、近代にまで引き継がれてきたものである。例えば『獺祭書屋俳話』（本章第二節（1）に引用）には、明和の頃「去来発句集」「丈草発句集」を編んだ蝶夢が、その端書で「蕉風の正統を得し者は去来丈草二子なり」という旨を述べていることが紹介されている（二五）。有朋堂文庫『名家俳句集』（大三）所収版でその端書を確認すると、その通りの一節はないが、「去来丈草は蕉翁の直指の旨をあやまらず」（三六五）云々とある。また、山崎藤吉『俳人芭蕉』（本章第二節（1）に引用）では、野坡の許六宛書簡を引き、「此人〔丈草〕さのみ差出る程の事もなく候へども、翁の俳神を得られ候にや、羨み申事に候」という文面を紹介している（二九二）。「枯野抄」より後になるが野田別天楼「丈草法師（上）」（「倦鳥」大一一・六）でも、「俳諧一葉集」に見える丈草の俳諧観を引用した後、「これ俳の骨髄、芭蕉の衣鉢は正に丈草に伝へたのであつた」とある。

しかしそのことと、「枯野抄」という作品内における丈草が、芭蕉の孤独や芸術を理解したとか、芭蕉の詩心を継承したということとは直結しない。[9] 作品において確実に読み取れるのは、丈草の感慨が他の弟子のものとは差異化されており、芭蕉の死と丈草の生という形で、作品の根幹をなす枯野の句の解釈〈〈夜明け〉の対照としての〈暮色〉〉が成り立っているという構造である。つまり丈草に込められたモチーフは一人の人間の死によって他の人間が生を得るという、月並みではあるかもしれないが冷厳な真理であろう。その〈生〉が芭蕉の詩心等の継承であるか否かという問題には、慎重であらねばならない。

丈草の本来の生は単なる人間一般や師匠一般としての外面的な芭蕉の死ではなく、芭蕉の「人格的圧力」の死によってのみもたらされるものであり、その生と死の対比が、枯野の句の解釈として作品の基底をなしている。丈草の重要性はそこにある。

第四節　おわりに

以上、「枯野抄」について、まず〈材料〉と〈弟子の心持〉を軸に、周辺資料との比較から創作方法を考察し、既存の人物像を検討してそのイメージに合わせて近代人的心理を嵌め込んで行くという方法を具体的に確認した。そして、そのいわば材料の段階では特に他の弟子と区別されているわけではない丈草という人物が、具体的な心理描写や情景描写を含めた作品の組み立ての段階で、特別な重要性を付与されているということを論じた。芥川の、史上人物を扱った歴史小説群の方法の一端を明らかにするとともに、作品の読みの一視点を提示することができたものと考える。

芥川が江戸もので扱った史上人物は、馬琴、芭蕉といった文芸にかかわる人物にとどまらず、講談化されて人気を集めた義賊、鼠小僧にまで及んでいる。次章では、鼠小僧を主人公とする作品について考察する。

注

（1）芥川が拠った「花屋日記」が俳諧名著文庫本であることは、安田保雄『評釈現代文学2　芥川龍之介』（西東社　昭三一）および伊藤一郎「あこがれと孤独――龍之介「枯野抄」の成立考――」（「文学」昭五七・六　のち『日本文学研究大成芥川龍之介Ⅰ』国書刊行会　平六　所収）に詳しい。本章において、以下、『花屋日記』と表記するとき、附録も含んだこの俳諧名著文庫本を指すものとする。

（2）香の煙については、河合隆司「芭蕉涅槃――「枯野抄」試論――」（「日本文芸論叢」平一二・三）が、「一つの作が出来上るまで」で芥川が言及している「芭蕉涅槃図」に描かれていることに注目している。

（3）「俳味」五巻五号（大三・五）に、この舞台についての記事が数件ある。

（4）「一つの作が出来上るまで」（本章第二節に引用）における「先生の死に会ふ弟子の心持」という言葉、また、遺稿「或阿呆の一生」（「改造」昭二・一〇）の十三節「先生の死」に、「歓びに近い苦しみ」とあること、「あの頃の自分の事」（「中央公論」大八・一、のち削除分）において、芥川が漱石の「人格的マグネテイズム」によって「自分自身の仕事にとりかかるだけの精神的自由を失つてしまふ」「危険性」について書いていることが、丈草の心理に通ずるため、丈草の心理を芥川のそれと直接重ねる読みがある。

（5）水野成夫訳『アナトール・フランス小説集3』（白水社　平一二）より。本章で引用するアナトール・フランスの諸作品に関しては、すべて芥川文庫に英訳版があり、引用の和訳との間に文意の懸隔はない。

（6）市原豊太訳『アナトオル・フランス長篇小説全集　第九巻』（白水社　昭二六）

（7）『芥川龍之介全集　第二十三巻』（岩波書店、第二刷　平二〇）所収「手帳2」の「見開き7」。写真版は『芥川龍之介資料集』図版2（山梨県立文学館　平五）の「手帳7」。

（8）引用は『こゝろ』（岩波書店　大三）一二〇ページによる。

（9）丈草と芭蕉が同じ「芸術家の覚悟」に生きたとする三好行雄論文、丈草を「師の生き方を生きる芸術家」とする伊藤一郎論文、「「詩的」精神の継承」を読む石井和夫論文など（本章第一節、注（1）、第二節（2）にそれぞれ引用）。

第六章　歴史小説（四）「鼠小僧次郎吉」

第一節　はじめに

大石内蔵之助、滝沢馬琴、松尾芭蕉と、江戸時代の有名人物を主人公とする芥川作品を見てきたが、芥川には「鼠小僧次郎吉」（「中央公論」大九・一）の作もある。この作品の材源に関して、これまでの研究状況を確認すると、まず吉田精一は「彼の講釈好きが産んだやうな作品」「彼の門下の如き小島政二郎が「森の石松」をはじめ講釈師の生活や講釈種に題材を求めてゐるのを見て、彼も「俺がかけばこんなものだ」といふ所を見せたかつたのかも知れない」（「一九　夜来の花」／『芥川龍之介』三省堂　昭一七）と述べ、さらに「講釈種か。テーマにはシング「西方の人気者」の影響があろう。」（「芥川龍之介の生涯と芸術」／『芥川龍之介』新潮文庫　昭三三）と指摘し、この作品が講談と西洋文学との折衷によるものである可能性を示している。しかし講談に関しては「講釈種か」とするにとどめ、具体的考察はない。

アイルランドの劇作家シングの戯曲「西方の人気者」に関しては、片山宏行『菊池寛のうしろ影』（未知谷　平一二）第一部九「菊池と芥川――仇討三態」においても「鼠小僧次郎吉」への影響が論じられている。この戯曲では、主人公の男が自分は大罪を犯した大悪党だという話を、あることないことでたらめに繰り広げ、人々から畏敬のまなざしで見つめられて得意になる。しかしそこへ男が殺したはずの父親が現れ、人々は興ざめする。この部分が、

「鼠小僧次郎吉」において胡麻の蠅である越後屋重吉が、鼠小僧を騙って人々にちやほやされるが、獄門か磔になるのを恐れて鼠小僧ではないと白状し、今度は人々に袋叩きにされる、という展開と似ており、大のつく悪党にはかえって頭を下げるという人々の心理が共通している。

鼠小僧関係の講談、実録や歌舞伎にも、鼠小僧を騙って尊敬され、一転して嘘がばれて袋叩き、というストーリー展開は管見の限り見られない。また、このシングの戯曲 "The playboy of the western world; a comedy in three acts" Dublin, Maunsel, 1912 が日本近代文学館芥川龍之介文庫に入っていることも併せて考えて、本章でもこのストーリー展開は同戯曲によるものという説に従いたい。

一方、「鼠小僧次郎吉」の登場人物たちが話す江戸ことばが、三馬の「浮世風呂」「浮世床」に拠るものであることは、佐藤美加「芥川龍之介の『鼠小僧次郎吉』の表現――式亭三馬との比較――」（「岡大国文論稿」昭六二・三）によって論証されている。材源に関する主な先行研究は以上である。

次に、この作品がこれまでどのように読まれてきたかについて見ておく。まず同時代評では「芥川氏のは、英雄崇拝のパロデイーとでも云ふべき物であらう。あの有名な愛蘭土の戯曲にもかう云ふ安価な浪漫主義が面白く取扱はれてゐるけれど、芥川氏のはそれに較べると話が吾吾の国の事であるだけに、吾々にはより自然的であるやうに感じられる」（太田善男「初春の文壇（十二）」／「読売新聞」大九・一・一六）というものがある。愛蘭土の戯曲とは、先述のシングのものであろう。この評では「上手に造り上げられた短篇」と高く評価している。関谷香象「新春の創作から」（「新公論」大九・二）も同じく高評価で、「講談を芸術化したものでありませう。」「芥川氏独特の勝れた手腕は鮮かに発揮されて」「芸術には技巧の如何に大なる力のあるかを今更のやうに考へさせられます。」などとある。

一方で厳しい評もある。「この作の面白味は矢張、氏の巧妙な技巧とトリック（これも氏としてはモウ常套手段になつて新鮮味を欠いたが）である。而かも如何に若気の物好きと悪戯からとは云へ、最後のドンヅマリに行つてまでもまだその常套手段を試みねば気がすまないと云ふのは余りにコセツキ過ぎはしないか。」（水守亀之助「新春の創作を評す」／「文章世界」大九・二）といったもの、また広津和郎「新春文壇の印象」（「新潮」大九・二）は、「鼠小僧次郎吉」と、芥川が同月に発表した「舞踏会」とを併せて論じ、「かうして又手馴れたものをやつて置けば、大してソツがないと思つてでもゐさうな『安心』がある」とする。

「舞踏会」では作品の最後になって、主人公明子と踊ったフランスの海軍将校が実はピエール・ロティだったとわかる。初出とそれ以降とで結末に違いがあるが、いずれにしても明子または聞き手の青年の口から、将校がロティだったと明かされる。「鼠小僧次郎吉」でも、作品の最後になってそれまでの男が鼠小僧だと名乗る。このように作品の最後に登場人物の正体を明かす方法を、水守や広津は批判した。「舞踏会」の同時代評としてしばしば言及される田中純の「正月文壇評」（「東京日日新聞」大九・一・一二）では、「一種の高等落語」「最後の落し方は巧い」「ピエル・ロチで落すなどは一寸新手だ」と評し、「舞踏会」の結末を落語のオチに例えている。「鼠小僧次郎吉」の結末部分、男が鼠小僧だと告白するのも同様で、オチとみなすことができる。

このオチについてこれまでの研究を見てみると、自分が本当の鼠小僧だという男の告白をそのまま信じる見解と、疑うことも可能だという見解とがある。『芥川龍之介事典』（増訂版、明治書院　平一三）の田中実執筆「鼠小僧次郎吉」の項では「最後に主人公の正体が分かる作品の構造は『奉教人の死』と同様であるが、この小説はやや手軽で作者の人生観や人間認識もうかがわれず傑作にはほど遠い」（傍線引用者）とする。『芥川龍之介全作品事典』（勉誠出版　平一二）の熊谷信子執筆の項でも、「最後に種明かしをする芥川得意の技法」とし、オチをそのまま受け止めている。他方、石割透「変装と仮面――芥川・谷崎・乱歩など――」（『文学における仮面』笠間書院　平六）は、男の告白をそのまま信じては「この小説の面白さは半減する」ように思われるとし、「この「親分」もまた、「子分」の前では格好よく見せてはいるものの、先の「胡麻の蝿」と何らの違いがないかも知れない」と論ずる。『芥川龍之介新辞典』（翰林書房　平一五）の北川秋雄執筆の項も、「結末は、本物の出現というより、第2の捌りとして読む方が面白い」とする。

果たして男は鼠小僧ではないのだろうか。オチはどう読まれることを想定して作られているのか。本章では、これまで具体的な検討がなされていない鼠小僧の講談本との比較から、この問題を考察したい。結論から言えば、この作品の「親分」と呼ばれる男の描写には、講談本において鼠小僧を示す数々の小道具が冒頭から取り入れられている。つまり、講談の鼠小僧に親しんでいる読者になら、オチまで読まずとも男が次郎吉だと読めるようになっている。

だとすれば「鼠小僧次郎吉」は、これまで判明している中では芥川が講談本を作品に活かした最も早い例となり、その意味でも注目すべきものである。以下、まず講談本との比較をし、それをふまえた上での作品結末部分の読みを検討したい。さらに続編の計画（草稿）に見られる講談等の影響について考察し、芥川「鼠小僧次郎吉」と講談本との関わりの全容を明らかにする。

第二節　講談本からの影響

芥川の「鼠小僧次郎吉」執筆以前に出版され、管見に入った鼠小僧関連の講談速記本または実録のうち、芥川の「鼠小僧次郎吉」との比較のため本節で言及するのは以下のものである。他にも特に明治十年代から二十年代初めにかけて、〈絵本〉〈草紙〉などの形で鼠小僧関連本が数点出版されているが、芥川作品との比較上、必要ないものは掲出しない。

〔講談速記本〕

A　石川一口講演、丸山平次郎速記『鼠小僧』（博多成象堂　明二九・四）

B　松林伯円講演、酒井昇造速記『天保怪鼠伝』上・後編（大川屋書店　上＝明三〇・九、後編＝明三一・一）

C　柳塘散人〔松林東慶〕口述、山田都一郎速記『鼠小僧』（中村鍾美堂　明三一・四）

D　一流斎文雅口演、酒井楽三速記『義賊鼠小僧』（文事堂　明三三・一〇）

E　松林伯知口演『徳川栄華物語　続篇椿の巻』（新橋堂書店　明四一・一一）※一五〜一八章が鼠小僧次郎吉関連。

F　田辺大龍講演、今村次郎速記『義賊鼠小僧』（大川屋書店　明四四・一〇再版、奥付より明二九・二初版）

G　西尾麟慶講演、東亜堂編輯部員速記『鼠小僧次郎吉』（新演講談文庫第二編）（東亜堂書房　大四・九）※『講談大会』（東亜堂書房　大六・六）所収「鼠小僧次郎吉」は本書と同じ紙型を用いたものらしく、全くの同内容のため以下では言及しない。なお、この西尾麟慶はJの小金井蘆洲（三代目）の前名で同一人物。

H　松林伯円講演、酒井昇造速記『妖術鼠小僧』（八千代文庫第五編）（大川屋書店　大五・一）

I　松林伯円講演、酒井昇造速記『和泉屋治郎吉』（八千代文庫第六編）（大川屋書店　大五・二）

J　小金井蘆洲講演、加藤由太郎編『鼠小僧次郎吉』（長篇講談第三十四編）（博文館　大七・七）※芥川の「鼠小僧次郎吉」より後になるため詳述しないが、松林伯知講演『評判講談第一巻　鼠小僧治郎吉』（大日本雄弁会講談社　昭六・一〇）はこの書とほぼ同内容で、多少の書き変えがある。

K　松林若円講演、山田都一郎速記『鼠小僧次郎吉』（奥付欠、落丁あり。出版元、出版年不明）※著者名より明治三〇年代か。三代目旭堂小南陵『明治期大阪の演芸速記本基礎研究』（たる出版　平六）の「出版各社の発行書目」所載の同著者同題本は駸々堂　明四二・三再版、大元・一〇。

〔実録〕

L『今古実録鼠小僧実記』（上巻・中巻・下巻）（栄泉社　明一八・一二）

M『帝国文庫　第四十八編　校訂俠客伝全集』（博文館　明三〇・三）所収「鼠小僧実記」

N『近世実録全書　第七巻』（早稲田大学出版部　大七・二）所収「鼠小僧実記」

以下これらの書に言及する際にはA〜Nの記号を用いる。

中込重明「鼠小僧の実録と講談」（『江戸文学』平一五・一一）は、鼠小僧関連の実録や講談、小説類を、「実記」系と「伯円」系との二つに分類する。「実記」系と「伯円」系とでは話の筋はもちろん登場人物も違う。例えば「実記」系はLの系統で、主人公の名は幸蔵。のち次郎吉になる。浪人の息子として生まれたが捨て子にされ、博打打ちに拾われる。旅の途中で出会う女性はお峰で、父によって売られそうになっているのを次郎吉が助ける。後に次郎吉と実父との再会などもある。「伯円」系はBなど二代目松林伯円の鼠小僧講談の系統で、次郎吉は捨て子ではなく、芝居小屋の木戸番の息子だが、手癖が悪く勘当される。旅の途中で出会う女性は駿府の遊女松山であるなど、「実記」系とは大きく異なる。詳細は前掲中込論文を参照されたいが、この分類に従ってA〜Nを整理すると、「実記」系はLMNの実録と、講談ではCDである。「伯円」系は伯円講演のBHIと、EFGJK。残るAは中込論文でも「この二系統のどちらにも振り分け難い」と述べるように、両系統が混合している。なお、同論文では芥川の「鼠小僧次郎吉」も「伯円」系に分類している。

二代目伯円が鼠小僧を初めて高座にかけたのは嘉永三（一八五〇）年と言われ[1]、その講談をもとに作られたという黙阿弥の歌舞伎「鼠小紋東君新形」が安政四（一八五七）年初演。「鼠小僧実記」も講談の影響が濃いとされる[2]。講談速記本の全盛期は明治三十年代ごろであり、伯円は明治三十八年に没しているが、大正になっても、右に掲げたようにその速記本は焼き直され、他の講演者による鼠小僧講談本も数点ある。

では、具体的に芥川の「鼠小僧次郎吉」にどのような形で講談本の影響が見られるのか、また芥川が拠った本が特定できるのかを検討したい。影響が見られる部分を順に見ていく。まず作品の第一節冒頭部からである。なお、作品の引用は『芥川龍之介全集　第五巻』（岩波書店、第二刷　平一九）により、①～⑦の引用番号を付ける。（　）内の数字は同全集でのページ数、A～Nの引用に関しても、（　）内は各書のページ数である。傍線は引用者による。

①「汐留の船宿、伊豆屋の表二階」（二一一）

汐留の船宿は、「伯円」系講談本において次郎吉が蜆売の少年に出会う、行きつけの船宿。船宿の名は一定せず、「大磯屋」とするものが多い。「伊豆屋」は汐留の船宿としてではなく別の店の屋号として出てくることもある。以下で比較してみる。

B「之を汐留の船宿と云ふ、次郎吉は平素行《ふだん》つけの船宿大磯屋と云ふ家」（後編六）※「伊豆屋」の名は、次郎吉が助けて世話をしている芸者小花に執心の「木村軍介」が、小花を陥れようとして「柳橋の伊豆屋」で船を調達する場面に出てくる（後編一九九）。

E「雪の中をやつて来たのが汐留橋、村田屋と云ふ船宿の前を通らうとすると」（一八七）

F「汐留橋の三好屋といふ船宿の二階雪見の酒盛小鍋立」（八九）※「伊豆屋」は熱海で次郎吉が助ける芸者、小竹がかかえられている店の名（七〇）。

G「汐留の、只今はなくなりましたが、船宿が並んで居りました、大磯屋といふのが馴染です」（六六）※「伊豆屋」の名は、次郎吉が助けて世話をしている芸者小花に執心の「木村軍助」が、小花を陥れようとして「柳橋の伊豆屋」で船を調達する場面に出てくる（一一九）。

Ｉ「治郎吉は平素《ふだん》行つけの船宿大磯屋と云ふ家」（五）※「伊豆屋」の名は、治郎吉が助けて世話をしている芸者小花に執心の「木村軍介」が、小花を陥れようとして「柳橋の伊豆屋」で船を調達する場面に出てくる（一六八）。

Ｊ「従前はズッと汐留の河岸には船宿があつたもの〔中略〕其の船宿の内で伊豆屋といふのが一番大きい、次郎吉は其所が馴染だ」（一七二―一七三）

Ｋ「新橋の汐留のところへ来ますると、大磯屋と云ふ船宿があります」（一四五）

汐留の船宿を「伊豆屋」とするのはＪのみである。ちなみに、荒畑寒村の社会講談「鼠小僧と蜆売」（『改造』大九・九）でも、次郎吉と蜆売の出会いは汐留の伊豆屋、また鈴木泉三郎の戯曲「次郎吉懺悔」（『現代脚本叢書　第十一編』新潮社　大一二・二　所収）にも、ストーリーは全く別だが「船やどの伊豆屋」が出てくる。

次に次郎吉と思われる男の衣装、髪型、持ち物に関する部分を検討する。

②「一人は色の浅黒い、小肥りに肥つた男で、形の如く結城の単衣物に、八反の平ぐけを締めたのが、上に羽織つた古渡り唐桟の半天と一しよに、その苦みばしつた男ぶりを、一層いなせに見せてゐる趣があつた。」（二一一）「親分と呼ばれた男は、「微醺を帯びた二人の男には、刷毛先を少し左へ曲げた水髪の鬢を吹かれる度に」（二一二）如心形《によしんがた》の煙管を啣へた儘」（二一三）

講談本で次郎吉の衣装等に言及しているものの中から、類似する描写を抜き出すと以下のとおりである。

Ｂ「薩摩の変り絣の単衣、其頃の事でありますから八反の白ぐけを締て上へ唐桟の細襟の半纏をチヨツト引掛けたは、〔中略〕頭はお約束の五分月代、〔中略〕はケ先が一寸左へ曲つて居るといふ当今なれば尾上菊五郎でなければ出来ないといふ勇み肌の江戸ッ子風」（上一〇四）、「結城紬の治郎吉の不断着」（上一七九）

E「結城紬の単衣に紺博多の帯を締め」（一六七）、「紬の藍鼠の綿入に三尺帯、唐桟古渡りの綿入半天」（一八七）

F「結城紬の三枚重ね」（七二）、「結城紬藍微塵の着物の片袖」（一四五）※次郎吉が昔盗みに入った先で逃げる際に引きちぎられたもの。

G「薩摩の変り飛白の単衣八端の平絎《ひらぐけ》を締め、唐桟の細襟のかゝつた半纏」（二一）、「結城紬の、次郎吉の着物」（四六）

H「薩摩の変り絣の単衣、其頃の事でありますから八反の白ぐけを締て、上へ唐桟の細襟の半纏をチヨツト引掛けたは、〔中略〕頭はお約束の五分月代、〔中略〕はケ先が一寸左へ曲つて居るといふ、勇み肌の江戸ッ子風、去ながら愛嬌は溢れるばかり、手には銀鎖の莨入を提げて」（九二―九三）、「結城紬の治郎吉の不断着」（一五八）

J「変り薩摩の絣の単物で八反の白ぐけを締め其上に古渡唐桟のパチリした柄に八丈の細襟の掛つたのを引掛け、象牙の根付、十五本鎖の煙草入を左の手に、右の手には銀と赤銅と四分一の張交になつて居る有平の如心型《じよしんがた》の煙管を握つて居る、髪は水髪の刷毛先は鬼門除のために左の方へ鳥渡曲つて居やうといふ」（一一）、「藍微塵結城紬の単衣の隻袖」（三九五）※次郎吉が昔盗みに入った先で逃げる際に引きちぎられたもの。

K「藍の絹通しの素袷に八絹《たん》の三重廻りの扱帯《しごき》を佶《きつ》と前で蜻蛉に結び、頭は水髪の束ねと云ふやつにバラリと結ひ」（八五）、「古渡り東桟の衣類に同じ縞の羽織、紺無地博多の帯に」（一四五）

なお、色が浅黒いというのは、講談本ではないが「実記」系の実録に、L「色ハ少しく浅黒けれど眼清く鼻筋通り」（中巻、一三丁オ）とあり、同じ記述がM（四九八）N（三三五）にも見られる。「苦みばしつた男ぶり」という形容もFに「次郎吉の苦み走つた男ぶり」（八九）とある。

　これら講談や実録の中で芥川の描く次郎吉の衣装や持ち物に最も近いのはJである。特に次郎吉に「如心型の煙管」を持たせている例は管見の限り他にない。「によしんがた」「じよしんがた」とルビが異なるが、芥川「鼠小僧次郎吉」の初出はルビがない。「八反の平ぐけ」がJでは「八反の白ぐけ」になっているが、これはそもそも「平絎帯」の略で「平ぐけ」が正しい。「白ぐけ」は「ひ」が「し」になる訛りが速記本に踏襲され、漢字まで変ってしまったものであろう。もし芥川がJを参照して次郎吉を描いたとするなら、訛りを地の文に踏襲することはできず、正しい「平ぐけ」に直したのだろう。次はもう一人の男（裸松）の着物である。

③（裸松の着物）「小弁慶の単物に算盤珠の三尺」（二一一）、「小弁慶の浴衣」（二一三）

「算盤珠の三尺」の類例は見当たらなかったが、「小弁慶の単物」は、

　J「盲縞の袷に結城紬の小弁慶の単衣を重ねて（中略）頭は水髪の小銀杏といふ奴に取り上げて居る意気な男」（三六二）

とあり、これは次郎吉がお熊婆を殺したのを見て、次郎吉を脅しに来た槍栗の半次の服装である。その半次を次郎吉のために殺す裸松の着物も「白地の浴衣に小弁慶の浴《ゆかた》を重ね」（三六六）となっている。「実記」系では次郎吉が江の島ですれ違う、護魔の灰の八蔵の着物を

　L「小弁慶の単衣に道中差をぶつ込みしが」（中巻、十四丁オ）

と書く。M（五〇二）N（三八）も同様で、「実記」系講談本D（一一七）にも同様の記述がある。

④「改代町の裸松」（二二五）

裸松は「伯円」系の講談本に登場する次郎吉の子分である。「実記」系の実録や講談には登場しない。

Ｂ「改代町の裸体《はだか》松五郎」（後編一〇四）、「裸松」（後編一九一）

Ｆ「数多の子分も出来たる中に改代町の裸松第一番の気に入りで」（七一）

Ｇ「牛込改代町の松五郎、渡世は大工でございますが、怠者で、年期を入れた職を嫌つて遊人になりました、綽名を裸体《はだか》の松」（八六）

Ｉ「牛込改代町に住める遊人で、旧は大工で松五郎と云ふ者があります」（七二）、「裸松」（一六一）

Ｊ「牛込改代町に左官職で綽名を裸松と云はれた松五郎といふ者がある」（二一九）

ちなみにＥでは裸松の代わりに「裸体《はだか》豊」（一九八）になっている。

次郎吉にかかわる人名では、芥川「鼠小僧次郎吉」で名前のみ出される「小花」（二一三）も、先の①（伊豆屋）に関する引用で示してあるように、次郎吉が助け、世話している芸者の名前であり、ＢＦＧＩＪなどに見られる。

次に、芥川「鼠小僧次郎吉」の第二節に入って検証を続ける。

⑤「甲州街道」（二一五）「小仏颪のからつ風」（二一六）「八王子」（二一七）

これらは伯円系の講談本にある話の舞台で、松林伯知講演『評判講談第一巻　鼠小僧治郎吉』（先掲）で「有名な小仏峠の雪中、胡麻蠅に出逢ひの一条」（一一）というように、有名なエピソードだった。各本により細かな違いはあるが、大筋は、まだ少年ながら盗みの腕では有名な次郎吉が、江戸に居られなくなり甲州街道へ。小仏峠で一休みしている時、三人の胡麻の蝿が、罪もない父娘から三十両を奪ったと話しているのが聞こえる。次郎吉は大金を持っているふりをして三人に近づき、八王子横山宿の河内屋に同宿。三人が自分の三十両を盗んだと宿屋の主人に訴えて、見事な機転で金を巻き上げるというもの。この八王子の胡麻の蝿の一件はＢはもちろん、ＦＧＨＪＫに見られる。Ａでも同様の手口で二人の盗人から盗金を巻き上げる話があるが、中山道での出来事になっており、「甲州街道」「八王子」は別の場面で出てくる。さらに「実記」系Ｌでも同様の話があるが、場所は赤坂になっている。

⑥「茅場町の植木店」（二一七）

次郎吉と思われる男「おれ」に、道連れになった越後屋重吉が、住まいは江戸のどの辺かと聞く。「おれ」は「茅場町の植木店さ」（二一七）と答えているが、「茅場町の植木店」も⑤と同じく伯円系の講談本ＢＦＧＩＪＫで、次郎吉が駿河で出会った遊女松山を迎えて所帯を持つ地である。Ｅでは「茅場町」とのみある。

以下は細かな小道具であるが、

⑦「獅噛火鉢」（二一八）

作品では「おれ」が越後屋重吉と共に「雪の中を八王子まで、辿りつ」き、「新見世だとか云ふ旅籠屋」の「山甚」にあがる場面、「帳場の前の獅噛火鉢へ噛りついてゐた番頭が、まだ「御濯《おすゝ》ぎを」とも云はねえ内に、」とある。

これについてはLで、捨て子にされた幸蔵（のちの次郎吉）を拾った吉兵衛の家の座敷に「大いなる獅咀火鉢」があると書かれている（上巻二丁ウ）。「実記」系実録のMNおよび「実記」系講談のCにも同じく吉兵衛宅の道具として出てくるが、表記はMNが「獅咀火鉢」（四六六および二）、Cが「獅子咀火鉢」（七）。「伯円」系講談でこの火鉢が出てくるのはJで、先に述べた八王子横山宿の一件で、少年の次郎吉と三人の胡麻の蠅が、同宿する河内屋彦兵衛方にあがる場面、「河彦だけは新見世で勉強をすると見えて番頭が真鍮の獅嚙火鉢に倚掛つて居眠をいたして居ります、〔中略〕唯今御洗足《おすゝぎ》を」（五〇）とある。芥川のものと表記が一致、「新見世」「番頭」「御洗足《おすゝぎ》を」などの場面描写も類似している。雪の中八王子に着き、二階の座敷に通され、まず風呂であたたまってから酒を飲むというのも両者同じである。他の「伯円」系の講談にも同じような場面はあるが、「獅嚙火鉢」があるのはJのみである。

以上①から⑦の比較を総合して、Jが最も芥川作品に近く、芥川が参照した可能性が高い。①では次郎吉行きつけの船宿を「伊豆屋」とするのはJだけであるし、②でも「如心型の煙管」を次郎吉に持たせているのはJだけである。⑦のように他にはない類似点もある。Jには他にも、次郎吉の台詞に「其の容色好しで以て盆呉坐の上の勝負をするのかい」（二三六）とある。これは芥川「鼠小僧次郎吉」の「盆茣蓙の上の達て引き」（二一五）と対応する。またJには、次郎吉がお熊婆を殺したことを知って強請りに来た槍栗の半次のセリフに、「殺人犯《ねむり》となると言ふまでもねえ笠の台が飛びますぜ」（三六五）とあり、これは芥川「鼠小僧次郎吉」で次郎吉が重吉に言うセリフ「笠の台は飛ぶだらうぜ。」（二三〇）と対応するほか、首縊りの松の前を通りかかって死神に誘われかけた次郎吉が思わずゾッとした時、「耳に入る増上寺の鐘がボーン……是は只今も芝公園の三縁山増上寺の山門内にある大釣鐘、之れを撞くと八王子までも聞えるとか」（四一一―四一二）とあるのは、芥川「鼠小僧次郎吉」の第三節、「三縁山増上寺の鐘の音が、静に潮の匂のする欄外の空気を揺りながら、今更のやうに暦の秋を二人の客の胸にしみ渡らせた。」（二三二）という場面と共通する。

もちろん芥川の「鼠小僧次郎吉」執筆時に存在していた講談本の全てが現存するとは限らず、特に講談本では、内容、文章ともによく似たものが、題や講演者名を変えて複数出版されていたりする。吉沢英明氏のご教示によれば、Jの長篇講談叢書も演者名などは信用できないという。しかし現在見られる講談本の中ではJが最も作品に近く、細かな共通点が多々あることは確かである。芥川はこの本か、この本に限りなく近い内容の講談本を主な材源として、次郎吉とみられる男の身のまわりを描いたのである。なお、この博文館長篇講談叢書に関しては、後にも論ずる。

ここでJすなわち三代目小金井蘆洲講演、加藤由太郎編『鼠小僧次郎吉』（博文館　大七・七）について説明を加えると、博文館から出されていた長篇講談シリーズの第三十四編で、全五十八席、本文が四八〇ページまで。所々に挿絵があり、総ルビである。内容は「東京毎夕新聞」に大正五年二月四日から同年九月十八日まで、「和泉屋治郎吉」（小金井蘆洲講演、加藤由太郎速記）の題で連載されたものを利用している。[3] また、Jの講演者三代目小金井蘆洲の講談を芥川が聴いており、高く評価していたことは、中込重明「「奉教人の死」の出典判明までの経緯を省みて近代文学研究の死角を想う」（『日本文学論叢』平一二・三）において、間宮茂輔による回想「芥川龍之介断片」（『新日本文学』昭和二五・七）を引いて指摘されている。間宮によると「大正九年の秋」、慶応での講演会に講師として招いた芥川を間宮が自宅まで迎えに行った。この講演会は「三田新聞」大正九年九月二十九日に掲載の「ネスト記念講演会」という記事から、同年十月九日午後一時半からの予定だったことがわかる。二人は芥川家を出て電車に乗り、「電車が小柳亭の前を通りすぎようとしてゐる時」、芥川は間宮に「君は講釈をきくか」と尋ねた。間宮は講釈好きだったが、それが恥ずかしくもあり黙っていると、芥川は「小説を書くつもりなら講釈をきか□〔一字欠〕くちや黙目〔ママ〕だ、ホラ、看板の小金井蘆洲、あれなんぞ、話が描写になつてゐるからね」と言った。間宮は実は二、三日前に小柳亭で蘆洲を聴いたばかりだったが、それと自分の文学修業とが結びつくとは思いもしなかった。そして「あくまで講釈と近代文学の関係についての疑惑をおし出し、芥川が主として表現の問題で、いろんな引例をしながらわたしを説得せんと試みた」という。

　芥川が小説と講談を結びつけて考えていたという重要な証言である。新聞の寄席案内では管見の限りこの日の小柳亭に蘆洲が出ていたことを裏付けることはできなかったが、芥川が「話が描写になつてゐる」と褒めたというこの当時の小金井蘆洲は三代目で、間宮も「名人」と書いているとおり、その芸は評判が高かった。新聞記事から拾ってみると、「大日本新聞」（大四・二・一二）の「名人揃（十六）」は「講釈界の快男児　小金井芦州〔ママ〕」という小見出しがある。蘆洲の十八番が政談ものであると述べ、「彼れが恁うしたものを好んで読んだりそれが十八番になつたと云ふのには色んな理由もあるだらうが、その中でも重な原因として数へられるのは、彼が小説本の師弟であつたといふ事である、さうした関係から同じキビ〳〵したもの、内でも町奴即ち侠客などと云ふ風の社会にはあまり好意を持たなかつたから、勢ひ政談の方に趨つたものらしい」、「さうして芦州になつてからメキ〳〵と腕を上げた」と書かれている。小説本の師弟とは、蘆洲が小説をよく読み勉強していたということであろうか。それが講談の語り口にも活きていたとすれば、「話が描写になつてゐる」という芥川の評も納得できる。

　また「世界新聞」（大四・二・二五）の「未来に活べき人（廿五）」は「世話講談の大家小金井蘆洲」として長所と短所をまじえて蘆洲を論じている。「人情講談を得意として、近年益々おはなし仕立になつて来たのは、講談として果して価値あるものなる哉否哉」、「生硬極まる漢語の口を吐いて出るのは、此人の為に大なる難とせざる可らず」、などの指摘からは、蘆洲の語り口が従来の講談よりも文章的であったことがうかがわれ、先の評と併せて芥川が「描写」と評した理由を知る手がかりとなろう。[4]

　芥川と間宮の間でこのようなやりとりがあった大正九年十月といえば、「鼠小僧次郎吉」執筆から一年足らずで、芥川としては講談を作品に活かすのは実践済みだったのである。この証言から芥川が蘆州の鼠小僧講談を直接聴いた可能性もあるが、先の比較⑦などの表記の問題があるため、執筆に際しては講談本によったと考えるべきである。なお、比較①（「伊豆屋」）で触れた荒畑寒村「鼠小僧と蜆売」も、語句の共通性からJを参照して書かれたことが明らかであり、それについては本章補論（二）にて触れる。

第三節　結末部分の意義

前節での比較から、芥川の「鼠小僧次郎吉」には、講談の鼠小僧では馴染み深い小道具が冒頭から頻出していることがわかる。芥川がJから採り入れた小道具の多くは、Jに限らず複数の講談本にも見られるものであり、講談の鼠小僧に親しんだ読者が「鼠小僧次郎吉」という題名のこの小説を読み始めたなら、すぐに冒頭の「男」が次郎吉だと察しがつくだろう。次郎吉の服装などからそれと察するのは難しくとも、④改代町の裸松、小花⑤八王子の宿、⑥茅場町植木店という、人名や地名からは容易に次郎吉だと特定できる。特に、講談本では「改代町の裸松」から「親分」と呼ばれる人物は、鼠小僧次郎吉以外にないのである。

もし、結末のオチで読者を驚かせたいなら、このような次郎吉を示すヒントはできるだけ隠しておくのが当然である。時代や人物の雰囲気を醸し出すためだけなら、服装や髪形を借りるに留めておけばよいのであって、人名、地名まで示す必要はない。従って、芥川は〈最後に主人公の正体がわかる〉というオチに重点を置いたわけではなく、むしろはじめから男を鼠小僧次郎吉として描き、わかる人にはわかるようにしているのである。作品中に数々のヒントを仕掛け、どこで気付くか、読者の反応を想像して楽しんでいる様子すらうかがえる。オチには、むしろ気付かない読者のための駄目押しという一面がある。

ただ、講談は庶民の娯楽というイメージがあり、例えば「鼠小僧次郎吉」の初出誌である「中央公論」を読むような知識人層が、講談に通じていたかという疑問があろう。しかし本章第二節で言及した間宮茂輔も小説家をめざす慶応の学生であるが講釈や落語が好きだった。また有竹修二『講談・伝統の話芸』（朝日新聞社　昭四八）によれば、有竹氏は大正八年、中学四年生の時、東大と早稲田の先輩とともに「名人会」を聴きに行ったという。また、いつのことかは明記されていないが、錦城齋典山の独演会で「大学の文科の先生」といった感じで手には英文のキーツの詩集を持った紳士と隣合わせたと言い、「講釈場には、相当な人が来る」と述べている。小島政二郎が講釈種の「森の石松」を「三田文学」（大八・七）に載せ、菊池寛が講談で馴染みの国定忠治を登場させた（ただしストーリーは菊池の実体験によるという）「入れ札」を「中央公論」（大一〇・二）に載せていることなどからも、いわゆる知識人層と講談とは決して相容れぬものではない。

さらに作品中には、講談の知識がなければ気付かないようなヒントだけではなく、男が鼠小僧であることをほのめかす語りがある。まず、裸松が鼠小僧の名前を出した時の男の反応である。

「飛んだ事を云ふぜ。何処の国におれと盗つ人とを一つ扱ひにする奴があるものだ。」／唐桟の半天をひつかけた男は、煙草の煙にむせながら、思はず又苦笑を洩らしたが、鉄火な相手はそんな事に頓着する気色もなく、手酌でもう一杯ひつかけると（二一四）

「又苦笑を」というのは、この場面の少し前に、裸松が男の恋人「小花」の名前を出した時、男が「苦笑の色を漂はせた」（二一三）とあるためで、図星を指されたための「苦笑」である。鼠小僧の名を聞いた男が、同じ「苦笑」を洩らしている。そのことに裸松が「頓着」しないとわざわざ語ることは、逆にその点が本来なら「頓着」すべき重要な点であること、鼠小僧の名が男にとって図星であることを示している。

さらにその少し後の場面、

「さうか。さう聞きや無理は無えの。いや、鼠小僧と云ふ野郎も、改代町の裸松が贔屓になつてくれようとは、夢にも思つちや居無えだらう。思へば冥加な盗つ人だ。」／色の浅黒い、小肥りに肥つた男は、相手に猪口を返しながら、思いの外しんみりとかう云つたが、（二一五）

傍線部で男が鼠小僧に特別な思い入れがあるらしいことがほのめかされている。この二つの場面は作品の第一節にあり、最初の段階で講談種のヒントだけではなく、このような暗示的語りが配されているのである。

以上のように、芥川は男を初めから鼠小僧として描いており、冒頭から数々のヒントを示している。どの段階で気付くのか、読者によって作品の楽しみ方が変化しうる。それでは作品結末部のオチ、男の告白をどう意味づけるべきか。最後までヒントに気付かない読者のための駄目押しという効果もあるが、それだけでは早い段階で気付いた読者にとっては意味がない。

実は、次郎吉が自分の正体を明かすという設定自体が、講談における一種のパターンを踏襲したものであった。芥川が参照したと思われるJでも、「あれは鼠小僧だと専ら評判の高えのは……実は此の俺だい」（死罪覚悟で自訴しようとする須走の熊に、身代りに鼠小僧として自訴してくれと頼む場面）（二〇二）、「近頃この山の手辺でちら〳〵噂のある鼠小僧てえ盗人はヘイ俺《わつち》の事でございます」（分銅伊勢屋の主人に）（二五二―二五三）、「噂に高え鼠小僧、名に唄はれた本尊は此の和泉屋の次郎吉だ」（弟分の徳三郎に）（四〇一）、「その鼠小僧てえなア俺の綽号《あだな》だ」（二人の盗人に）（四五九）というように次郎吉が自ら正体を明かす場面が複数ある。特に四〇一ページの場面は「風通しの好い二階で盃を取遣しながら」（四〇〇）の会話である点も芥川の「鼠小僧次郎吉」と類似する。他にもKで「いまね、江戸の市中で評判の高い鼠小僧と云ふ盗人は乃公なんだ」（殺人をした盗人の新造に、身代り自訴を頼む場面）（一七六）とあり、Aでは「知らねば言ッて聞かして遣る、耳を浚ッて能く聞け、当時吾妻に聞えたる、江戸の街に彷徨うて、噂も高ェ立田山、鼠小僧次郎吉とは乃公の事だェ」（盗みや殺人の悪党、土蜘蛛勘次に」（二五二―二五三）とある。場面によっては、次郎吉が名乗る際の啖呵は一種の見せ場になっており、Aの歌舞伎調の台詞はまさに聴かせどころである。

Jの四五九ページの場面では、鼠小僧と聞いた二人の盗人は驚き、「鼠小僧といやアまア私等仲間の大立物、役者で云つたら亡くなつた九代目市川団十郎」などと次郎吉を持ち上げる。これは大のつく悪党にはかえって頭を下げるという、芥川「鼠小僧次郎吉」に描かれた大衆心理と同じで、次郎吉もまんざらでもない様子である。このように、鼠小僧と名乗り畏敬されるというパターンは講談では馴染み深いものである。

芥川「鼠小僧次郎吉」の男も、結局これら講談と同様に名乗った。もちろん身代り自訴を頼むなどの必要性があったわけでもなく、名乗らずとも済む状況である。作品中で鼠小僧を贔屓にする裸松は、胡麻の蝿が鼠小僧だと聞いて態度を一変させた宿の者たちと同じ、大悪党にはかえって頭を下げるという大衆心理を代表している。その心理を男は「世間の奴等の莫迦々々しさが、可笑しくつて、可笑しくつて、こてえられ無かつた」（二二八）と批判していた。このような批判は講談の次郎吉には見られないもので、芥川「鼠小僧次郎吉」の主題と言えよう。しかし結局は裸松が鼠小僧を持ち上げるのに乗せられて、講談の次郎吉と同じように得意気に名乗りをあげ、自らその「莫迦々々しさ」に取り込まれてしまう。この点にこそオチの可笑しさがある。講談の鼠小僧を知る読者にとって、オチは男が鼠小僧であったという驚きを与えるものではないが、上記のような可笑しさを感じさせるものである。

このように芥川「鼠小僧次郎吉」は、講談の知識の多寡によってそれぞれのあり方で作品を楽しみうる仕掛けを持っており、講談との関わりという点で重要な作品である。次節では、続編の計画（草稿）に見られる講談や歌舞伎の影響についても検討して、講談本との関わりについて補足したい。

第四節　続編の計画と講談その他

芥川「鼠小僧次郎吉」に続編の計画があったことはよく知られており、計画を示す手紙や手帳、草稿、予告広告がある。結局続編は書かれなかったが、髙橋博史「芥川龍之介「報恩記」序」（『国語国文論集』（学習院女子短期大学国語国文学会）平元・三）、川野良「芥川龍之介『報恩記』の「報恩」の陰にかくされたもの」（『岡大国文論稿』平三・三）、石割透論文（本章第一節に引用）において、続編の構想が後の作品「報恩記」（『中央公論』大一一・四）に受け継がれたことが指摘されている。

『芥川龍之介全集　第二十三巻』（岩波書店、第二刷　平二〇）所収、手帳3、見開き6には「〇第二鼠小僧　分銅伊勢屋の子　復讐的／〇恩返しの心（親分の手助けをしたい）」とある。また草稿は二種類残されており、『芥川龍之介資料集』（山梨県立文学館　平五）所収の〈鼠小僧次郎吉〉草稿1-1から1-4では、「鼠小僧次郎吉」が雪の積もった「江戸糀町平河町」の往来を歩く様子、今夜は既に毛利家で五百両を手に入れたこと、二時ほど前に「界隈切つて大分限だと云ふ分銅伊勢屋」へ忍び込んだが偶然にも今日限り分散しようという所だったこと、が書かれている。同資料集所収のもう一つの草稿は「復讐」（1-1と1-2）と題され、「小柄な男が一人」、「鼠小僧次郎吉」を鼠小僧だと知って呼び止め、御礼を言おうとする、という場面が書かれている。

「分銅伊勢屋」は先掲川野良論文でも指摘されているように、伯円の鼠小僧講談に見られるもので、他にも「伯円」系講談本のほとんどに取り入れられている有名なエピソードである。雪の夜、次郎吉が麴町平河町の分銅伊勢屋に盗みに入ったものの、店は分散の危機にあると知り、逆に金を都合して助けてやるという話である。ＦＪでは分銅伊勢屋が困っていると知り、毛利家へ盗みに入って金を都合する。Ｅでも質屋の伊勢屋で同様である。Ｂ（後編一四五）Ｉ（一二四）では毛利家の名は出していないが伊勢屋に「中国辺の大諸侯」から盗んだ金を与える。手帳や草稿の「分銅伊勢屋」はこのような講談の筋によっており、芥川は続編では講談の筋をよりはっきりと下敷にするつもりだったらしい。ここで触れておきたいのは、先の〈鼠小僧次郎吉〉草稿1−1から1−4に、より細かい部分でも講談や、また歌舞伎の影響も見られるということである。まず同草稿には、「鼠小僧次郎吉」にもあった、次郎吉の着物や髪型が再び取り入れられている。「唐桟の半天、八反の平ぐけ、それから刷毛先を左に曲げた、いなせらしいたばね頭」（1−2）は、第二節で検証したとおり、講談における次郎吉の姿である。

続けて草稿には「その唐桟の半天には、盗みをする時の用心に、細襟ぐるみ黒八丈の総裏がちやんとついてゐた。彼は今夜までに何度となく、この半天を裏返しに着て、家の中の闇に紛れながら、諸大名の御手許金を片つ端から攫つて歩いた。」（1−3）とある。この部分と、草稿1−1から1−2にかけての、平河町の往来の様子を描いた「雪は両側の町家の屋根にも、所々の黒塀にも、その黒塀の前の天水桶にも、重くもつさりと積つてゐた。殊に塀内の見越しの松は、雪除けの縄が手際よく張つてあるにも関わらず、忍び返しの青竹の外へ、白々と枝を撓はめてゐた。」という部分に注目したい。

半天を裏返すという趣向は、講談本でも、たとえばＥには次郎吉が質屋の伊勢屋に盗みに入る場面で、「用意の絹の脚袢を穿き紺足袋を穿いて頬被りをいたし、すつかり支度をし直して、半天を裏返しに着て」（二〇三）とある。しかし往来の様子を含めて直接の材料と思われるのは、歌舞伎「鼠小紋東君新形」である。

河竹黙阿弥の「鼠小紋東君新形」は安政四（一八五七）年正月市村座初演で、二代目伯円の鼠小僧講談を種にしたというのが通説である。(5) 主人公（鼠小僧）の名は稲葉幸蔵。幸蔵は、金を騙り取られて心中しようとしている新助とお元を助けるため、稲毛屋敷から百両を盗む。そこが実父との再会もある見せ場なのだが、その「稲毛屋敷辻番の場」に、芥川の草稿に見られるのと同じ趣向がある。

芥川の「鼠小僧次郎吉」発表の翌月、大正九年二月春陽堂発行の『黙阿弥脚本集　第三巻』では「稲毛屋敷辻番の場」は二幕目で、稲毛屋敷の塀外の様子は「下手一面忍び返し附の黒塀、よきところに用水桶、塀の後見越の松。」（三八五）とある。新助とお元の前に現れる幸蔵は「着流し唐桟の半纏」（四〇二）、その半纏を、稲毛屋敷に忍び込む際には「紺の手拭にて頰冠りをし、半纏を裏返し黒八丈の半纏となし、」（四〇九）仕事を終えると「正面の黒塀の影へ幸蔵出で、見越の松へ上り忍び返しを引つたくり、用水桶を足代にひらりと飛下り、手拭を取り半纏をひつくり返して着、元の唐桟になり」（四一三）とある。傍線部が類似している。

この、黒づくめになる場面は見せ場であった。大正五年三月号の「演芸画報」には、その前月に市村座で上演された「鼠小紋春着新形」の評が載っている。口絵には黒づくめになった幸蔵（六代目尾上菊五郎）の写真がある。「芝居見たまゝ」（鈍太郎）という筋書きにも「見越しの松」、「唐桟の袢纏」があり、「袢纏をぬいで裏返しに引かけたと思ふと姿は見えなくなつた。裏は黒だつた」とある。同号所載の伊原青々園「桟敷より書斎へ」（目次題「桟敷から書斎へ」）でも、

〔黙阿弥の作は〕唐桟の半天を裏返すと盲縞で、紺の股引の尻端折りて身体中が黒仕立の甲斐々々しいなりで下手の松を伝はつて塀の内へ忍び込む所や、其れから玄関先になつて、其の黒装束のまゝ天井裏へ鼠のやうにコビリついて居る所や、さうした眼先きの変はつた所で見物を喝采させたのです。／しかし故菊五郎が晩年に演じた時は、其筋の干渉が喧いので、塀の乗越しと天井裏の忍びとは省いてしまひました。今度も同じですが、せめて黒仕立になる段取だけを鮮かに見物に見せねば、此処の工夫が無になります。

と述べ、半纏を裏返す場面が見せ場だという。このように有名な場面であったので、芥川が舞台で見慣れていたものか、『黙阿弥脚本集　第三巻』のような刊行された脚本に拠ったものかは断定しかねるが、「鼠小僧次郎吉」の続編を構想するにあたり、講談だけでなく歌舞伎の趣向も取り入れ、外面的にはよく知られた鼠小僧像を作ろうと

していたようだ。

第五節　おわりに

以上、「鼠小僧次郎吉」について、講談速記本からの影響を検討してこの作品の方法を論じ、続編の草稿に見られる講談と歌舞伎の影響についても触れた。既述のようにこの作品に関しては、最後のオチについて、自分こそ鼠小僧だという男の告白をそのまま信じる見解と、疑うことも可能だという見解とがある。本章では講談本との比較を主に、男が次郎吉に違いないというヒントが随所に見られることを論じた。オチの意義は、駄目押しであるとともに、大衆心理を批判したはずの次郎吉が、告白によって結局その心理に取り込まれてしまうという可笑しさである。

「鼠小僧次郎吉」では、主な典拠ではないが次郎吉の造型に講談本が活かされていることは上述のように明らかであり、さらに読者側の講談の知識の多寡により、作品の楽しみ方も変りうる。早くから「講釈種か」と言われてきた本作品と講談本との具体的関わりを証明することができたが、他の芥川作品と講談本との関わりについても次章以下で論じてゆく。

注

（1）宝井馬琴「鼠小僧治郎吉　後説」（『定本講談名作全集　第五巻』講談社　昭四六）

（2）『日本古典文学大辞典　第四巻』（岩波書店　昭五九）「鼠小僧実記」の項、中村幸彦執筆。

（3）「東京毎夕新聞」の当該号を所蔵する東京大学大学院法学政治学研究科附属近代日本法政史料センター（明治新聞雑誌文庫）でも所々欠号があり、特に大正五年四月から六月分は欠号で未見。その間も連載は続いていたらしく、同年九月十八日、第二二八席をもって大尾となっている。確認し得た限りでは、Jはこの連載に多少の改変を加えているが大部分は同文で、連載の四席分をJでは一席分として編集している。

（4）蘆洲の記事を探すにあたり吉沢英明編『講談大正編年史』（私家版　昭五六）を用いた。

（5）今岡謙太郎「『鼠小紋東君新形』ノート——伯円『天保怪鼠伝』との比較を通して」（「歌舞伎　研究と批評」平四・一二）、横山勝行『鼠小僧白状記』（私家版　平九）、中込重明「鼠小僧の実録と講談」（本章第二節に引用）。

第六章　補論（二）「鼠小僧次郎吉」その後
――戯曲、映画による受容について――

第一節　はじめに

本論では、第六章の補論として、「鼠小僧次郎吉」執筆に際し芥川がシングの「西方の人気者」から借りたモチーフが、芥川作品を通じて鼠小僧の逸話として受容され、舞台化、映画化されたという過程を紹介し、芥川作品が後世に与えた影響について考察したい。

言うまでもなく芥川の文学は古今東西の様々な文学作品を受容して成り立っており、芥川が影響を受けた作家や作品に関する調査、研究はほとんどなされ尽くしている観がある。それに比べると、芥川の作品が後世にどのように受容されたかについての研究は少ないようだ。近年、廣瀬晋也氏によって、芥川作品が太宰治や坂口安吾の作品に与えた影響が論じられており、(1)受容についても調査研究が進みつつある。しかし後世の著名作家に与えた影響だけでなく、今では忘れられたような作家も含めて広く同時代や後世に与えた影響を具体的かつ詳細に調査、研究することはこれからの課題であろう。本論でとりあげるのは、ごく小さな一例ではあるが、芥川が外国文学から取り入れたモチーフが鼠小僧の逸話として受容されたという興味深い例でもあり、芥川作品が後世に与えた影響の一端として考察したい。

まず、芥川が「鼠小僧次郎吉」を書くに際して借りた、シングの戯曲「西方の人気者」のモチーフについて再度確認しておく。この戯曲では、主人公の男が、自分は父親殺しの大罪を犯したという話を、あることないことでたらめに繰り広げ、人々からちやほやされて得意になる。しかしそこへ男が殺したはずの父親が現れ、人々は興ざめする。この部分が、「鼠小僧次郎吉」において胡麻の蝿である越後屋重吉が、鼠小僧を騙る展開と似ており、大のつく悪党にはかえって頭を下げるという人々の心理が共通している。この点は第六章でも触れたとおり、これまでの研究で指摘されていることである。

芥川は、このシングの戯曲のモチーフを借り、講談で人気の鼠小僧の逸話として再生させた。そして後に、おそらくは芥川の与り知らぬところで、このシング由来のモチーフが鼠小僧の逸話として戯曲、映画へと受け継がれることになったのである。

第二節　戯曲による受容とその舞台上演

芥川の「鼠小僧次郎吉」を取り入れたのは、林和《やわら》の戯曲「鼠小僧旅枕」(二幕)(「演劇改造」大一五・四、のち『日本戯曲全集現代篇　第五輯』春陽堂　昭三・九　所収)であり、芥川作品だけでなく、講談や歌舞伎も下敷きにしている。鼠小僧を主人公とした作品には、たとえば芥川の「鼠小僧次郎吉」以降の十年間だけでも、荒畑寒村の社会講談「鼠小僧と蜆売」(「改造」大九・九)、鈴木泉三郎の戯曲「次郎吉懺悔」(「劇と評論」大一一・一　および『現代脚本叢書　第十一編』新潮社　大一二・二　所収)、川村花菱「鼠小僧心願」(「演芸画報」大一三・七　のち『日本戯曲全集現代篇　第七輯』春陽堂　昭四・八　所収)、真山青果「鼠小僧次郎吉」(「女性」大一五・九、一〇、昭二・三)、菊池寛「鼠小僧外伝」(「講談倶楽部」昭五・一、二)などがあるが、芥川作品の影響があからさまに見られるものは管見の限り林和の「鼠小僧旅枕」のみである。

以下、林和「鼠小僧旅枕」のあらすじを述べる。第一幕は甲州路の小仏峠、辻堂前。清七とお千代の二人は、胡麻の蠅の久太に五十両入りの金包を巻上げられ、心中しようとするが、事情を聞いていた次郎吉が手持ちの五十両を与えて救う。第二幕は八王子の徳利亀屋。久太と道連れになった次郎吉は、徳利亀屋で同宿することにする。徳利亀屋で働く老人、定十と話をするうち、次郎吉は定十が自分を捨て子にした実父であると気づく。その晩、次郎吉は久太が自分の五十両入りの金包を盗んだと騒ぎ立てる。金包の中に金の他に何が入っているか、お千代から聞いていた次郎吉はそのとおり証言し、宿の者が久太の懐を探ると次郎吉の証言どおりの金包が出る。宿の者は久太を縛り上げる。夜明けを待つ間休んでいようと次郎吉が奥へ入ると、土間の柱に縛られている久太は急に威張り出す。数々の悪行を自分がしたのだと言って並べ立てるうちに、それまで久太をからかっていた宿の者たちも、これは「悪党の神様」だと畏敬の面持ちで見つめるようになる。ついに「鼠小僧とはおれのことだ」と豪語し、ますますの尊敬を集める久太。そこへ次郎吉が現れ、もしお前が本当に鼠小僧なら、「軽くて死罪、獄門首、逆磔は脱れねえぜ」と言うと、久太は驚いて全て嘘だったと白状する。そこへ目明しの手先でかつて次郎吉を金と引き換えに見逃してやったことのある金蔵ら、捕手たちが乗り込んで来る。次郎吉こそ鼠小僧で、捨てた我が子だと薄々気づいていた定十は、次郎吉に逃げるよう目配せする。金蔵は定十に耳打ち。黙って久太を指差す定十に、金蔵も次郎吉を見逃して代わりに久太を捕まえる。

以上のあらすじからわかるように、この戯曲は、講談や歌舞伎、そして芥川の「鼠小僧次郎吉」の筋を混合して作られたものである。まず講談からは、胡麻の蠅が盗んだ金を八王子の宿で巻上げるという一件が取り入れられている。第六章で触れたように、中込重明「鼠小僧の実録と講談」（「江戸文学」平一五・一一）では、鼠小僧の講談本や実録を分析し、「伯円」系、「実記」系の二系統に分類している。そのうち「伯円」系講談（二代目松林伯円の鼠小僧講談、またそれと同様の筋を持つ講談）には、次郎吉がこの手口で三人の胡麻の蠅から盗金を巻上げる話がある。徳利亀屋という宿の名も、「伯円」系講談本で「八王子の宿では徳利亀屋なら極上」（本書一二三ページのB、上二四ページ）などとして出てくる名前である。

また河竹黙阿弥の歌舞伎「鼠小紋東君新形」（安政四（一八五七）年正月初演）から、心中の男女を助けるという点、自分を捨て子にした父との再会、親子だと互いに気づきながらも口では否定し、認めない点などを取り入れている。捨て子という設定は、第六章で述べたように「実記」系の実録や講談（「鼠小僧実記」、またそれと同様の筋を持つ実録や講談）にもあるが、「実記」系では実父のほうから親子だと名乗ることになっており、林和「鼠小僧旅枕」の筋は黙阿弥のほうに近い。そして久太が縛り付けられてからのくだりは、芥川の「鼠小僧次郎吉」を借りている。筋だけでなくセリフにも「鼠小僧次郎吉」そのままのものがいくつかある。共通点の一部を以下に並べてみる。なお、芥川「鼠小僧次郎吉」の引用は『芥川龍之介全集　第五巻』（岩波書店、第二刷　平一九）により、数字は同全集でのページ数である。林和「鼠小僧旅枕」の引用は初出による。

〔次郎吉のセリフ〕

飛んだ蚤にたかられての、人騒がせをして済まなかつた。（「鼠小僧次郎吉」二二一）

飛んだ蚤にたかられての、よる夜中に人騒せをして済まない訳さ。（「鼠小僧旅枕」）

何、胡麻の蝿とも知ら無えで、道づれになつたのが私の落度だ。それを何も御前さんが、あやまんなさる事は無えのさ。こりやほんの僅ばかりだが、世話になつた若え衆たちに、暖え蕎麦の一杯も振舞つてやつて御くんなせえ。（「鼠小僧次郎吉」二二二）

なにさ、胡麻の蝿とも知らねえで、道づれになつたのは此方の落度だ、これを何も徳利亀屋の亭主が、そんなに頭をさげて謝罪りなさる事はねえのさ。〔中略〕これアほんのぽツちりだが世話になつた店の若え衆や女中さん達に、温え蕎麦の一杯づゝも振まつてやつておくんなせえ。（「鼠小僧旅枕」）

〔捕まった胡麻の蝿と宿の者たちのやりとり〕

ほんによ、こんな胡麻の蝿も、今に劫羅を経て見さつし、鼠小僧なんぞはそこのけの大泥坊になるかも知れ無え。ほんによ、さうなつた日にやこいつの御陰で、街道筋の旅籠屋が、みんな暖簾に瑕がつくわな。その事を思や今の内に、ぶつ殺した方が人助けよ。（「鼠小僧次郎吉」二二三）

番頭　ほんとによ、こんな頭ばかりテラ〳〵させた胡麻の蝿でも、だん〳〵に甲羅を経て見さつせ、今に江戸で評判の鼠小僧そこのけの大泥棒になるかも知れねえぞ。

若者一　そんな事にでもなつたら、お蔭で街道筋の旅籠屋はあがつたりでさあ。

若者二　その事を思や今の中に、縊り殺してでも了つたが安心ぢやねえか、なあ権六さん。（「鼠小僧旅枕」）

「下手な道中稼ぎなんぞするよりや、棒つ切の先へ黐《とりもち》をつけの、子供と一しよに賽銭箱のびた銭でもくすねてゐりや好い。」

「何《あゝに》、それよりや案山子代りに、おらが後の粟畑へ、突つ立つてゐるが好かんべい。」（「鼠小僧次郎吉」二二三–二二四）

番頭　手前のやうな土鼠もちは、下手な道中稼ぎなんざ止しにして、鳥棹の先きへ黐《もち》でもくツつけて鎮守様のお塞銭箱でも覗ふが分相応だぞ。

権六　あゝに、それよりや俺が稲田の畔につツ立つて、鳥おどしの案山子がよかんべいぞ。（「鼠小僧旅枕」）

やがて宿の若え者が、火吹竹を顋の下へやつて、ぐいと面を擡げさせると、急に巻き舌になりやがつて、(「鼠小僧次郎吉」二二四)

と、皆が寄りたかつて嬲り物にしながら、とゞ若い者が火吹竹を顋の下にあてがつてグイと面をあげさせる。と、彼は急に思入れあつて、今度は先刻と全然別な調子で巻舌になると痰呵を切り初める。(「鼠小僧旅枕」)

このような調子で、胡麻の蠅がつかまってから鼠小僧だと嘘を吐き、本物の次郎吉が出てきて正体を暴くまでのくだりには、随所に芥川「鼠小僧次郎吉」のセリフ等が取り入れられている。

講談や歌舞伎など、先行するさまざまな鼠小僧作品をもとにこの戯曲を書いた林和にとって、芥川の「鼠小僧次郎吉」から借りるべきものは、実は芥川もシングの戯曲から借りた、「三下野郎にやむごくつても、金箔つきの悪党にや向うから頭を下げやがる。」(「鼠小僧次郎吉」二二八)というモチーフであった。このモチーフこそ、それまでの鼠小僧作品にはない、目新しく面白い点であったためだ。ただし「鼠小僧旅枕」の最後の場面では、鼠小僧を騙った久太は、実は嘘だったと白状した後、袋叩きに遭うどころか本物の鼠小僧の代わりに捕えられてしまうことが示唆されており、この点は林和の独自の設定である。

ここで「鼠小僧旅枕」の作者、林和(一八八七〜一九五四)について触れておきたい。林は藤木宏幸「林和とイプセン」(「共立女子大学文芸学部紀要」昭五七・二)が述べるように「すでに忘れ去られた劇作家・演出家」であろう。藤木氏によれば、林は十代のころから江見水蔭宅に書生として寄寓し、小説を書き始めている。早大を卒業後、文芸協会研究所の第一期生となり、明治四十四年に修了、その年の文芸協会の第一回公演「ハムレット」にも役者として出演した。同年七月、処女戯曲「湖上の歌」を「早稲田文学」に発表している。市村座の十三世守田勘弥らと共に、研究劇団黒猫座の結成を経て大正四年、文芸座を結成。舞台監督兼主事として、自作の戯曲や新進作家た

ちの戯曲を上演した。後には帝国劇場の文芸部に入り、多くの台本を執筆した。(2)

「鼠小僧旅枕」の初出誌「演劇改造」(3)は林が主宰したもので、同作品の掲載号は創刊号であった。同号の編集後記に林は「読者諸君も寄稿家の一字一行が或意味に於て血であり魂であり今の劇壇に対する正義の心の象徴であることを想見しつゝ愛読して貰ふことを切望する」と書き、「鼠小僧旅枕」もそれなりの思いを込めて載せた作品であったろうけれども、上述のように芥川作品からのほとんど剽窃とも言えるような影響が見られる。先掲藤木氏論文によれば、林の戯曲「湖上の歌」や「悪魔の曲」にはイプセンのあからさまな模倣が見られ、また佐藤善也「史劇「悪夢」残響――公暁像の行方――」（「立教大学日本文学」平六・七）によれば、林の戯曲「公暁」には北村透谷の史劇「悪夢」の影響が色濃い。先行する諸作品を取り入れるのが林の戯曲の手法だったのである。

大正十五年四月の「演劇改造」創刊号に掲載された「鼠小僧旅枕」は、昭和二年七月、浪花座で「次郎吉旅枕」の題で上演され、さらに昭和六年三月の市村座では「鼠小僧旅枕」の題のまま上演された。浪花座では「市川猿之助奮闘劇」の二番目で、一枚物のプログラム(4)に掲載の梗概はほぼ林の戯曲のとおりである。久太が鼠小僧を騙る場面についても、「口惜しまぎれの久太は次郎吉の名を騙りて啖呵を切つた」とあるが、その久太が次郎吉の一言によって、自分は鼠小僧ではないと白状する場面があったかどうかはこの梗概からはわからない。しかし上演後「演芸画報」（昭二・九）に載せられた詳細な梗概「芝居見たまゝ次郎吉旅枕」（素木宗一）には、確かに次郎吉が久太に「逆さ礫は遁れねえぜ」云々と言い、久太が「皆んな嘘だ」と白状する場面が描かれている。

市村座上演の配役や梗概については『市村座絵本筋書』（昭和六年三月興行）（市村座　昭六・三）に詳しい。こちらも梗概はほぼ林の戯曲のとおりだが、林が芥川の「鼠小僧次郎吉」から借りた部分については、やはり「久太は引かれ者の小唄で、張番の男達を脅かして逃げ様と大口を叩き、当時名うての鼠小僧次郎吉は俺だといひ出す。次郎吉が仕度をして出て来る。丁度大扉をけたゝましく叩く者がある。定十がそつと見て次郎吉に目くばせ、ガラリと開けて這入る金蔵に定十が縛られた久太を指さす。」とあるのみで、久太が鼠小僧ではないと白状する場面があったかどうかはわからない。ただ、この梗概には挿絵がついており（図1参照）、挿絵は久太が胡麻の蝿とわかって柱に縛られている場面で、旅支度をした男（次郎吉）が、縛られた男（久太）に何かを話しかけている構図である。この絵からすれば、梗概では省略されているものの、次郎吉が縛られた久太に話かける場面があったのであろう。やはり原作の林の戯曲どおり、久太が次郎吉の一言によって、自分は鼠小僧ではないと白状する場面があったものと推測される。

なお、この市村座上演の簡単な評が翌四月号の「演芸画報」にあり、安部豊「二長町の三升一座」の中で「『鼠小僧旅枕』は佳作ではないが良く纏つたもの。新之助の鼠小僧が際立つて活躍した。猿蔵の清七、菊田壽美子のお

図１　『市村座絵本筋書』（早稲田大学演劇博物館蔵）より

図２　『伊藤大輔シナリオ集Ⅰ』（淡交社　昭60・5）より

千代、團之助の銀蝿の久太もそれ〴〵器用に科《こな》してゐた。」と評されている。

このように、林和は芥川の「鼠小僧次郎吉」から借りたモチーフを自作の戯曲「鼠小僧旅枕」に取り入れ、その戯曲は上演もされたのである。さらに同戯曲は、舞台化だけではなく映画化もなされている。次節ではそのことについて述べたい。

第三節　映画化

林和の「鼠小僧旅枕」は、市村座で上演されたのと同じ昭和六年に伊藤大輔監督により同題で映画化され、同年七月十四日に封切られている。伊藤大輔は戦後の代表作に「王将」（昭二三）などがあり、市川雷蔵と組んだ「弁天小僧」（昭三三）や、「切られ与三郎」（昭三五）など、数多くの傑作を残した。主演（次郎吉）は大河内傳次郎、胡麻の蝿の久太は光岡龍三郎である。残念ながらフィルムは現存しないが、伊藤大輔の直筆脚本が京都文化博物館に所蔵されており、『伊藤大輔シナリオ集Ⅰ』（淡交社　昭六〇）にも収められている。なお、前節に引用の中込重明「鼠小僧の実録と講談」では、このシナリオを「伯円」系すなわち二代目松林伯円の鼠小僧講談の系統に属するものと分類しているが、林和の原作や、芥川作品との共通性については触れていない。

伊藤大輔の直筆脚本はタイトルが「鼠小僧旅枕」ではなく「鼠小僧次郎吉」となっているが、中身は林和の戯曲をもとにした「鼠小僧旅枕」の脚本である。『伊藤大輔シナリオ集Ⅰ』にはスチール写真も掲載されていて（前節図2参照）、縛られて柱に繋がれ、正座する胡麻の蝿久太（光岡龍三郎）の隣に次郎吉（大河内傳次郎）が立ち、宿の者たちが取り巻いている。鼠小僧を騙る久太に、次郎吉が逆磔は免れないぜと言っている場面であろう。映画にこの場面があったとは限らないが、林の戯曲を原作として伊藤が脚本を書いており、筋は原作のままである。ただしセリフは変えられており、先に引用した、林が芥川の「鼠小僧次郎吉」からそのまま引いている部分が映画脚本のほうにも引き継がれているわけではない。しかしともかくも胡麻の蝿が鼠小僧を騙り、本物の次郎吉の一言で嘘だったと告白するという筋は、芥川から林の戯曲、そして伊藤の脚本へと確実に引き継がれている。なお、直筆脚本には部分的な別稿もあるのだが、久太と宿の者たちがやりあう場面にも別稿があり、伊藤がこの場面を推敲していたことがうかがえる。たとえば直筆脚本で、

彦八〝盗人もなア今評判の鼡小僧ぐれえに成ると大したもんだが……〟

権六〝こいつらまアもぐらもち小僧かおけら小僧が精一ぱいの役どこだアな!〟

彦八〝手前ツちは一体何小僧なんだい?〟

久太、こゝに至つて始めて猛然と顔を挙げる。

〝聞き度ェか!〟

となっている場面は、別稿(断片)では、

彦八(?《〔ママ〕》・久太の酒を入れて)半分権六へ。

〝盗人も鼡小僧位に成りや大したもンだが……〟

権六〝こいつらまアおけら小僧位のところだ……〟

彦八〝手前ツちは一体何小僧だい――〟と木の枝でつつく

とある。このあと久太は自分が鼠小僧だと啖呵を切るわけだが、久太を木の枝でつついてからかうのは、林の戯曲の同じ場面に「火吹竹を顋の下にあてがつてグイと面をあげさせる」とあるのによるのであろう。この場面はもともと芥川の「鼠小僧次郎吉」では「やがて宿の若え者が、火吹竹を顋の下へやつて、ぐいと面を擡げさせると、急に巻き舌になりやがつて」となっている。

このような別稿が残っていることからも、久太が宿の者にからかわれて鼠小僧だと嘘を吐く場面を伊藤はそれなりに重視していたのだろう。芥川の「鼠小僧次郎吉」を伊藤が読んでいたか否かは不明だが、少なくとも林和の戯曲を通じて間接的に「鼠小僧次郎吉」のモチーフを映画脚本化していたことになる。

この映画の公開時の評には「この映画の狙ひどころは、鼠小僧と父親、ともに相もとめてゐた親子の対面を特殊な、つまりお訊ね者であるといふ特殊な境遇の上から心理描写をやらうとしたところにある。」とあり、あくまで親子再会の物語を中心に鑑賞されている。久太の一件は挿話的に受け取られていたようだが、「光岡龍三郎はいやな役をやらされたものだが、よくやつてゐたと云へる。」と評価されており、全体として「ともかく、これは、最近の伊藤大輔の中では一等い丶ものだらう。」「封切館ではトリに使つてゐた。それで充分やつて行けるものだ。」（「主要日本映画批評」のうち「鼠小僧旅枕」／「キネマ旬報」昭六・七・二一）との高評価を得ている。

以上のように、芥川がシングからモチーフを借りて描いた「鼠小僧次郎吉」は、のちの戯曲とその上演、ひいては映画脚本にまで影響を与えていた。「鼠小僧次郎吉」という作品の面白さ、新鮮さを、戯曲、舞台化と映画化という事実が自ずから語っているのではないだろうか。

第四節　おわりに

第六章では、芥川「鼠小僧次郎吉」について、講談速記本からの影響を論証した。そして講談の鼠小僧に通じた読者が「鼠小僧次郎吉」を読んだ時に面白味を感じるのは、大のつく悪党にはかえって頭を下げるという大衆心理を馬鹿にしたはずの次郎吉が、自分こそ鼠小僧だと名乗ることによって自分もその大衆心理に取り込まれてしまう点であると述べた。つまり講談に通じた読者にとって新鮮なのは、最後に男が鼠小僧だとわかるということよりも、シングの戯曲から借りた大衆心理のモチーフのほうである。そのことを証するように、後にそのモチーフが林和の戯曲に取り入れられ、舞台化、映画化もされた。昭和二年に亡くなっている芥川は、同年の浪花座上演はともかく、昭和六年の映画化については知る由もない。また自作が林和の戯曲に取り入れられたことも知らなかったかもしれない。しかし、シングの戯曲を取り入れて芥川が作った、それまでの講談や実録、歌舞伎にもない新たな鼠小僧の逸話は、そのように芥川自身の予想しないところで、鼠小僧の逸話として引き続き語られることになった。これもまた「鼠小僧次郎吉」を考える上では一つの面白い現象ではなかろうか。

注

（1）「戦争というフレーム・芥川の菊と太宰の葉桜〔芥川龍之介往還Ⅰ〕」（日本近代文学会九州支部「近代文学論集」平九・一二）、「暴力と性のオントロジー・芥川〈藪の奥〉から安吾〈花の下〉へ〔芥川龍之介往還Ⅱ〕」（「敍説」〈敍説舎〉平一〇・八）、「見ることと聞くこと——芥川「老年」と太宰「哀蚊」——〔芥川龍之介往還Ⅲ〕」（「国語国文薩摩路」平一七・三）

（2）以上の林和の経歴については、先掲藤木氏論文、大山功『近代日本戯曲史　第二巻』（近代日本戯曲史刊行会　昭四四）、および『日本近代文学大事典　第三巻』（講談社　昭五二）、『坪内逍遙事典』（平凡社　昭六一）のそれぞれ「林和」の項を参照した。

（3）「演劇改造」については紅野敏郎「逍遙・文学誌（47）「演劇改造」——林和・津村京村・永田衡吉ら」（「國文學」平七・五）で紹介されている。

（4）青木稔弥先生ご所蔵。浪花座で上演されたことについても青木先生にご教示いただいた。

※　伊藤大輔監督直筆脚本の閲覧をお許しいただきました京都文化博物館に御礼申し上げます。

※　本補論で引用した『市村座絵本筋書』に関して、その所在を細田明宏先生にご教示いただき、また閲覧に際しては所蔵元である早稲田大学演劇博物館のご協力を得ました。記して御礼申し上げます。

第六章　補論（二）博文館長篇講談と大正期文壇
――荒畑寒村の社会講談を例に――

第一節　はじめに――博文館長篇講談とは――

第六章では芥川が「鼠小僧次郎吉」の執筆に際し、博文館長篇講談シリーズの一冊を利用していたことを述べた。芥川が他の機会にもこの叢書の一冊を利用していたことは、第九章で論ずる。本論では、この博文館長篇講談が、大正期の作家たちの参考書として利用されていた様相を、荒畑寒村を例に明らかにしたい。寒村もまた芥川と同じ博文館長篇講談の『鼠小僧次郎吉』を典拠にして作品を書いているからである。

講談速記本は明治半ばから数々出版されて人気を得ていたが、大正期の特徴としては、長編ものの講談本叢書が流行したことがあげられる。特に「長編講談」と銘打った叢書も数多い。講談本の叢書といえば、立川文明堂から出版され人気を得て、現在でも語られることの多い「立川文庫」がある。これは明治四十四年に刊行が始まり、大正十五年の二〇一編まで確認されている（畠山兆子「「立川文庫」基礎研究」／「梅花児童文学」平一六・六　ほか）。その立川文明堂からは、他に「長編」の名を冠した「立川長編講談文庫」（大正六年頃）も出版されている。さらに榎本書店「講談文庫」（大正六年頃）、大川屋書店「さくら文庫（長編講談）」（大正六年頃）、博多成象堂「長編講談文庫」（大正七・八年頃）、東京図書「長編講談」（大正一〇年頃）、岡本増進堂「岡本長編講談」（大正一一～一四年頃）、春江堂「千代田文庫」（大正一三年頃）などがある。（1）

このような大正期の長編講談叢書流行のさきがけとも言えるのが、博文館の「長篇講談」である。大正四年から昭和三年に全一二五冊を刊行し、編者は今村次郎、小林東次郎、浪上義三郎（五代目 悟道軒円玉）、加藤由太郎などである。この叢書は、出版の詳細が『博文館五十年史』にまとめられ、同書巻末の出版年表に全編の書名と演者名が記されている。

「講談雑誌」の創刊以前から「講談文庫」を出版し、〔中略〕何れも盛んに行はる、故、〔大正四年〕十月から〔引用者注、出版年表と第一編の初版本奥付では大正四年十一月四日発行〕更に継続出版として「長編《ママ》講談」を出し、毎冊四六判五百余頁の大冊で、定価は三十銭とした。〔中略〕此年〔昭和三年〕の出版で最も好評なるは「長編講談」で、此年の末には全巻百二十五冊を完成し（一冊五十銭）大成功裡に完結を告げた。

（坪谷善四郎『博文館五十年史』博文館　昭一二）

現存本と照らし合わせても出版年表はかなり正確なもので、その年表をもって、全ての書名や講演者名、刊行年を知ることができる。読者側からも、この叢書に言及した例がある。

もっとも愛読したのは博文館発行の『長篇講談』という叢書であった。あとで、森暁紅さんからきいたが、このシリーズはすべて、かつて新聞に連載された講談の速記の切りぬきをそのまま利用したものということである。／色刷りの絵が表紙にあり、一篇ないし二篇の講談が収められている。これが、つぎからつぎへと出版されるのを、はじから買って読んだものである。／私はこのシリーズで、〔中略〕立川文庫にはなかった講談の筋を知り、伯山、貞山、芦州といった著名の講談師のほかに、麟慶、桃李、英昌といった人がいることを知った。

（有竹修二『講談・伝統の話芸』朝日新聞社　昭四八）

明治三十五年生まれの著者が中学生の頃、つまり大正半ば頃のこの叢書の人気ぶりがわかるが、講談本の世界にとって必ずしもよい影響を与えただけではなかったことも、次の引用からうかがえる。

大震災以前、博物《ママ》館からでた長編講談は、みな演者の名前がでたらめで、つまり本人の口演しもしないものをいいかげんにくつゝけ合はせたものであると聞いてゐるが、この習慣が追々流行しだしてから、活字で読む講談落語は頓につまらなくなり、且つ信用がおけなくなつた

（正岡容『東京恋慕帖』好江書房　昭二三初刊、ちくま学芸文庫版より）

演者名が全てでたらめというのは大げさに過ぎようが、過去の新聞連載を利用したものが多く、演者名が変えられているものも多々あったことは確かである。この博文館長篇講談は、先掲の他の長篇講談本叢書に比べて全容が明確で、また全一二五冊のうちの多くが図書館や古書で手に取る事ができるにもかかわらず、現在までほとんど研究がなされていない。数少ない研究として、吉沢英明「「長編講談」の原本を探る」（「日本古書通信」平五・八）は、一二五編のうち計二十編の出典調査（初出新聞連載の特定）を行なっている。

本論では博文館長篇講談と大正期の作家たちとの関係を考える手がかりとして、荒畑寒村の作品と同叢書との比較を具体的に試みる。寒村は〈社会講談〉という、社会改造思想を込めた講談を二編書いており、「鼠小僧と蜆売」、「紀伊國屋文左衛門」である。前者だけでなく後者も博文館長篇講談を利用している。博文館長篇講談が、芥川に限らず大正の作家たちの参考書として利用されていたことを示す一端として、この二編の創作方法を検証する。

第二節　社会講談について

「改造」大正九年七月号は「改造講談号」として「社会講談」欄を設置した。ほかに「日本一」同年同月号も「講談革命号」として「文芸講談」と銘打ち、長田幹彦ら文士による書き講談を特集した。社会講談とは何なのか、その理念が謳われた「改造」大正九年六月号の「社会講談新欄設置予告」から抜粋する。

■本誌が絶えず世に率先して計画し断行する新らしき試みの一つとして、七月号以下、毎号『社会講談』の一欄を設けます。〔中略〕

■然しながら又、講談の改造は決して形式上の事ばかりではありません。従来の講談は其の基調として常に一種の平民的気象、反抗的精神を有してゐるとは云へ、猶そこに幾多の旧思想、旧道徳が絡んで居ります。そこで此の講談を十分力強く新時代の教化に役立たしめる為には、亦た思想上にそれを改造する必要があります。

■右の如き趣意からして、本誌の『社会講談』は即ち現今の新時代に適応すべき、形式上及び思想上の改造講談であります。平易通俗な点から云へば従来の講談と少しも違はず、而も新思想を鼓吹する点から云へば堂々たる論文と同じ効果を持ち、猶ほ文芸的価値に於いては小説創作に比して敢て遜色なき事を確信するものであります。

つまり、講談という身近な材を使って民衆を教化し、当時盛んに叫ばれていた社会改造を推進しようというものである。同号の「編輯室より」には、「社会講談」によって「創作界に一新紀元を劃す」、「其実質は芸術的労作である」とあり、創作としての芸術性も強調し意気込んでいる。この後「改造」には、九年七月〜十月号には毎号、その後も断続的に社会講談が載せられた。七月の「改造講談号」はそれなりに好評だったらしく、翌八月号の「編輯室より」では「七月号は頗る大盛況で、市内の如きは三日を出ずして大半売切れ」であったと伝えている。しかし「毎号『社会講談』の一欄を設け」ると予告されていたが、九年十一月、十二月号には掲載がなく、十二月号の「編輯局だより」では、「講談は紙面の都合で一二ヶ月休むの余儀なきに至つた」と休載を詫びている。十年に入ると断続掲載となり、社会講談が掲載されても一本ということが多く、「社会講談」欄が設けられる場合とそうでない場合があった。十年七月の夏期臨時号の特集三本立てのうちの一つが社会講談であったが、その後「改造」からは当初の企画としての「社会講談」欄は姿を消す。

白柳秀湖など、その後も信念を持ち社会講談を書き続けた作家もいたが、全体としてはそもそも社会講談の理念はおろか定義づけも統一されていたとは言いがたい。「改造」十年七月臨時号に掲載の生方敏郎「彫刻師ソクラテスの犯罪」では、その定義の曖昧さについて以下のように書かれている。

社会講談もまだ創められてから一年にしか成らないものだから、世間さまも何んな物であるか、その正体をよく御存知ない。それもその筈、執筆を依頼されてる当人の私さへも、一体全体社会講談とは何んなものかと云ふことを、よく知らない。講談にかこつけて自家の磊塊を吐くことなのやら、講談本を今風に書き代へて下手な現代小説家の眠気を覚ましてやろうといふ茶目的老婆心なのやら、一寸見当がつかない。〔中略〕世の為め、人の為めに成るのが、即ち社会講談である。社会講談の社会講談たる所以である。さう説き付けられると、何んだか一つ演つてみようかといふ気もする。

実際、「改造」に社会講談として掲載された作品には、荒畑寒村や堺利彦の諸作のように、労働者階級を啓発し、社会主義的な思想を説く目的が明らかに見えるものもあれば、白柳秀湖「郡兵衛の脱走」（大一〇・一）のように、ほとんど社会主義思想のないものもあった。(2) また上司小剣の「石川五右衛門」（大九・七〜一〇連載）のように「この雑誌では、社会講談といふものになつたり、また創作欄に収められたり、いろ〳〵」（連載終了時の作者後記より）だったものもある。文体も、大庭柯公「奥女中江島」（大九・一〇）や宮島資夫「国定忠治」（大一〇・三）、同「放浪侠客竹川森太郎」（大一〇・七夏期臨時号）、村松梢風「白木屋お駒」（同上）のように講談速記を意識した語り調のものと、白柳秀湖の諸作や沖野岩三郎「英傑サウル」（大九・七）、新居格「幡随院長兵衛」（大一〇・七夏期臨時号）のように全くの小説体のもの、堺利彦の「鋳掛松の話」（大九・七）「大塩騒動」（大一〇・四）のように最初の口上のみ講談調であとは小説体のものなど、様々であった。社会主義思想を説くことは必要条件ではなく、内容も形式も執筆者に委ねられていたようであり、社会講談というジャンルは結局はっきりとは確立されないままに消滅した。なお、大佛次郎は「改造」に昭和五年四月から連載した「ドレフュス事件」について、「社会講談」の「ひそみにならう」って書いたと述べている（「あとがき」／『大佛次郎ノンフィクション全集　第一巻』朝日新聞社　昭四六）。

このような試みに対する文壇の反応として、管見に入ったものを挙げておく。「改造」と「日本一」が同時にそれぞれ「社会講談」「文芸講談」の特集を組んだ大正九年七月の翌月、八月号の「三田文学」において、講談通で知られる小島政二郎がこの特集を評した。小島は、かつて「新小説」で硯友社同人による講談の口演と速記の試みがあり、そのうち鏡花の「湯女の魂」は「立派に芸術品になり得てゐる」ことを述べ、「それに引きかへて、「改造」に載つてゐる新講談は、あれから時間が十何年も立つてゐようといふのに、足下どころか、元の講釈にさへ遠く及ばない出来では、心細い」と酷評している（「あつめ汁」）。一方、坪内逍遙は「文壇の若い人達が陸続、旧講談の革新に指を染めてゐる」のは「至極結構な事で、私なども従来の講談にさうした革新の日の当然来る可き事を予想してゐた」（「坪内逍遙博士断片　新講談の話」／「読売新聞」大九・九・二六）と、試み自体は評価している。「改造」の社会講談作品の評としては、加藤武雄が白柳秀湖「郡兵衛の脱走」（大一〇・一）を「面白かつた」「あれで、もう少し色と匂ひとを含んでゐれば、立派な芸術になる」と評価している（「興味を惹いたもの」／「読売新聞」大一〇・一・一三）。

ある程度の注目は集めながら、新たな文芸として確立されることはなかった社会講談であるが、その文学史上における位置については、先行研究によって、プロレタリア文学へと続く過渡的なものとして意義づけられている。尾崎秀樹「時代小説」（『大衆文学大系別巻』講談社　昭五五）は社会講談の役割を「政治講談――平民講談の流れを継ぎ、それを新講談、あるいは社会文芸、そして労働者文学へと発展させる契機をはらんでいた」過渡的なものとし、やがて大衆文学や無産階級文芸の勃興により、存在理由を失ったと述べる。松本克平「民権講談の流れ」（一）〜（十八）（「国立劇場　演芸場」昭六三・三〜八）も「間もなくこの社会講談の類はプロレタリア文学の抬頭に圧倒されてしまう」（四）と述べている。このほか中山弘明「〈社会講談〉という戦法――世界戦争と民衆芸術――」（『国文学研究』平一三・一〇）は民衆芸術運動との関り、社会講談のなりたちから形態、方法論に至るまで、数々の具体的な作品に言及しつつ丁寧に検証されたもので、社会講談の意義をより積極的に評価している。明治以来、社会講談に至るまでの流れや、白柳秀湖が提唱者となり社会講談が試みられたいきさつ、その行末などについては、これらの先行研究で論じられている。

ただ、社会講談作品が何を材料にどのように〈社会講談〉に仕立て上げられたのかという、個別かつ具体的な検討はこれまでなされていない。以下、荒畑寒村の社会講談を例に、博文館長篇講談とのかかわりと、創作方法について具体的に考察してゆく。寒村の社会講談は「改造」大正九年九月号に「鼠小僧と蜆売」が、同誌十年七月の臨時号に「紀伊國屋文左衛門」が、それぞれ掲載されている。

第三節　寒村「鼠小僧と蜆売」と博文館長篇講談

「鼠小僧と蜆売」の筋を簡単に示す。ある寒い日、和泉屋の次郎吉が汐留にある馴染みの船宿、伊豆屋で酒を飲んでいたところ、貧しい身なりの小僧、与吉が蜆を売りに来た。聞けば、父を亡くし、目の見えない母と病気の姉を与吉が蜆売りで養っているという。与吉の姉はかつて紀伊国屋小春という名妓であった。次郎吉は小春と恋人が質の悪い碁打にだまされ困っているところを、盗金を与えて助けたことがあった。しかしその金で駿府の宿の勘定を払った二人は召捕りになり、小春は三年間牢に入ったままの恋人の身を案じて病にかかってしまった。与吉からその話を聞いた次郎吉は自宅へ戻り、自訴して二人を助けるべきかと悩む。そこへ博徒仲間の須走の熊が駆け込み、実は自分は盗人で、御用になったのだが、親の顔を一目見てから獄門にと縄抜けしてきたという。次郎吉は熊に獄門の覚悟があるなら、自分の身代わりになって自訴してくれと頼む。熊も人助けになるならと快く引き受ける。

この筋は、鼠小僧の講談本で広く知られたものであるが、細部の描写から、寒村は数ある鼠小僧講談本の中でも博文館長篇講談を典拠にしていることがわかる。以下具体的に比較する。比較対象とするのは、大正九年以前に発行の鼠小僧の講談速記本計十一編であるが、第六章で芥川作品と比較する際にも用いた講談本と同じである。なお、実録本は寒村作品の筋とは異なり、後述する船宿の名前自体が出てこないなど、比較不可能のため対象外とした。ここでは各講談本の記述を列記しての比較は繰り返さず、まず決定的な一点をあげる。次郎吉行きつけの船宿の名前である。

次郎吉は〔中略〕汐留に入り、河岸に軒を並べた船宿の中でも一番大きな、伊豆屋といふ馴染の家へやつて来た。（寒村「鼠小僧と蜆売」引用は初出による。以下同じ。）

管見に入った大正九年以前の鼠小僧講談本のうち、次郎吉行きつけの船宿の名を「伊豆屋」とするのは、博文館長篇講談本（第六章一一三ページのJ）のみである。他の講談本では、「大磯屋」とするものが多く、「村田屋」「三好屋」などとするものもある。これをふまえ、具体的に寒村作品と博文館長篇講談本とを比較してみると、引き写したとも見える描写が多々ある。以下に数点を列挙する。傍線と〔　〕内は引用者による。

・与吉との出会い

佃煮のやうな色をした手拭で頬被りをし、ツギの当つた浅黄の鯉口に、天秤の前と後に蜆笊を振り分けて、手も足も寒さで、ニンジンのやうに真赤にした小僧が、左手を口の息で暖ためながら、伊豆屋の店先に立つた。／『蜆はいらねえかネ、伯父さん、蜆買つて呉んねえナ。仕舞ひ物だから安く負けとかア。皆なで三十二文ばかりにして置かう。買つといて呉んねえナ、伯父さん。』（寒村「鼠小僧と蜆売」）

年の頃十三四、浅黄の鯉口も所々と継ぎ切がしてあつて脛も現はに、途中で降られた雪を凌ぎの頬被りは、醤油で煮染めたやうな汚い手拭で草鞋も履かず素足、前後の蜆笊へ少しばかりの蜆を入れて桝が一つ放り込んである、是を天秤で担いで寒いと見えて手も足も真赤、左の手を口に当て、息で僅かに暖めながら見るも憐れな其姿『オーイ、よッ……伯父さん蜆買つて呉んねえな、もう仕舞物だから安く負けとくぜ、雪は降つて来たし、重くつて仕様がねえから三十六文ばかりあるんだけど三十二文に負けて置くから買つて呉んねえな』（博文館長篇講談本、一七九）

・与吉の姉のことをたずねる次郎吉のセリフ

『フーン、其奴ア可哀そうに。姉さんは幾つになる。』／『今年、二十三だ。』／『二十三て云へば女盛りじやねえか、どんな亭主をもつたつて、阿母と弟の二人ぐれえ、糊口《くちすぎ》をさせられねえ事はあるめえになア。』（寒村「鼠小僧と蜆売」）

次『フム、姉やは幾歳だ』小『二十三だアな』（中略）次『二十三と云へば女盛り、什麼《どん》な亭主を持つたつて阿母と弟位えは食はされやうし、（下略）』（博文館長篇講談本、一八一）

・小春らを騙した碁打の風体

同じ亀屋に逗留してゐた金田龍斎といふ碁打。頭を円めて黄八丈の着物に黒八の道行か何かで納まつてゐる五十四五の大坊主。（寒村「鼠小僧と蜆売」）

同じ此の亀屋に三四日前から逗留をしてゐる金田龍斎といふ碁打がある。〔中略〕年頃は五十四五歳、頭をクル〳〵と丸めて黄八丈の着物に黒八の道行振か何か着て、（博文館長篇講談本、一四八）

・須走の熊に次郎吉が与える装束

次郎吉は〔中略〕日頃用意の旅装束を取出して、二階へもつて上つて来た。風呂敷を解いてみると、中には黒み初《が》つた結城紬の小袖重ね、胴巻の中に金が廿五両、井上真海の脇差一口《ふり》（寒村「鼠小僧と蜆売」）

旅装束といふものは平常からうちやんと取揃へて置く、次郎吉は用意の旅装束を取出し二階へ持つて参りました。〔中略〕風呂敷を解いて見ると黒み勝つた結城紬の小袖重ね、其下には旅支度一切があります。〔中略〕胴巻の中に金子も廿五両入つてゐる、脇差は見てくれは余り善かアねえが中身は井上真海だ（博文館長篇講談本、二〇〇-二〇一）

同じ場面を他の講談本と比べてみると、例えば第六章一二三ページのBでは以下のようになっている。

高飛の用意が夏冬共常にしてある、其品を持て二階へ昇つて来た〔中略〕是は結城紬、下は銘仙、何れも額裏で、オー襦袢まで揃つてますな　治「此方の八丈の胴着から残らず重ねたら寒い事はあるめへ、腹掛に股引切緒の草鞋刺裏の足袋、是が帯た〔ママ〕、却つて小倉の方が締が宜いや、上三尺に胴鉄作の豺狼威、チラリ引抜いて治「是は井上真海だが、惜い事には銘がねへが、此一ト腰、夫から金子も此財布の中にある、（後篇四九-五〇）

同じ口演者のIもほぼ同文である。類似はしているが、寒村作品により近いのは博文館長篇講談本Jであることは明らかだろう。Jと同じ口演者のGでは、平常から支度がしてある、夫を持つて二階へ上つて来ました〔中略〕包みを解いて　熊「マアどうも結構な品物で」次「結城紬の着物に下着は銘仙、残らず額裏だ、八丈の胴着があるから其奴を重ねて行きやア寒くはあるめえ」〔中略〕次「是が腹掛だ、股引も此所にある、布緒の草鞋、刺裏の足袋、是が帯で此所にあるのは上三尺だ、こりやア犬脅しの道中差、金は財布に入つて居る（八〇）

とあり、これも寒村作品との共通性はJに及ばない。小道具はもちろん表現の一致点も多く、他の講談本ではこれほどの一致は見られない。寒村は博文館長篇講談本を参照して社会講談「鼠小僧と蜆売」を書いたのである。

そこで典拠と比較し、寒村がこれを社会講談として作り変えるためにどのような方法をとったかを確認したい。方法は二つに大別できる。まず、典拠にはない、語り手による解説を創造する方法である。

当時の江戸人士は、声も形もなく襲つて来る貧富の懸隔の大浪に捲き込まれて、奢侈逸楽に耽る富豪を憎み、世の中の悪しくなつて行くのを、どうする事も出来ぬ幕府の役人に云ふべき言葉を知らぬ。満腔の不平怨恨を抱いてゐたので、鼠小僧のやり口に自分達の不平のハケ口を見出したのである。（寒村「鼠小僧と蜆売」）

典拠には全くない寒村なりの表現で、鼠小僧の人気を、抑圧された貧民たちの怒りのはけぐちだと解説し、富豪を批判している。七節からなるこの作品の最初の一節を、寒村はこのような解説に充てている。

二つ目は、典拠を下敷きにしながら、セリフや文章を改変して社会批判を込める方法である。例えば、蜆売りの与吉に対する次郎吉の反応を見てみると、典拠の次郎吉は、

『十四か、年の行かねえ十三四の時分から然うやつてマア商売をして歩いたら、今に好い商人になるだらうなア、商売に出て途中で降出したが、降を見掛けて家へ引返すやうなことぢやア好い商人には成れねえ、〔下略〕』（博文館長篇講談本、一八〇）

と、与吉を確かに哀れんではいるものの、それぐらいでないとよい商人にはなれないと発破をかける。一方、同じ

場面を寒村は

『女将、見ねえ可哀そうに。十三か四だらうが、年端も往かねえ子供を、この雪に蜆を売らせるなんテ、本当に忌々しい世の中だつちやアねえ。こんな日にやア、芸妓をあげて、酒を飲みながら、雪見をしてやがる罰当りもあらうになア。』（寒村「鼠小僧と蜆売」）

と書く。富豪批判を込め、子供を働かせる世の中を憂い、貧乏人の困窮を訴えている。このように典拠を下敷きにして思想的な表現を付け加えている例をもう一つ挙げると、次郎吉が小春たちを救うために自首しようかどうか迷う場面である。なぜ今自首できないかという理由について、典拠では、

『〔上略〕直と俺が名乗つて出りやア、そりやア二人の身体は明るくなるんだが、もう四年は娑婆が入用だし、今……』と腕を組んで思案（博文館長篇講談本、一九七）

とあるのみで、特に深い理由もなく、あと四年という根拠も示していない。一方の寒村は

いま俺が南のお町へオ、それ乍らと名乗つて出た所で、助かる命はタツた二人だ。けれ共、俺がかうして素性を隠してゐる限りは、世の中の何百人、何千人といふ、其日暮しの貧しい人間を救つてやる事ができるのだ。／それア、成る程俺は盗人だ。だが、俺が盗みをするなア、何も世間の盗人のやうに、自分一人の栄耀栄華がしてえ為じやアねえ。世の中にやア、盗人よりもつと悪い奴が、いくら居るか知れねえのだ。大名だの、旗本だの富豪だのと大きな面アして居る奴等は、生爪を剝がすやうな酷い真似や、首縊りの足を引張るやうな非道な事をして、貧乏人の血や汗〔ママ〕、贅沢三昧の仕放題、ノサバリ返つてゐる獄卒共だ。大阪へ往きやア蔵元、掛け屋、江戸へ帰れア札差、銀座者、其奴等が儲ける金もつかふ金も、つまれア貧乏人の汗や涙の固まりだ。

と、筆が走って資本主義社会を痛罵している。

このように、寒村の社会講談第一作「鼠小僧と蜆売」は、博文館長篇講談を典拠に、講談で広く知られた物語の

筋をそのままに使うことで面白く読ませ、所々に創造または改変加筆という形で、資本主義社会を批判し庶民を啓発する文章を挟んだ。しかし、この作品は社会講談としては手ぬるいという批判を受けたらしく、寒村は次作にはよりあからさまな方法で挑んだのである。

第四節　寒村「紀伊國屋文左衛門」と博文館長篇講談

「紀伊國屋文左衛門」（「改造」大一〇・七夏期臨時号）冒頭で寒村は次のように述べる。

いつぞや本誌に、社会講談『鼠小僧次郎吉』を書いたところ、さる御贔負の方から忠告を受けました。あの鼠小僧の拙さ加減は何だい、君は一体、社会講談のコツを心得てないから駄目だ。アンなこつぢやいけない、何でも構はないから精々理窟ツポクやるに限ると。／そこで今度は大に心を入れ替へ、精々理窟ツポイところを御覧に入れて、社会講談の社会講談たる所以を明らかにしたいと、いろ〳〵苦心の結果、『紀伊國屋文左衛門』と云ふ題を選びました。〔引用は初出による。以下同じ。〕

忠告を受けて奮起したという寒村は、本作ではよりあからさまに思想を鼓吹している。

まずこの作品の梗概を示す。紀州の零落した廻船問屋を継いだ文左衛門は、正保四年十月、名産の蜜柑が大当たりなのに反して、大時化で江戸に蜜柑を送ることができないことに目をつけた。江戸では十一月八日の鞴祭で蜜柑を撒くため、何としても蜜柑が必要であった。文左衛門は船を出そうと舅に千両の借金を頼む。舅は玉津島明神の神主で、普請のための積立金を使い込まれて困っていた。しかし成功すれば倍にして返すと言われ千両を貸す。文左衛門はその金で借金の抵当に入っていた明神丸を請出して修理し、蜜柑を安く仕入れる。土左衛門仙八ら船頭六人を一人五十両の高額で雇い、六人の水夫たちも雇った。明神丸は幽霊丸と改名し、死装束をまとい、文左衛門ら十三人は決死の航海をする。奇跡的に江戸に着くと文左衛門は蜜柑を高額で売りさばき大もうけした。

この筋も鼠小僧と同じく、講談本や豪商伝の類、俗謡で広く知られたものである。とはいえ、作品を書くにあたって参照した資料があるはずであり、寒村が主に何を典拠にしてこの作品を書いたか、以下具体的に検証する。ここで比較対象とするのは、大正十年以前に発行された紀文関係の講談速記本で、管見に入ったのは次の四冊である。便宜上記号を付す。

A　邑井一講演、加藤由太郎速記『紀伊國屋文左衛門』（大川屋書店　明二九・四再版による。明二七・三初版は文珠庵発行。引用箇所は初版再版同文。）

B　伊東凌潮遺講『紀文大尽』（三芳屋書店　明四二・九）

C　坂本富岳／梅林舎南鶯講演・小林東次郎編『紀伊國屋文左衛門　銭屋五兵衛』（長篇講談第十編）（博文館大五・六初版、大五・七第五版による）初出「和歌山新報」大三・八・二二〜大四・二・七「講談紀の國屋文左衛門」（阪本《ママ》富岳口演、加藤由太郎速記）として連載。

D　邑井一講演『紀伊國屋文左衛門』（八千代文庫第四十二編）（大川屋書店　大六・八）

このほか作品発表時期近くに雑誌掲載された紀文ものの講談類では「紀文の片腕一夜百万両」（西尾麟慶口演「講談雑誌」大九・六）、「紀文の没落盲人の執念」（桃川桂玉口演「娯楽世界」大九・六、目次題の角書「紀文落語」）、「紀文大尽一攫五十万両」（悟道軒円玉口演「娯楽世界」大一〇・五）が管見に入ったが、これらは一部の挿話に限っており、蜜柑船の話は含まない。紀文ものの文献としては商人鑑、豪商伝といった類が数多く、講談速記本はA〜Dの四冊であった。社会講談という体裁からしても、鼠小僧の先例からしても、寒村が参照したのは講談速記本であろうと予測されるため、この四冊を比較対象とした。なお、近世から近代にかけての紀文ものについて考証した研究として水谷隆之「虚像としての紀伊国屋文左衛門——「今古実録」『名誉長者鑑』を中心に」（「江戸文学」平一五・一一）があり、講談本で語られる紀文のエピソードの出所については同論に詳しい。

以下、寒村作品と四つの講談本を比較する。まず固有名詞や数字といった、わかりやすく決定的なものを例にとりたい。最初に、文左衛門の貧乏時代の綽名である。

貧乏で美男だつたから貧乏業平乞食光氏と綽名された（寒村「紀伊國屋文左衛門」）

A　美男なれども貧窮人で何時も身拵《なり》が悪い者であるから近所の人が乞食業平貧乏業平と異名を為《す》る（三）※

（　）内は講談本のページ数。以下同。

B　光る源氏の君か業平の幼質《おさなだち》かと思ふ位ゐ（四）

C　貧乏で扮装《なり》の悪い所から近所の者は貧乏業平、乞食光氏と綽名を附ける（六）

D　美男なれども貧窮で身拵《みなり》が悪い、着物などはつねに粗末の物を着て居るから、近所の人が乞食業平、貧乏業平と異名を為《す》る様になつた（四）

「光氏」が入っていて寒村作品と一致するのはCである。次に明神丸の預かり元の名前は、

残つた一隻の明神丸も今では片田屋惣兵衛と云ふ家に五十両の抵当《かた》に入つてゐる（寒村「紀伊國屋文左衛門」）

A　残りし一隻さへ片田屋清兵衛と云ふ者へ五十両の借財の抵当に引揚られて仕舞つて（二）

B　残りの一艘は據ころなく、和歌の浦の片田屋惣右衛門へ質入をいたしたやうな事で（四）

C　明神丸と云ふ船一艘のみになりました、それさへも、同港の片田屋惣兵衛へ五十両の質に入れてあるから（四）

D　残りし一隻さへその土地の片田屋清兵衛と云ふ者へ、五十両の借財の抵当に引揚られて仕舞つた（三）

これも寒村作品と一致するのはCである。また文左衛門と航海を共にする六人の船頭たちの綽名とその由来は、寒

村作品では

仙八は一度難船して死んだのを助かつた所から土左衛門、源八は朝鮮に吹流されて戻つた所から唐人、九郎兵衛は銭使ひの荒い所から大名、それから舵取の名人なので舵の庄之助、喧嘩が好きで生傷の絶間がないので生死の喜代蔵、自分の名前を忘れるので名不知の市平なんて云ふ綽名が肩書になつて居ります。（寒村「紀伊國屋文左衛門」）

とある。これがAでは、

一端難船を為て汐を喰らひ一と度死ぬべき処を助り之から土左衛門仙八〔中略〕朝鮮へ吹流され送られて来た唐人の源七生死の喜代蔵揖《〔ママ〕》取の名人で揖の庄之助昨夜取つた銭ハ朝悉皆《きれい》に遣つて仕舞う大名の九郎兵衛時々名前を忘れる名不知の一平（三七—三八）

とあり、「源七」が寒村の「源八」とは異なり、生死の喜代蔵の由来がない。「一平」の字も違う。Bには「土左衛門といふ肩書を取つて居る、仙八」（四四）とあり、子分の「源七」（四五）も出てくるがその他への言及はない。Cには、

土左衛門仙八と申す者の家であります。一遍難船して汐を呑み既に死すべき所を助かつたので土左衛門といふ綽名が付いた男で〔中略〕朝鮮に吹流されて戻つて来た唐人の源八、前夜までに取つた金子は一文も残さないといふ銭使ひの荒い大名の九郎兵衛、舵取りの名人で舵の庄之助、喧嘩をしては傷の絶えたことのない生死の喜代蔵、時々名前を忘れる名不知の市平（三八）

とあり、「源八」、喜代蔵の由来、「市平」すべて寒村作品と一致する。しかしCの他のページでは、「源八」は「源七」として登場する。四七ページには「唐人の源七」、五二ページにも「源七」とある。つまりCの講談本では綽名の説明をした三八ページでのみ「源八」と誤記されたらしい。寒村が「源八」としたのは、Cのこの部分を見て

誤記を引継いだためと考えられ、Cを参照したことの決定的な証拠となろう。なおDでは同じ口演者であるAとほぼ同じ内容で、

一端難船を為て汐を喰ひ、一と度死ぬべき処を助りましたので、是から土左衛門仙八〔中略〕朝鮮へ吹流され送られて来た唐人の源七、生死の喜代蔵、楫取の名人で楫の庄之助、昨夜取つた銭は朝悉皆《きれい》に遣つて仕舞うと云ふ大名の九郎兵衛、時々名前を忘れる名不知の一平（三五―三六）

とあり寒村作品とは相異がある。

次に細かな数字を比べてみる。蜜柑問屋が文左衛門に売りたいという蜜柑の数と希望価格である。

私の所には一番蔵から四番蔵までの蜜柑が三万八千三百籠、[3]〔中略〕一籠一匁四分なら手を打ちませう（寒村「紀伊國屋文左衛門」）

A　持余つて難渋して居る蜜柑が三万三千二百籠〔中略〕一匁三分（三四）
B　蜜柑の籠は三万八千八百二十五籠、夫を一籠十八文の直〔ママ〕で買受けた（四三）
C　一の蔵から四の蔵まで三万八千三百籠、〔中略〕一匁四分で必要だけ持つて行つて下さい（三六）
D　持余つて難渋して居る蜜柑が三万三千二百籠〔中略〕一匁三分（三二）

籠数も値段も、Cのみが寒村作品と一致する。

以上が固有名詞や数字など一目瞭然の一致点であるが、その他にも筋にかかわる点で重要なのが、船を出すために舅から借金する際のいきさつである。寒村作品では、梗概に述べたとおり舅は積立金を使い込まれて困っているが、倍にして返すと説得されて千両を貸す。その事情は次のように説明されている。

藤浪河内が文左衛門に物語つたところに由ると、此の三千五百両の内、千五百両を河内の手許に置き、後の二千両は大阪に貸出してあつた。それが今度、神殿の普請をするに就て金が必要となつたので、別当の神泉院と

云ふ者を大阪に遣はして貸金を集める事になりました。所が神泉院が、大阪の新町や難波新地で放蕩をしたので七十両の食込が出来、それを取返さうと思つて堂島の米相場に手を出した為に、到頭千両以上の不足を生じてしまつた。（寒村「紀伊國屋文左衛門」）

これが講談本ではどうなっているか。文左衛門から千両の借金を頼まれた舅は、Aでは使い込みの話はなく、「明神様の御普請修復公金の元を減さんようにしてゐるのが神主の職分だ夫故方々へ貸附て有る今此処に千両の金子は無いが然う云ふ事なら明日諸方から取集めて昼過迄には必ず持して進《あげ》よう」（二九）と言う。Dもこれとほぼ同文である（二八）。Bでも「乗か外《そる》か一番蜜柑船を仕立て江戸へ行といふのは感心だ、今でも宜いが千両の金を自分で持て行く訳には往まいから、直に宅へ届させやう」（三七）と言い、Cでは

藤浪は玉津島明神の積立金を三千五百両預かつて、千五百両は手許に置き二千両は大阪に貸出してありましたが、今度明神様の普請をするに就て貸出した金子を集める事になり別当の神泉院を差遣はした、〔中略〕神泉院独り寝の淋しさに大阪の芸者や娼妓に手を出して見ると〔中略〕七十両ばかりの金子を使ひ込んだ、〔中略〕これは米相場で儲けて使つた穴を償はうと、止せば好いのに二百両投げ込むとトン〳〵と取られてしまつた、〔中略〕神『エ、もう三百両……』と張つて取られ、神『今度は五百両……』と大きく打込んでこれも取られて遂々千七十両の不足、（三〇―三一）

とある。つまり、ABDでは使い込みの話はなく、舅はあっさりと金を貸してくれるが、Cと寒村作品のみ、使い込みの被害に遭った話がある。事情や金額も全て一致している。以上のような例のほか、表現上の一致も多々あり、Cが典拠であると考えられる。

ただし、船頭以外に六人の水夫を雇うこと、江戸への到着日など、寒村の記述がA～Dのどれとも一致しないものもある。これは航海の人数を増やしたり、かかった日数を典拠より短くすることにより、紀文が楽をして巨利を

得たことを強調するための改変とも考えられる。ただ、出航に際して文左衛門が母から与えられる伝家の名剣も、寒村は「菊一文字」とするが、講談本では名剣とだけ書かれている。講談本ではない岡本霊華『怪傑紀文伝　前編』（嵩山堂　明四三・一二）には「伝家の一口《ふり》菊一文字」（五〇）とある。[4] この場合は代表的な名剣の名を使っただけとも考えられるが、講談本以外の紀文ものをCと併せて参照した可能性も否定できない。しかしCが主な典拠であることは上述のとおりであり、次にその典拠をもとにこの作品を社会講談に仕立てた方法を見ておきたい。

「鼠小僧と蜆売」では、冒頭に解説文を加え、本文では典拠の改変加筆によって社会批判を加える方法をとっていた。しかし「紀伊國屋文左衛門」では、本文中でもかまわず筋を語ることを中断して、「資本」「労働」などの言葉や、フランスの社会主義者フーリエの名まで出し、あからさまに資本主義の仕組みを説明、批判する方法をとっている。そのため、「鼠小僧と蜆売」ではなかった、検閲による伏字が多々ある。初出時の伏字は計九箇所、行数にして二十数行に及ぶ。川内まごころ文学館に寄贈された「改造」の自筆原稿が整理、公開され（DVD『「改造」直筆原稿画像データベース』雄松堂　平一九・一〇）、その中にこの作品も入っているため、現在では伏字部分を復元することができる。原稿により復元しつつ例を挙げる。

早く申せば、紀文一代の暴富は、此の千両といふ資本（引用者注、舅の藤浪河内からの借金）が生み出したやうなもので、現代の紳士閥経済学者の言を籍りて申しますならば、『富を生むものは資本』なのであります。然し、そんなら此の千両と云ふ資本は誰が作り、何が生み出したのか、藤浪河内が文左衛門に貸し与へた千両の金は、玉津嶋明神の講中の積立金の一部であります。それは天から降つた物でもなければ地から湧いた物でもなく、畢竟、講中が粒々辛苦の末に積み立てたもので、現代の言で申せば所謂『労働の結果』であります。さすれば、紀文が後年百万長者となるに至つた原動力とも云ふ如き此の千両は、数百人若くは数千人の、玉津島明神講中の労働の結晶に他ならない訳で、（以下伏字、紳士閥経済学者の『富を生むものは資本なり』と云

ふ定義は、正に『富を生むものは労働なり』と修正すべきでありませう。〕

このように、完全に話の筋を中断して資本主義経済のしくみを解説している。さらに言えば、そのような解説の中でも成功譚として講談で人気のある紀伊國屋文左衛門を、逆に悪徳資本家として批判する方法が目立つ。

富を作る上に直接にして主要な働らきを作して居る六人の船頭が、僅か三百両の賃銀しか払はれない場合に文左衛門一人のみが数万両を独占したと云ふことは、明らかに〔伏字、社会的公正に悖れ〕る事実と云はざるを得ません。けれ共、此の怪しからぬ事実こそは、〔伏字、実は今日の資本主義労働組織の基礎根底なのでありまして、有《あら》ゆる産業の労働者は、その作れる富の一少部分を賃銀といふ名の下に支払はれ、そして資本家は、支払はざる賃銀、即ち富の大部分をば利益の名の下に壟断独占して居るのであります。〕

講談本では破格の賃金とされている一人五十両も、紀文の暴利に比べれば「僅か」であると、資本主義批判に利用している。また次の例は作品の末尾の部分である。

何しろ近世的資本家の先駆者たる紀文の一代記が、今日でも講釈席で平民階級に歓迎せられ、〔伏字、掠奪〕者の軍歌とも云ふべき『沖の暗いのに』の俗謡が、労働階級の酒宴に唄はれるのですから、日本の資本家制度は当分泰平無事でございませう。

このように紀文は完全に悪徳資本家になっている。逆に、寒村の「紀伊國屋文左衛門」からこのような資本主義批判の解説文を除けば、典拠の筋そのままである。誰もが知っているであろう講談の筋をそのままに、寒村の言う「理窟」を加えるという方法で資本主義社会を批判し、また講談で人気者の紀伊國屋文左衛門を悪徳資本家として批判して庶民がもつ善悪の概念を逆転させ、啓発を図ったのである。

第五節　おわりに

以上、寒村の社会講談と博文館長篇講談との関り、また両者の比較からわかる寒村の社会講談の手法を考察してきた。先述のように社会講談という試みは、文学史上は試みだけに終わったようで、今やほとんど顧みられることもない。しかし、書き講談というメディアを使って民衆を啓発しようとしたこと自体が、大正期における講談本の人気と影響力を語っている。寒村の社会講談は、作品として成功しているとは言えないが、誰もが知っている筋をそのままに、心理描写や語り手による解説によって新たな思想・解釈を打ち出すという方法は、大正期歴史小説の特徴を備えている。歴史ものの社会講談は、大衆小説に至る前の、大正期歴史小説の一形態として位置づけられる可能性もあるだろう。

そして何より、寒村の二篇の社会講談が博文館長篇講談を典拠としている事実と、第六章で述べ、また第九章で論ずる芥川の博文館長篇講談利用とを併せて考えるとき、これまで注目されてきた立川文庫だけでなく、この博文館長篇講談も、大正期の作家たちの手近にあった講談叢書として研究の余地は大いにある。

注

（1）これらの叢書については、全編の出版年や、全何編かなど、その出版事情や詳細は未調査である。巻末広告のリストで確認できた範囲では、岡本長編講談は第八編『医者問答藪井玄意』の五十版（大一四・四）の巻末広告で五十二編まで刊行、春江堂の千代田文庫は第五十二編『長篇講談鼠小僧治郎吉』の五十版（大一三・七）の巻末広告で七十編まで刊行。これは千代田書房から明治末に刊行された千代田文庫を継いだものかもしれないが不明である。さくら文庫は大正六年四月に第一編が出ている。ここでは各叢書のうち一部の現存本の出版年等から、何年頃と示す。

（2）秀湖が社会講談に込めた独自の理念については、後掲する中山弘明氏の論文において詳しく検証されている。

（3）原稿および初出は「三万八千三百籠」である。単行本『光を掲ぐる者』（東雲堂　大一二）所収時に「三万八千二百籠」と誤植され、『荒畑寒村著作集　第七巻』（平凡社　昭五一）でもその誤植を引き継いでいる（傍点引用者）。

（4）『怪傑紀文伝』は、紀文がその名刀で怪魚（鮫）退治をしたり、紀文の舅を庄屋の勘右衛門とするなど、講談本や寒村作品の筋とは大きく異なる。

第七章　歴史小説（五）「将軍」

第一節　はじめに

本章では、大正期からすれば歴史小説とは言いがたいが、実在人物の乃木希典をモデルにした小説「将軍」（「改造」大一一・一）について考察する。「将軍」は、芥川作品の中ではどちらかといえば論じられる機会が少ないほうの作品であろう。特に、その材源についての言及は管見の限り島田昭男「将軍」（『批評と研究　芥川龍之介』芳賀書店　昭四七）が唯一であり、それも部分的な考察に留まっている。島田氏は「将軍」の第三節、招魂祭での余興について、桃川若燕の講談を芥川が耳にする機会があったかもしれない、と述べ、「将軍」発表より後の刊行になる若燕の『乃木将軍実伝』（郁文舎　大一四・一二）から該当場面を紹介している。

後の第九章（一）で詳述することだが、芥川は講談本に通じていただけでなく、よく聴いてもいたようだ。芥川が若燕の乃木講談を実際に聴いた可能性もあるわけだが、作品中の細かな地名や軍隊用語は、耳で聴いたというよりは、やはり何らかの種本が存在したことをうかがわせる。また先掲の島田論文で参照されている『乃木将軍実伝』には、「将軍」におけるN将軍の他のエピソード、白襷隊激励と露探処刑の話がない。

しかし若燕の乃木講談本は、「将軍」執筆時期以前にも『乃木大将陣中珍談』（三芳屋書店　大一・一〇　以下『陣中珍談』）と、『和魂宣伝講談乃木伝』（上・下）（文泉社出版部　大九・一一）があり、それぞれに「将軍」においてN

将軍が実際に登場する三つのエピソード、①白襷隊激励②露探処刑③招魂祭余興、が全て含まれている。両者を比べると、「将軍」により近いのは『陣中珍談』のほうであった。判断の根拠については後述するが、本章では『陣中珍談』と「将軍」を比較検証し、「将軍」の創作方法を明らかにしたい。なお、『陣中珍談』は、真鍋昌賢「乃木さんのひとり歩き――浪花節にえがかれた日露戦後の庶民感情――」(『説話・伝承学』平一〇・四)において、浪花節の乃木像を論ずる中で、「浪花節の乃木伝として欠かせない「信州墓参」や、「孝行兵士」などの物語の筋は」「桃川若燕の『乃木大将陣中珍談』に見られる」と触れられているが、これまで芥川や「将軍」とのかかわりは指摘されていなかった。

第二節　芥川「将軍」と若燕『陣中珍談』

具体的な比較に入る前に、二代目桃川若燕(明八〜昭二二)の乃木講談について簡単に触れておく。若燕は特に乃木もので人気を得た講談師であり、『長講乃木将軍』(天佑書房　昭一四・一二)巻末の「講演のあとに」において自ら経歴を語っているのによれば、明治二十八年十二月に歩兵第三聯隊に入営、二年後に帰休を命ぜられて講談師に復業、三十七年日露戦争に応召して九月より旅順水師営、三里橋北方二〇三高地左翼戦に参加、旅順陥落後、奉天戦は秋山旅団(旅団長・秋山好古)に参加して三月二十日鉄嶺占領まで各地に転戦した。若燕の乃木講談本は、この日露戦争の間、若燕が余興を通して乃木に気に入られ、親しく言葉をかけられたという前提のもとに数々の乃木逸話を語るもので、乃木の生い立ちや家庭でのふるまい、殉死時や葬送時のことなども適宜加えている。ただ、現在見ることができる何種かの本だけでも、エピソードはその都度様々に取捨選択されており、『陣中珍談』は戦時の逸話中心である。以下「将軍」の展開に沿って比較する。「将軍」の引用は『芥川龍之介全集　第八巻』(岩波書店、第二刷　平一九）による。『陣中珍談』の引用は初出により、（　）内はページ数である。〔　〕内や傍線は引用者による。

①「白襷隊」（白襷隊激励）

（a）日時、場所、状況などの基本的設定

「将軍」には、

明治三十七年十一月二十六日の未明だつた。第×師団第×聯隊の白襷隊は、松樹山の補備砲台を奪取する為に、九十三高地の北麓を出発した。／路は山陰に沿うてゐたから、隊形も今日は特別に、四列側面の行進だつた。〔中略〕現に指揮官のＭ大尉なぞは、この隊の先頭に立つた時から、別人のやうに口数の少ない、沈んだ顔色をしてゐるのだつた。が、兵は皆思ひの外、平生の元気を失はなかつた。それは一つには日本魂の力、二つには酒の力だつた。

とある。このような設定について、『陣中珍談』では、

明治三十七年の十一月二十六日旅順背面松樹山補備砲台の白襷〔ママ〕の人々が攻撃をいたしましたのは実に所因《いはれ》ある事で御座ひます、〔中略〕白襷隊編入と云ふ命令があると、其の日からモー兵卒勤務は何んにもないので、只ブラ〳〵休養して居りまする、其の裡に第三軍司令官より御酒を下さる、師団長より肴を下さる、旅団長より酒を下さる肴を下さると云ふ様で、白襷隊は朝から晩まで酒と肉とで侵されて居る、夫故当日の朝まで飲通して居りました、〔中略〕十一月二十六日午前五時補備砲台攻撃に就いて、歩兵三聯隊の白襷隊に聯隊長より訓示があるから、九十三高地北麓に集まれと云ふ命令で御座います（六九―七一）

という説明の後、第三聯隊隊長、歩兵大佐牛島本蕃による訓示の中に「出発は六時、旅順方面では四列側面行進を

行のふた事がないコ、ワ山の影ではあるし、アノ向ふに見える河原まで、白襷隊は勇ましく四列側面行進で出発しろ」(七二)とある。「将軍」ではこれらの設定をふまえている。伏字の「第×師団第×聯隊」も、『陣中珍談』のとおりだとすれば「第一師団第三聯隊」ということになる。ただ、第三聯隊の白襷隊の指揮官は、『陣中珍談』では「歩兵大尉土屋正太郎」(七三)であるから「将軍」にある「M大尉」とは合わない。

また、各師団から選抜された白襷隊全体の人数を「将軍」では「二千人余り」とするが、実際は三千人余りだった。参謀本部編纂『明治三十七八年日露戦史　第六巻』(東京偕行社　大三)四二六ページには、白襷隊(「特別支隊」)の構成母体と各人数が記されており、合計すると三千人を超える。塚田清市『乃木大将事蹟』(発行所不明、非売品　大五)では「三千八十三名」(一八八ページ)、山口県教育会編『乃木大将』(六盟館　大一〇)では「三千余名」(九一ページ)、現在でも「三千八十余名」(大濱徹也『乃木希典』河出文庫版　昭六三　一一九ページ)、「三〇〇〇余人」(原田勝正監修『日露戦争の事典』三省堂　昭六一　九七ページ)とされる。「将軍」で二千人余りとしているのは、『陣中珍談』に「総員は二千名」(七〇)とある誤りを芥川が引き継いでしまったのである。

(b) 敬礼場面、江木上等兵の戦争観など

少時行進を続けた後、隊は石の多い山陰から、風当りの強い河原へ出た。/「おい、後を見ろ。」/紙屋だつたと云ふ田口一等卒は、同じ中隊から選抜された、これは大工だつたと云ふ、堀尾一等卒に話しかけた。/「みんなこつちへ敬礼してゐるぜ。」/堀尾一等卒は振り返つた。成程さう云はれて見ると、黒々と盛り上つた高地の上には、聯隊長始め何人かの将校たちが、やや赤らんだ空を後に、この死地に向ふ一隊の士卒へ、最後の敬礼を送つてゐた。/「どうだい？　大したものぢやないか？　白襷隊になるのも名誉だな。」/「何が名誉だ？」/堀尾一等卒は苦々しさうに、肩の上の銃を揺り上げた。/「こちとらはみんな死に行くのだぜ。して

見ればあれは××××××××××××××さうつて云ふのだ。こんな安上りな事はなからうぢやねえか？」〔×は検閲による伏字。以下同じ〕

堀尾が痛烈な皮肉を口にする「将軍」のこの敬礼場面は、『陣中珍談』では以下のようになっている。

河原の淵まで来て後方を回顧《ふりむひ》て見ますと、夜は明け離れて居ります、九十三高地の小高ひ所に聯隊長、大隊長其の他中隊長が、進んで行く白襷隊の後方から正しく敬礼して居る、兵卒は顧眄《ふり（ママ）かへ》つて、／『聯隊長が此方を見て敬礼して居るぜ、有難いな、白襷と云ふ仕事は余程豪い仕事だと見える有難ひナ』／と喜んで居りますが、之れを解剖して見ると、之れが残らず靖国神社に祭られるかと思ひ、聯隊長が敬礼して居たので御座ひます、（七四）

堀尾などの登場人物名やその職業は『陣中珍談』にはなく、「将軍」でこの後にも続く堀尾の皮肉、田口、江木らとの会話も芥川の創作であるが、堀尾の軍部批判的発言は、無邪気に喜ぶ兵士を客観視した若燕の「解剖」（傍線部）と重なる。『陣中珍談』にはこの他にも例えば「幾ら俺達が消耗品だツて是れでも人類なんだから、巧妙《じやうず》に遣つて貰ひたいぜ」（一八六）など、実際に「消耗品」として戦争に加わった若燕が、本音として思わず洩らしたのであろう言葉が散見する。

その後、「将軍」では、江木上等兵の戦争観が吐露される。

隊はこの村を離れると、四列側面の隊形を解いた。のみならずいづれも武装した儘、幾條かの交通路に腹這ひながら、じりじり敵前へ向ふ事になつた。／勿論江木上等兵も、その中に四つ這ひを続けて行つた。「酒保の酒を一合買ふのでも、敬礼だけでは売りはしめえ。」――さう云ふ堀尾一等卒の言葉は、同時に又彼の腹の底だつた。しかし口数の少ない彼は、ぢつとその考へを持ちこたへてゐた。それだけに、一層戦友の言葉は、丁度傷痕にでも触れられたやうな、腹立たしい悲しみを与へたのだつた。彼は凍えついた交通路を、獣のやうに這ひ続けながら、戦争と云ふ事を考へたり、死と云ふ事を考へたりした。が、さう云ふ考へからは、寸毫の光明も得られなかつた。死は××××にしても、所詮は呪ふべき怪物だつた。戦争は、――彼は殆戦争は、罪悪と云ふ気さへしなかつた。罪悪は戦争に比べると、個人の情熱に根ざしてゐるだけ、××××××出来る点があつた。しかし××××××××××外ならなかつた。しかも彼は、――いや、彼ばかりでもない。各師団から選抜された、二千人余りの白襷隊は、その大なる×××にも、厭でも死ななければならないのだつた。……

この批判的戦争観は「将軍」にのみあるもので、『陣中珍談』には「此の村に入いると例の行通路と云ふものが幾筋も出来て居ります、其の中を兵士は匍匐《よつんばい》になつて松樹山の砲台へ臨んで進んで行く」（七四）というように、交通路（行通路）を腹這いになって進む光景はあるが、一兵士の感慨が述べられることはなく、すぐに白襷隊の集合場面に移る。単なる行進ではなく「匍匐《よつんばい》」でじりじりと死地に進んでいく『陣中珍談』の兵士の姿を芥川は見逃さず、「獣のやうに」と形容して江木の戦争観を吐露させる場面として採用した。材源の活かし方は見事である。

さらにこの後「将軍」は、白襷隊の集合場面、N将軍の登場と続く。

「来た。来た。お前は何処の聯隊だ？」〔中略〕「第×聯隊だ。」／「パン聯隊だな。」／江木上等兵は暗い顔をした儘、何ともその冗談に答へなかつた。〔中略〕「べらぼうに撃ちやがるな。」〔中略〕「今のは二十八珊だぜ。」／田口一等卒は笑つて見せた。さうして相手が気のつかないやうに、そつとポケットへ手巾ををさめた。それは彼が出征する時、馴染の芸者に貰つて来た、縁に繡のある手巾だつた。／「音が違ふな、二十八珊は。――」／田口一等卒はかう云ふと、狼狽したやうに姿勢を正した。同時に大勢の兵たちも、声のない号令でもかかつたやうに、次から次へと立ち直り始めた。それはこの時彼等の間へ、軍司令官のN将軍が、何人かの幕僚を従へながら、厳然と歩いて来たからだつた。

このような兵士たちの何気ない会話も『陣中珍談』の次の部分に拠っている。

『イヤー何処だお前の聯隊は』／『佐倉だ第二聯隊だ』／『然うか芋聯隊だナ』／『芋聯隊とは何んだ』／『だツて佐倉聯隊は芋ばかり食つて居るじアないか』／『口の悪い奴だ、お前何処だ』／『麻布龍土の第三聯隊だ』／『何んだパン聯隊か』／『パン聯隊とは何んだ』／『夫れでも三聯隊はパンばかり食つて居るじやアねえか』／『何んだ此の芋聯隊め』〔中略〕歩兵陣地で互ひに懐しいから、ワイ〳〵話をして居ると、頭の上を二十八珊の砲弾がゴウードタンバラ〳〵と破裂する、／『イヤー二十八珊だ、大きな音がするな』〔中略〕『メた〳〵此位ゐ大砲を射込んで来れゝば俺等が攻撃しても其の甲斐がある、平素砲弾を惜しみやアがるから、何うも思うやうに行かねへ、今日は砲弾が安ひぜ』／『立派にやらうぜ』／『憚りながら一師団だ、ウンと遣つけるぞ……オイ乃木閣下が見えた』／『何に乃木閣下が、何うしてコンナ危ねヱ所へ来たンだらう』（七四―七七）

「パン聯隊」という「冗談」も、『陣中珍談』を参照しなければ、出身聯隊ごとの特色をふまえた冗談であることは理解しにくいだろう。例えば『芥川龍之介全集　第八巻』（先掲）所収「将軍」における「パン聯隊」の注釈では、脚気対策として白米をパンや麦飯に変更する隊があった、という説明がなされているが、それだけでは主旨が伝わらない。

田口一等卒が持っている芸者のハンカチなどはもちろん『陣中珍談』にはない。柔弱で、本来白襷隊に選抜されるような勇猛な兵士とは程遠い田口の性格造型のための小道具である。

（c）N将軍の握手

続いて「将軍」ではN将軍が白襷隊を激励、握手する場面に移る。

「こら、騒いではいかん。騒ぐではない。」／将軍は陣地を見渡しながら、やや錆のある声を伝へた。／「かう云ふ狭隘な所だから、敬礼も何もせなくとも好い。お前達は何聯隊の白襷隊ぢや？」〔中略〕「はい。歩兵第×聯隊であります。」／「さうか。大元気にやつてくれ。」／将軍は彼の手を握つた。〔中略〕「今打つてゐる砲台があるな。今夜お前たちはあの砲台を、こつちの物にしてしまふのぢや。さうすると予備隊は、お前たちの行つた跡から、あの界隈の砲台をみんな手に入れてしまふのぢや。何でも一遍にあの砲台へ、飛びつく心にならなければいかん。――」／さう云ふ内に将軍の声には、何時か多少戯曲的な、感激の調子がはひつて來た。／「好いか？ 決して途中に立ち止まつて、射撃なぞをするぢやないぞ。五尺の体を砲弾だと思つて、いきなりあれへ飛びこむのぢや。頼んだぞ。どうか、しつかりやつてくれ。」／将軍は「しつかり」の意味を伝へるやうに、堀尾一等卒の手を握つた。さうして其処を通り過ぎた。

この場面は『陣中珍談』の次の部分に拠る。

『コレ騒ひでは叶《い》かん騒ぐでない、恁《か》ふ云ふ狭隘な処ぢやから敬礼も何にも要らぬ、お前達は何聯隊の白襷じや』／『ハイ歩兵第三聯隊で御座ひます』／『然うか大元気に遣つてくれ、お前は顔の色が青ひが何うした』／『性質《うまれつき》で青ひのです』／『青くつちやア叶《いか》ん、攻撃する時は息吐《いきん》で赤くなるのだ、一ツ息んで見ろ』／『ウーン』／『ソレ見ろ、息めば赤くなるではないか、何うか頼むぞ今射つて射るアノ砲台を今夜貴様達が行つて此方の有《もの》にしてしまうのだ、何んでもアノ砲台へ一度《べん》に飛付心でなければ叶《いか》んぞ、途中に止つて射撃なぞ決して為るぢやないぞ、五尺の身体を砲弾だと思つて、アレへ飛込むのじや、確《しつ》かり遣つてくれ』／と云ふては兵卒の手先を一々固く握る、然うして向ふへ行かれる（七七‐七八）

将軍のセリフは引き写しと言っても過言ではないほどである。しかし握手を受けた兵士の反応は正反対である。

『陣中珍談』では、

一度に集めて演説的に云はれたよりも、傍へ来られて朋友か何かに物を云ふ如く、其の上手先をグツト握り〆て行かれた方が何の位ゐ功力があるか、手を握られた兵卒は涙を流して、／『有難ひぢやアないか、何うだへ乃木閣下が来てアノ補備砲台へ貴様達は弾丸と思つて飛び込め頼むぞ〳〵と仰有つたが、有難ひナ、夫れに手をグーと握つて行かれたぜ』／『俺も握られた』／『俺なぞは頬辺《ほうぺた》を嘗められた』／『嘘を吐け』（七九―八〇）

と単純に喜んでいるが、「将軍」では堀尾が「嬉しくもねえな。――」「え、おい。あんな爺さんに手を握られたのぢや。」と言う。このような揶揄や、その後に続く「強盗は金さへ巻き上げれば」云々という江木の毒舌にあたる部分は、むろん『陣中珍談』にはない。ただ、「将軍の握手に報いる為、肉弾にならうと決心」する堀尾の変化は、若燕のいう〈効力〉である。

第一節「白襷隊」の『陣中珍談』との対応箇所はここまでであり、この後の、江木の戦死や堀尾の発狂はすべて芥川の創作である。ただ、「頭部銃創の為に、突撃の最中発狂した」らしく、「鉄条網の中を走つて来」て「万歳！日本万歳！　悪魔降伏。怨敵退散。」云々と叫ぶ堀尾の姿は、日露戦後広く読まれた桜井忠温『肉弾』（英文新誌社明三九）に、「頭部を撃たれて精神に異常を呈した者は、孰れも微かな声で『天皇陛下万歳』とか『露助』とか、悲痛なる言葉を呟きつゝ、フラ〳〵彼方此方を走り廻る」（一六三）とあるのに拠ったものであろう。作品の時代背景に合う文献を利用して時代の雰囲気作りをするという、芥川の歴史小説の手法が、「将軍」でも、このように活かされている。

鉄条網についても『肉弾』に詳しいが、芥川はのちの随筆「本所両国」（「東京日日新聞（夕刊）」昭二・五・六～二二）において、知人が日露戦の南山の戦いで鉄条網にかかって戦死したと語り、「鉄条網といふ言葉は今日では誰も知らない者はない。けれども日露戦の起つた時には全然在来の辞書にない、新らしい言葉の一つだつたのである。」と書いている。このような記憶をもつ芥川としては、「将軍」においても、日露戦争の象徴的小道具の一つとして鉄条網を描いたのであろう。

②「間諜」（露探処刑）

（a）日時、場所、状況などの基本的設定

「将軍」には「明治三十八年三月五日の午前、当時全勝集に駐屯してゐた、A騎兵旅団の参謀は、薄暗い司令部の一室に、二人の支那人を取り調べて居た。」とある。『陣中珍談』によればA騎兵旅団とは「秋山旅団」である。若燕は奉天戦では「秋山支隊に参加して行動をして居」たが、「戦闘中に将軍は秋山支隊へ両度程見えまして、露探の首を斬る時なぞも御覧になつて居た」という（二〇〇）。日にちは『陣中珍談』も三月五日、場所は『陣中珍談』では「全勝堡」（二〇四）とあるのを「将軍」では「全勝集」とする。これについては、『陣中珍談』では「全勝堡」という地名をあげた後、「堡」という字が付く村にはどのような特徴があるかということを詳しく説明している。従って芥川が執筆時に「堡」を「集」と読み間違えて地名を「全勝集」と理解していたとは考えにくく、字形が似ているための誤植の可能性が高い。

取調べの場所が「旅団司令部」（『陣中珍談』二一〇）であることは「将軍」でも同じだが、部屋の中の「物悲しい戦争の空気」、「芸者の写真」が貼ってあることなどすべて芥川の演出である。

（b）間諜逮捕のいきさつ、および取調べ

二人の支那人を捕えたのは、「将軍」では「一　白襷隊」での三人のうち無事に生き残った田口一等卒であるが、『陣中珍談』では若燕その人である。両者を比較してみる。

人の好い田口一等卒は、朗読的にしゃべり出した。／「私が歩哨に立つてゐたのは、この村の土塀の北端、奉天に通ずる街道であります。その支那人は二人とも、奉天の方向から歩いて来ました。すると木の上の中隊長が、――」〔中略〕「はい。中隊長は展望の為、木の上に登つてゐられたのであります。――その中隊長が木の上から、摑まへろと私に命令されました。」／「所が私が捉へようとすると、そちらの男が、――はい。その髯のない男であります。その男が急に逃げようとしました。……」（『将軍』）

> ソコデ自分等は此の村の北端へ出まして家屋の土塀に依つて注意をして前方を見張つて居ります。〔中略〕処に大胆なる支那人が二人、奉天方面から向つて来ました、我が軍が守備をして居る防禦工事を施してあるをズット観て新民屯の方面を指してスタ〳〵行くのを私しの中隊長が、大きな樹の上に乗つて望遠鏡を把つて前面を見て居りましたが、ヒヨイとその支那人へ目を注《つけ》た。／『捕へろ渠等を』／樹の上から突然の命令、私しの前へ支那人が来て居るのだから捕へる者は私しより他にはない、ハッと云つて夫れへ飛出したが相手は二人、此方は一人。／『儞《ニー》待て』／一人は捉へましたが、一人は駈出して逃んとする有様、〔中略〕夫れを連れて来て前に止まつて居る支那人に辮髪を結び付けて、／『中隊長殿捕へました』／『何うも怪しひ支那人だから、本部へ連れて行つて調べて貰へ』／『ハイ你《ニー》来イ』（『陣中珍談』二〇七―二〇九）

「将軍」は『陣中珍談』をほとんどそのまま利用している。『陣中珍談』の「儞《ニー》（你）」だけが中国語になっている話し方や、二人の支那人の辮髪を結び付けることなどは「将軍」では後の処刑場面に取り入れられ、「儞、殺すぞ！」、「二人の支那人が、互に辮髪を結ばれた儘」となっている。

続く取調べの場面で、「将軍」では、容疑者が「私たちは新民屯へ、紙幣を取り換へに出かけて来たのです。御覧下さい。此処に紙幣もあります。」と言うと、副官がたじろぎ、それを見た参謀は「内心好い気味に思」う。「紙幣を取り換へる？　命がけでか？」と副官は「負惜みの冷笑を洩ら」し、容疑者二人を裸にするが、その描写の中には「通訳が腹巻を受けとる時、その白木棉に体温のあるのが、何だか不潔に感じられた。」とある。腹巻の中には「平たい頭に、梅花の模様がついてゐる」、「三寸ばかりの、太い針」が入っており、男は「私は鍼医です。」と答える。靴や靴下まで全て調べたが証拠は出ない。ここまでの取調べの様子も、ほぼ『陣中珍談』の以下の場面どおりである。

『シンギン屯の銀坐局へ紙幣を交換に行くものです、此の通り破れた紙幣を持つて居ります、夫れを新しい紙幣と引かへに行くものです』／『貴様達は銀坐局の役人か』〔中略〕『如何に役人と云ひながら大胆不敵ではないか、砲弾も飛んで来る小銃弾も来る中を悠々と歩いて来るとは大胆な奴だ、裸体にして見ろ』／と是れから裸体にしてしまいました処が何も怪しひものは持つて居りません。／『腹巻を脱《と》れ出して見せろ』／是れにも別段怪ひ物も御座ひませんが、只一ツ可怪《おかし》いのは針が出た、其の針も頭の方に梅の花のやうな細工をしたものが付いて居る、日本人の遣ふ針より太ひ。／『是れは何んだ』／『病人の身体に刺て病を癒します』／『貴様鍼医か』／『ハイ鍼医もいたします』〔中略〕『靴も穿《ぬ》ひで見せろ』／調べて見たが怪ひ事はない。（二一〇–二一二）

「将軍」では銀坐局の役人という部分が省かれており、参謀の副官に対する微妙な心理と腹巻に残る体温の描写が加えられている。参謀に「好い気味」と思われてしまう副官の人柄は、後にN将軍の烱眼を大袈裟に称賛する姿とつながる。腹巻の体温については、非人間的に扱わねばならぬ露探もやはり体温のある生きた人間であるということをあからさまに感じなければならないことへの嫌悪感、恐怖感を表しているのではないだろうか。①白襷隊激励での〈交通路〉と同じく、典拠にある何でもない小道具を利用し、独自の描写に作り変えるという手際がここにも見られる。

（c）将軍の登場

「将軍」では副官が「この上は靴を壊して見るより外はない。」と内心思い付いたその時、旅団長を尋ねて来たN将軍が登場し、「後に或亜米利加人が、この有名な将軍の眼には、Monomania じみた所があると、無遠慮な批評を下した」(1)という、その眼で「彼等の裸姿」を見る。将軍の命令により靴を壊してみると、「四五枚の地図と秘密書類」が見つかり、将軍は得意気である。副官は「恰も靴に目をつけたのは、将軍よりも彼自身が、先だつた事も忘れたやうに」、将軍の「烱眼」を褒めたたえる。

一方の『陣中珍談』では以下のようになっている。

夫れを乃木将軍は遠くで見て居たが驄て逞しき馬にヒラリと跨つて、後方へ御帰りにならんとしたが、通訳官の傍へ来て、／『何んだ』／『怪ひ奴と存じまして取調べましたが、別段書物なぞを持つて居りません』／『通訳支那人の靴は刺靴だから、靴を毀して見なければ叶《いか》ん、毀して見ろ』／『ハイ』／然う言遺して軍司令官は馬を後方へシト〳〵御進めになつて、行きました、通訳官は将軍の御言葉ですから、直ちに支那人にモー一度靴を見せろと夫れを取つて毀しはじめると、二人の支那人が蒼白《あをく》なつた、パア〳〵と云ひながら夫れを抉取らんとしたから、他の兵隊に押へさせて置いて靴を毀して見ると、中から出ましたのは、此の附近の地図、又露の軍団から種々頼まれました書物等靴の間から沢山出ました（二一二―二一三）

この場面での大きな違いは、『陣中珍談』での乃木将軍が、靴を壊せとだけ言って結果を見ずに去るのに対し、「将軍」のN将軍はその場に残り、「得意さうに微笑を洩した」り、副官に御世辞を言われて「上機嫌」であったりと、その俗物ぶりが強調されていることである。副官の御世辞は、『陣中珍談』では「実に大した眼力で御座ひます、アー云ふ方になりますと一見して判るものと相見えます」（二一六―二一七）という若燕のコメントにあたる。

ちなみに「将軍」のこの場面で旅団長が「浮き浮きして」話す、日の丸の旗を出しながら家の中には露西亜の旗を持っているという挿話も、『陣中珍談』（二〇五–二〇七）で乃木の烱眼を伝えるエピソードとして語られているもので、乃木が部下に命じて家を捜索させて露西亜の国旗を見つけたということになっている。

(d) 処刑場面

「将軍」の田口は「この間牒はお前が摑まへて来たのだから、次手にお前が殺して来い。」と言われ、二人を「村の南端の路ばた」の「枯柳の根がた」に連れて行く。二人は「別々の方角へ、何度も叩頭を続け出し」、田口は「故郷へ別れを告げてゐるのだ、」と解釈する。その後「覚悟をきめたやうに、冷然と首をさし伸」すが、田口はどうしても手を下せない。そこへ騎兵（曹長）が馬に乗って現れ、自分にも一人斬らせてくれと頼む。田口が「何、二人とも上げます。」と言うと騎兵は「さうか？　それは気前が好いな。」と日本刀を抜く。そこへN将軍が登場し、眼に「モノメニアの光」を輝かせ「斬れ！　斬れ！」と命ずる。騎兵が一人を斬ると「よし。見事だ。」と「愉快さうに頷きながら」将軍は去る。田口は騎兵が「将軍以上に、殺戮を喜ぶ気色」で残る一人を斬ろうとするのを見ながら、「この×××らはおれにも殺せる。」と思う。この場面に該当する『陣中珍談』の部分を見てみよう。

『私しが遣るのですか』／『貴様が捉へて来たのだ早く為ろ』／是れから二人を自分が連れて、将軍の御帰り路、南の村外れ鳥渡地面の窪ひ所へ連れて来て、／『二人とも其所へ坐れ』／銃剣を取つて突殺さうとしたが、相手がヂツトして居るだけ、何うも突兼ねる。夫れが為に少し手間取れた、洵に意久地のない話ですが、鰯の頭も取つた事のない道徳堅固の桃川若燕先生、何うも突兼て考えて居た、処へ騎兵の軍曹が馬上で此処へ来ましたが。／『何んだ歩兵』／『露探なんです、斬つてしまへと云ふ命令です』／『然うか何うだ、俺に一人斬らして呉れ頼む』／其の時私しは予て騎兵は人を殺す事を何んとも思はないと聞いて居たが本統だと思ひました。／『結構です御斬んなさい、二人とも貴下に上げます』／『夫れは有難ひ』

この後、二人の支那人は「吾故郷と覚しき方向に対《むか》ひまして額を土へ打付ける事幾度か、悲げなる声に御経な〔ママ〕やうな事を唱へ」、それが終わると「目を塞ひで少しも未練らしい所はな」く、「ズイと首を差延して居る」。騎兵が一人の斬首を終えたところへ、乃木将軍が通りかかる。

> 『露探か』／『露探です』／『斬つてしまへ〱』／と云ひすてニコ〱笑つて御出になりました、此の言葉に励まされて今一人の首も打落し、茲に露探の処分は終りました（以上二一四-二一六）

『陣中珍談』の傍線部からうかがえるような、若燕のためらい、表には出せなかった騎兵や将軍への反感を、「将軍」では、モノメニアというキーワードを加えることによってよりあからさまに述べている。将軍が登場するタイミングについても、『陣中珍談』では一人目の処刑後だが、「将軍」では一人目の処刑からN将軍の掛け声で行なわれるように変更しており、またN将軍の「よし。見事だ。」という言葉も、冷酷な印象を強めている。なお、「将軍」でこの場面の後に続く穂積中佐の感慨（スタンダールの言葉）はもちろん『陣中珍談』にはない。

③「陣中の芝居」（招魂祭余興）

(a) 日時、場所、状況などの基本的設定

「将軍」では「明治三十八年五月四日の午後、阿吉牛堡」である。『陣中珍談』では、「明治三十八年四月の五日、阿吉牛堡の北端高地に第三軍忠魂の碑と云ふものを造り」（二）とあり、また若燕たちは徹夜で歩いて当日五日の朝に現場に着いた、とあるから、招魂祭は四月五日という設定のようで、「将軍」とは日にちがずれている。五月四日と四月五日、芥川が誤記したものであろうか。(2) 余興の開始時刻は『陣中珍談』も「将軍」も午後一時で一致。舞台については『陣中珍談』では「急造とは思はれぬやうな」立派なものであり（四）、「将軍」で「野天の戯台を応用した、急拵の舞台の前に、天幕を張り渡したに過ぎなかつた」としているのは、戦地の余興をわざとみじめに

演出したものであることがわかる。客席の配置なども『陣中珍談』に拠るが、「将軍」では兵士たちに「みじめ」さと「可憐」さを見ている。

（b）芝居の様子

「将軍」では「前垂掛けの米屋の主人」と「彼自身よりも背の高い、銀杏返しの下女」による「一場の俄」が上演され、「越中褌一つの主人が、赤い湯もじ一つの下女と相撲をとり始め」るとN将軍が「何だ、その醜態は？幕を引け！　幕を！」と怒鳴る。

『陣中珍談』では「序幕は第九師団の受持」で、「大阪の俄式のやうな事を遣つた」。途中「米商《こめや》の亭主と、其家の下女が」「赤い湯布《ゆもじ》一ツ」と「下帯一本」で「相撲を取りはじめたから乃木閣下が真赤になつて御立腹」、『幕引けエ』と命ずる（一〇）。もちろん「将軍」にある穂積中佐の考えや仏蘭西の将校との会話などはない。

二つ目の余興に関しても、『陣中珍談』では「夫れから第七師団が演りましたが是も何か屏風が有つて男と女が寝たと云ふので中止になつてしまう」（一一）とあるのみだが、「将軍」では穂積中佐が少年時代に舞台に見入ったという「記憶」を描写しており、穂積中佐を通して典拠にはない視点や趣向を加えている。

「将軍」において、二つ目の余興を中止させたN将軍が「余興掛の大主計と、何か問答を重ねてゐた」とあるのは、『陣中珍談』に「閣下は余興係りを喚で、／『余興は廃止《やめ》にする』／今まで御機嫌が宜かつたのが俄に不機嫌になりました、と云ふのも無理は御座ひません、外国武官が周囲に居るのです」（一一）とある場面以下をふまえている。乃木将軍が兵站監部と第一師団の余興をやめさせようとしたが、第一師団の兵（若燕ら）が徹夜で来たと聞いて、兵站監部をやめにして第一師団にピストル強盗を上演させるに至るくだりである。ただし『陣中珍談』では余興掛は大主計ではなく「伊藤軍医」（五）である。

ピストル強盗の芝居で将軍が涙を流した話についてもほぼ『陣中珍談』に沿っているが、「その格好は贔屓眼に見ても、大川の水へ没するよりは、蚊帳へはひるのに適当してゐた」とか「憾むらくは眼が小さ過ぎる」といった、芝居を揶揄するような部分は『陣中珍談』にはない。「将軍」ではその程度の芝居に涙したとすることで、N将軍はより滑稽化される。その後「将軍」では、穂積中佐と中村少佐の会話によって、N閣下がさらなる余興をさせたことなどが語られているが、その芝居や講談の演目、余興の開始時間まで『陣中珍談』のとおりである。

この余興の場面は、『陣中珍談』では若燕らが乃木将軍を大いに楽しませたという一節だが、「将軍」ではそれがそのまま穂積中佐の「苦笑」をかうような、N閣下の俗人ぶり、単純さを表すものとして使われている。

以上が『陣中珍談』と「将軍」のかかわりとして指摘できるものであり、「将軍」の第四節「父と子と」は『陣中珍談』とはかかわりがない。第四節に、那須野の別荘で学生たちが将軍夫人のために「憚り」の場所をさがすという話がある。今回、このエピソードを載せた文献を見つけることはできなかったが、塚谷周次「「将軍」の位置」（『国語国文研究』昭四七・四）が指摘するように、「将軍」執筆に先立つ芥川の中国旅行時の案内人の一人松本鎗吉が語った〈乃木伝説〉の中にあった話であるのかもしれない。

第三節　『陣中珍談』およびその他の乃木文献について

ここまでの比較により、『陣中珍談』が「将軍」の一～三節の典拠であることはもはや疑いないが、ここで『陣中珍談』の内容と特徴について触れておきたい。国立国会図書館蔵本（大一・一〇・一八）によって内容を示す。ただし奥付の発行日「十八」の「八」は貼紙の上に手書きで書かれており、奈良県立図書館蔵本では奥付の発行日は十月十五日となっている。

序文は若燕の友人で日露戦争では乃木の下で戦った江澤勝太郎によるもので、乃木の殉死に言及している。序文の後、「殉死当日」（大正元年九月十三日）に撮影された乃木と夫人の写真が四葉掲げられ、続いて日露戦陣中の余興関係の写真、番附、参加者名、演目表、若燕の写真等々が掲げられている。本編は全二九二ページで十五章からなり、章数は付されていないが、ここでは便宜上章数を施して示すと、〈1〉「阿吉牛堡招魂祭」は先に「将軍」と比較した余興の話。若燕と乃木の出会いを語るため巻頭に置かれている。〈2〉「将軍の血涙」は乃木の二人の息子に関する話で、乃木のしつけがたいへん厳しかったこと、また次男保典が戦死した時、乃木の夢に現れたという有名なエピソードが語られている。

なお、この保典のエピソードを、芥川は怪談を集めて書き込んだノート「椒図志異」の「幽霊及怨念」の項に書き留めている。「椒図志異」は芥川が一高のころに書いたものと推測されており、「将軍」執筆時とは隔たりがある。内容を比較しても、「椒図志異」の保典の話は『陣中珍談』からの引用ではないようだ。保典の話と並べて、乃木が幼時に女の幽霊を見た話も書き留めてあるが、これも『陣中珍談』にはないエピソードである。

〈3〉「松本紀行」は日露戦後、乃木が信州を訪れ、身分を隠して安宿に泊まったり、ある老婆が相手が乃木だとも知らずに、孫が乃木のせいで戦死したと愚痴をこぼし、乃木が落涙するというもの。〈4〉「将軍慈愛の酒」この章の前半は、先に「将軍」と比較した白襷隊激励。後半は乃木が白襷隊兵士たちに酒を飲ませてやるため工夫したという話。〈5〉「孝行兵士」白襷隊の田村亀吉は、苦労して父への仕送りを続けている。それを知った乃木が、自ら金を足して送ってやり、戦後、田村父子は乃木の自邸へお礼に行く。3章の「松本紀行」と、この「孝行兵士」は特に有名な逸話である。〈6〉「朝日煙草」も白襷隊の話だが、壮絶な戦の描写がほとんどで、乃木が兵士らに煙草を配った話は最後に添えられている。〈7〉「将軍と捕虜」は降参したロシア兵から火薬庫、砲弾庫の位置を聞き出して攻撃、成功したという話。最後に乃木が捕虜にも慈悲深かったことに触れている。〈8〉「水師営の会見」はステッセルと乃木の旅順開城会見。若燕は会見場の警備をしたことになっている。乃木が二子の戦死について武士として死処を得て喜ばしいと言った話、ステッセルが乃木に馬を贈った話など、有名なエピソードである。〈9〉「雪中行軍」は奉天へ転戦、雪に苦労した話。乃木が外套を着なかったという有名な逸話も含む。〈10〉「恩賜の氷砂糖」新しく第一師団長になった飯田俊介が、兵士たちに恩賜の品々のありがたさを説く。乃木は登場しない。〈11〉「将軍と間諜」は先に「将軍」と比較した露探のエピソード。〈12〉「若燕泣いて髯を剃る」法庫門における第三軍招魂祭の余興で、若燕が役づくりのために自慢の髯を泣く泣く剃った話。乃木はほとんど出てこない。〈13〉「熊ヶ谷直実戦闘に参加す」秋山旅団における演芸会に若燕らが赴いたところ、戦闘が再開、演者の一人が熊ヶ谷の化粧をしたまま武装した話。この章も乃木はほとんど無関係である。〈14〉「将軍の草花培養」乃木が陣中のなぐさみに草花を育てる優しい人柄であったという話。そこから乃木が幼年時代、塾生や家中の子供たちに菓子を配る優しくてしっかり者の子供であったという話に移る。なお、この章で「人も亦花の如きものである、開くべき時には開き散るべき時には散らねば叶ん、と仰せられましたが、今回の大変に就てこの一言を思ひ出しますと、無量の感に打たれまする」（二六二）と、一言だけ乃木の殉死に触れている。〈15〉「凱旋」は帰国途中に起った兵士どうしの刃傷沙汰について語るが乃木はほとんど無関係。最後は「後に乃木将軍は学習院々長になられましたが、此の事に就てもいろ〳〵御話も御座ひますが、先づ今回は将軍陣中の逸話、此処に止めて置きまする。」（二九一）と結び、乃木夫妻の辞世を掲げて終わっている。

以上、『陣中珍談』の内容を概観したが、特徴としてはまず、あくまで日露戦関係の逸話を語るものであり、殉死や西南戦争、学習院院長時代、那須野での農夫生活など、他の多くの乃木伝にある日露戦争外の主要なエピソードは伝えていないということである。また、若燕自らの経験に基づくという設定上、一兵士の視点からの陣中描写、戦闘描写が多く、乃木が登場しなかったり、おまけのようになっている章も少なくない。乃木の逸話よりも戦況を詳述することに重点を置いた乃木伝に池田剣嶺『至誠之神乃木将軍』（文明館書肆　大一・一〇・八）、浜中仁三郎『乃木大将』（護国新聞出版部　大一・一〇・一〇）などがあるものの、『陣中珍談』のように日露戦の逸話にほぼ限定して伝える乃木伝は珍しい。そのため、保典戦死時の夢、信州紀行、孝行兵士、ステッセルとの会見、外套の話など、他の多くの乃木伝にも見られる有名なエピソードだけでなく、独自のエピソードを多く含む。「将軍」発表以前に刊行された乃木伝において、管見の限りで『陣中珍談』以外には見られないエピソードは、〈7〉の捕虜の話、〈11〉の露探、〈13〉の熊ヶ谷の顔、〈14〉の草花培養、〈15〉の刃傷沙汰、である。ただし〈11〉は、後に触れるが、乃木でなく秋山好古の逸話として若燕の『和魂宣伝講談乃木伝』に見られる。[3]

このような特徴をもつ『陣中珍談』から、芥川が採用した三つの逸話に関して、他の乃木伝にも類例が見られるのかということに触れておかなければならない。まず、若燕の乃木講談本は『陣中珍談』だけではないので、そのことについて述べておくと、「将軍」以後刊行のものも含めて管見の限りで確認し得た若燕の乃木講談本は、単行本では『陣中珍談』以外には『和魂宣伝講談乃木伝』（文泉社出版部　大九・一二）、『乃木将軍実伝』（郁文舎　大一四・一二、大一五・一一第九版）、『講談全集　第9巻』（大日本雄弁会講談社　昭四・六）所収の「乃木将軍」、伊藤武男速記『講談乃木将軍』（販売運動社　昭五・一二、昭六・一再版）、『長講乃木将軍』（天佑書房　昭一四・一二）の五点である。雑誌掲載分では「最新変動教材集録」第十巻第十八号、臨時増刊「教材を中心としたる教育新講談」（大一〇・一二）掲載の「乃木大将」がある。また、吉沢英明編『講談・落語等掲載所蔵雑誌目次集覧――大正期――』（私家版　平六・三）によれば、『陣中珍談』出版とほぼ同時期の「講談世界」一巻一号・二号（大一・一〇、一一）に若燕の乃木講談が載っているようであるが、これらの号の所在がつかめず未見である。

このうち「将軍」発表以前の刊行であり、「将軍」と重なるエピソードを含む『和魂宣伝講談乃木伝』は上下巻に分かれ、全千二百ページ近くある大部のもので、乃木の父の話から始まり、殉死、死後に至るまでを語っている。

特に日露戦争の話は全体の半分近くを割いた実に詳細なものである。「将軍」にある三つのエピソードを全て含んでいるが、①白襷隊激励では乃木の言葉が全く違い、握手もなく、兵士の肩を叩くのみである。②露探処刑では、乃木将軍は一切登場せず、靴を壊してみろと言うのは「秋山将軍」である。『斬つてしまへ』と命ずるのも秋山将軍だが（七三九）、斬首の場には乃木はおろか秋山も来ない。③招魂祭余興では、余興後に乃木の依頼で演じた演目が、「将軍」と『陣中珍談』は「徳利の別れ」だが、こちらは「孝子の誉」（七四八）である。以上のことから、「将軍」発表以前の刊行である二種の若燕講談本のうち、芥川が拠ったのは『和魂宣伝講談乃木伝』ではなく『陣中珍談』であることは明らかである。なお、雑誌「最新変動教材集録」掲載の「乃木大将」も「将軍」発表以前のものだが、内容に「将軍」と重なる部分はない。

また、「将軍」発表後刊行の四点の中では、三つのエピソードのうち③招魂祭余興のみを含むのが『乃木将軍実伝』と『長講乃木将軍』であり、他のものには三つとも入っていない。つまり『陣中珍談』から芥川がピックアップした三つの乃木逸話は、次の『和魂宣伝講談乃木伝』で早くも秋山好古の逸話に書き換えられるなどの変化を遂げ、乃木と若燕の出会いを語るに必要な招魂祭余興の話を残して若燕の乃木講談本からは消えて行ったようである。

さらに、他の乃木伝における類例であるが、①白襷隊激励は、手塚魁三『軍神乃木大将』（中央教育会　大一・一〇・二五）（一一一―一一二）にもあるが、握手は「将校一同」に対してのみである。凝香園『乃木大将』（武士道文庫十一）（博多成象堂　大一・一二）では、「白襷隊」とは言っていないし、人数も結果も全く異なるのだが、「都合五十名」の「決死隊」に、乃木が「一直線に乗り込んで、首尾能く砲台を乗つ取るのだ」などと訓示し、成功したという話があり（九七―九八）、類話と言える。先掲浜中仁三郎『乃木大将』には、事前の訓示ではないのだが、「白襷決死隊の突撃するや感涙を以て之を目送せし将軍」（一一六）とある。後になるが一龍斎貞丈口演『東郷元帥と乃木将軍』（『東郷元帥と乃木将軍』発行所　昭九・八）にも白襷隊激励の場面があるが（一七五―一七六）、言葉のみで握手はしていない。また、『古今孝子録』（通俗教育普及会出版部　大三・五、大三・八再版）は、『陣中珍談』の〈4〉「将軍慈愛の酒」（白襷隊激励を含む）、〈5〉「孝行兵士」を抜き出し、文章を多少訂正して「乃木将軍と田村二等卒」として収録している。ただし若燕の名はない。また敷島大蔵口演、岩淵落葉筆記の浪花節『教訓美談乃木大将』（大川屋書店　大三・四）の七〜八章も、『陣中珍談』の上記二章の引き写しである。しかし両者とも「将軍」にある他のエピソードは含んでいないので、芥川がこれらを利用したということはないだろう。

③招魂祭余興に関しては、芝居をやめさせたという話は、先掲島田昭男論文が指摘するように山路愛山『乃木大将』（民友社　大一・一〇・二二）二二六ページでもごく簡単に紹介されている。また『陣中珍談』と「将軍」には、将軍が水戸黄門記をリクエストし、水戸黄門と加藤清正とを尊敬していると語ったとあるが、それに関しては横山健堂『大将乃木』（敬文館　大一・一一）にも、乃木が若燕に講談を頼み、「彼の注文は、つねに、水戸黄門記なり」（五五五）とある。加藤清正を尊敬していたことは、九十九峯外史『乃木大将と其夫人』（至誠堂書店　大一・一〇・二二）、鈴木徳次編『名家談叢乃木大将言行録』（大成社　大一・一〇・五）に言及がある。

このように、芥川が『陣中珍談』から採用した逸話のうち①白襷隊激励③招魂祭余興には多少の類話が見られる。従って「将軍」は『陣中珍談』一つを種本としていても、結果的にある程度流布している乃木逸話群との共通性を保っている。ただ、②露探処刑は乃木の逸話としては管見の限り『陣中珍談』にしか見られないし、〈孝行兵士〉や〈信州紀行〉などあまりにも有名な乃木逸話は、「将軍」の材料としては使われていない。よく知られた美談、乃木像を変型して意外性を狙うといったことよりも、周辺人物の視点を使って皮肉、批判を加えることに重点が置かれ、そのために扱い易いエピソード、つまり将軍や戦争の残酷性、将軍の単純さが読み取り易いものが選ばれている。

第四節　おわりに

以上のように「将軍」は、講釈師桃川若燕という一兵士の視点による独特の乃木伝であり日露戦談である『陣中珍談』から選んだ三つの乃木逸話に、軍人や戦争に対する批判的で皮肉な視点を加えることによって成立した作品であった。海軍機関学校教官時代は「敗戦教官」のあだ名があった（諏訪三郎「敗戦教官芥川龍之介」／「中央公論」昭二七・三）というくらい、戦争や軍人を嫌っていた芥川として、そのような視点を加えることは当然であろう。実際に、「将軍」を反戦小説として読む論に関口安義『芥川龍之介　永遠の求道者』（洋々社　平一七、一〇三―一〇七ページ）などがある。

その批判が可能になったのは、白襷隊の兵士に名前や職業、心理を与えて一個の人間として描き、さらに穂積中佐や、第四節の中村親子を登場させることによってであった。特に第四節では、『陣中珍談』にはない乃木の殉死に関する批判を行ない、日露戦の英雄としてだけではない乃木の全体像を批判的にまとめている。

清水康次「群像を描く――芥川龍之介の方法（その二）――」（『芥川文学の方法と世界』和泉書院　平六／初出「女子大文学国文篇」平一・三）は、N将軍をめぐる登場人物たちが「バトン・リレー」形式で配置されていると指摘している。確かに、典拠との比較を踏まえても、芥川が創造した人物たちは「バトン・リレー」形式で配置されているが、白襷隊の田口→穂積中佐→中村少佐[4]→中村青年と渡った〈乃木観〉というバトンは、さらに第四節で青年がN将軍の「至誠」がのみこめない、「僕等より後の人間には、猶更通じるとは思はれません。」（傍点引用者）として後世のN将軍観にまで言及することによって、「僕等より後の人間」へと渡されたと解釈できる。

「将軍」が発表されたのは大正十一年の新年号だが、この年は、乃木の殉死から十年にあたり、同年九月十三日には十年祭が行われた。例えば翌日の「読売新聞」では、「壮厳に執行された昨日の乃木祭」として、祭典や記念講演会のもようを伝えている。十年祭に合わせて遺書のうち未公開だったものが公表される（同紙九月十一日記事）などのこともあり、殉死直後とは比べるべくもないが、あたらめて乃木崇拝を盛り上げようとする動きが一部にはあった。このような区切りの年であることまでを芥川が意識していたかどうかはわからないが、「大正七年十月」(5)の中村青年から、大正十一年の読者たちへ、批判的N将軍観のバトンが渡された。典拠にはなく芥川の創造になる登場人物たちは、そのように配置されることによって、N将軍のエピソードと読者をつなぐ流れをつくり、「将軍」という作品を構成している。

なお、当時の青年読者たちにとって、中村青年のN将軍批判のような、批判的乃木観は受け入れ易いものであったこと、またそれが必ずしも長続きしなかったことは、〈後の人間〉の言説からうかがえる。「どうして、こんなものが出来上つて了つたのか、又、どうして二十年前の自分には、かふいふものが面白く思はれたのか」という小林秀雄の「将軍」批判（「歴史と文学」／「改造」昭一六・四）は有名であるし、「将軍」の読者というわけではないが、乃木観という意味では松下芳男『乃木希典』（吉川弘文館　昭三五）の「はしがき」も興味深い。乃木殉死当時陸軍士官学校の生徒であった著者は、乃木の性格や神格化する世評に反感をもっており、自殺にも「不快の念」をいだいたという。著者は芥川と同じ明治二十五年生まれで、「殉死はそのときのわたしどもには、既に道徳ではなかった」のである。しかしそれから約五十年を経て、それは「若い時代の未熟な反抗心」であり、今は「限りない哀愁と尊敬の念をいだいている」と述べる。一人の人間の中でも、時代と共に、自己の経験と共に乃木観は変わっていったのである。

以上、本章では「将軍」と『陣中珍談』との比較をもとに、「将軍」独自の批判的要素がどこにどのように加えられているのかを明らかにした。第六章で論じた、「鼠小僧次郎吉」と講談本とのかかわりに加え、「将軍」の典拠が講談本であったということは、芥川文学や近代文学と講談本とのかかわりの深さを示すものである。

注

（1）先掲島田昭男論文はこの描写をアメリカ人従軍記者スタンレー・ウォシュバンの著書“NOGI”に示唆されたものであろうとする。“NOGI”にはニューヨーク版とロンドン版があるが、どちらも全編を通じて monomania や monomaniac の語は見当たらない。この語は“NOGI”の描写に示唆を受けた芥川が独自に用い、もっともらしくするため「或亜米利加人」と書いたのだろうか。或は別のアメリカ人による記事があったのかもしれないが不明である。

（2）若燕の乃木講談本のうち、他にこのエピソードを含むものは『和魂宣伝講談乃木伝』と『乃木将軍実伝』（いずれも本章第一節に先掲）であるが、前者は五月二日（七四二）、後者は碑の建立が四月五日、招魂祭は五月五日（三、四）とする。先掲の大濱徹也『乃木希典』の年表では五月二日。

（3）乃木殉死の翌月（大正元年十月）に出版された乃木文献は特に多いので、一応の先後関係を明らかにするために発行日まで記す。

（4）「中村」といえば白襷隊の指揮官中村覚が連想されるが、中村覚は日露戦当時すでに少将。『日露戦争の事典』（本章第二節に引用）によれば明治三十八年中将、大正四年大将、同八年予備役。

（5）第四節では、「大正七年十月の或夜」とした上で、「二十年余りの閑日月は、少将を愛すべき老人にしてゐた」とある。明治三十七〜八年の日露戦から大正七年までは十三〜四年間のはずだが、この部分は初出以降一貫して「二十年余り」である。意図的なものであるにしろミスであるにしろ、結果的にこの「二十年余り」という言葉は、一つには日露戦争やN将軍と、大正七年の青年との時間的懸隔を印象づけるために、もう一つには中村少将を「愛すべき老人」に仕立てて晩年のN将軍像と重ね、青年との対立をいっそう明確化するために、役立った。なお、松本常彦「「将軍」論」（『アプローチ芥川龍之介』明治書院　平四）でも、中村少将とN将軍を重ねて解釈している。

※本章の執筆にあたっては、吉沢英明先生、高橋圭一先生、また平成十六年春に惜しくも故人となられた中込重明先生から、講談についてのご教示を賜りました。記して御礼申し上げます。特に桃川若燕の講談本のうち、『講談乃木将軍』は高橋先生からお譲りいただいたもの、雑誌「最新変動教材集録」掲載の「乃木大将」は吉沢先生からご教示いただいたものです。

第八章　同時代文壇の中の芥川歴史小説

第一節　芥川の方法の意義

以上第三章から第七章にわたって、芥川の史上実在の人物を主人公とする五編の作品を論じてきた。それぞれの作品の研究史上の問題点をふまえ、特に実在人物の造型方法や、時代の雰囲気の演出方法に注目しつつ、各作品を考察した。結果として、これらの作品は、実在人物の既存イメージを裏返して見せたり、人物を借りて自らの問題を吐露するという安易な方法によるものではなかった。むしろ典拠や周辺の文献を細かく取り入れ、既存イメージや時代の雰囲気と、作品独自のテーマとが乖離しないように配慮しながら作り上げられた作品であった。芥川の歴史小説における歴史的素材の重要性が、五編の小説作品の検証を通じて証明できたものと考える。そして講談本もまた、芥川にとって貴重な歴史的素材の源だったのである。

大正期には、歴史小説や史劇が流行する中で、歴史ものの方法論についてもさまざまな言説がなされていた。具体的には、史実や時代の雰囲気などの歴史性か、作家独自の視点による人物の新解釈やテーマか、どちらに重きを置くかということが問題になっていた。鷗外の「歴史其儘と歴史離れ」(第二章第二節で言及)や、第二章第二節で引用した芥川や実篤らの言説は、作品の自己解説とも言える、作家側からの方法意識の披瀝であった。本章ではそれら作家や作品を取り巻く評論の類を確認して、当時の文壇の空気の中に置いてみたとき、芥川の方法がどのように意義を持つのかを確認したい。結論から言えば、歴史性と作品独自のテーマとの無理のない融合を試みた芥川の方法は、歴史ものをめぐる文壇の要請にかなったものであったと思われるのだが、以下、具体的に文壇状況を検証したい。

第二節　歴史小説、史劇をめぐる評論

(1) 論争から

はじめに見ておきたいのは、明治三十年の坪内逍遙と高山樗牛の史劇論争への言及である。まず詩興があり、史には〈実らしさ〉を求めるのみとする樗牛と、史の中に詩興を感じ、それを本として材を淘汰し想像を加えるものが、史劇としても歴史小説としても正統であるという逍遙との論争は、その後、歴史画論としても応酬されたが、のちに逍遙が語るように、「物別れ」(「史劇及び史劇論の変遷」／『逍遙劇談』天佑社　大八・二)となっていた。

大正期には、この論争にあらためて言及した論がいくつか見られる。木下杢太郎は「予は寧ろ坪内氏に左袒して高山氏の意見に同ぜむと欲せざるなり。」(「現代の歴史小説　(一)」上下／「時事新報」大五・三・二三、二四　引用は二三日上より)と言い、石坂養平も、「史劇並に歴史画に関する高山坪内二氏の論争の分岐点は今の文壇に対して尚ほ新なる意義をもつてゐる。」(「現代の歴史小説　(四)」上中下／「時事新報」大五・四・一一、一三、一四　引用は一三日中より)として、杢太郎とは逆に樗牛を支持している。中村星湖は、論争に触れ、「その時にも解決されなかつた問題が、今日再び惹き起されてやはり解決されずに残つてゐるのである。」(「四月の小説界」／「早稲田文学」大五・五)と言う。また島村民蔵「史劇の本領を論ず」(「中央公論」大六・八)は、両者の論争を西洋の史劇論をまじえて検討し、「「人間」の表現」という共通性を重視して論争のいささか強引な解決を試みたものである。近松秋江

も「文芸時事（新歴史小説の疑ひその他）」上下（「読売新聞」大七・四・二〇、二一）において論争を振り返っている。〈史〉か〈詩〉か、としてまとめられる逍遙樗牛の論争と同様の問題が、大正期の歴史ものの流行の中でも起こっていた。大正二年には、史劇に関して小規模ながら岡本綺堂と江口福来の間での論争もあった。「本郷座劇評」（「歌舞伎新報」大二・九）や「史劇に就て――劇作家に与ふ――」（「読売新聞」大二・九・二二）において福来が、史実や史上人物を作者の傀儡とする傾向を批判したのに対し、綺堂は「史劇と史実と」（「歌舞伎新報」大二・一〇）において、「常識を逸しない程度に於ては何んな嘘を書いても差支の無さ想なもん」であると述べ、「第一に皆さんの喧しく被仰る史実といふものが真実の史実ですか」と疑義を呈した上で、自分は「『人間』といふものに重きを置いて」いるから「歴史上の事実なんぞは、ほんの背景に過ぎない」と述べた。福来は同誌翌月号の「岡本綺堂君に」や「史劇と作家」（「新小説」大二・一二）でこれに反論し、「歴史上実在の人物を生かすのはその性格、仕事境遇を忘れるわけにはゆかない」（「岡本綺堂君に」）などと述べた。逍遙と樗牛の論争が〈歴史〉と〈詩興〉のどちらが先かというものであったとすれば、福来と綺堂のそれは〈歴史〉と〈人間〉どちらに重きを置くかというものであった。

この論争が示すように、この時期に盛んになった歴史ものに関する言説を見ると、作者独自の新解釈やテーマを描くために、どこまで〈歴史性〉（第二章注（5）参照）を軽んじてよいものかということが問題となっている。それは「程度問題」（綺堂「史劇と史実と」）と言ってしまえばそれまでであるが、一方の極に新解釈、他方の極に〈歴史性〉があり、その間で各論者なりに、時に主張に揺れや変化を見せながら、見解を提示しているのである。例として、坪内逍遙作の二つの史劇に対する諸言説から、その様相が端的に窺える。

逍遙の「名残の星月夜」（「中央公論」大六・六）をめぐって、まず中村孤月は「坪内逍遙先生の「名残の星月夜」を読んで」（「文章世界」大六・七）で、此公暁、実朝の欲する所は、公暁、実朝が其時代の人間である為めに欲する所のものではなく、人間である為めに欲する所のものであつて、此等の欲望は、其まゝ現代の人間の欲望の、少くとも最も重要なる根本的な欲望の一つである。／先生の此創作は、時代を鎌倉時代に借りて居るけれども、時代的色彩は、唯だ単に背景に止まつて居つて、先生の描かれんとした重要な点にあつては、殆んど時代に囚れて居ないと思はれる程自由である。〔中略〕先生の今までの脚本は、新しい日本人や、国境を越えて生活して居る人々には、親しみの少いものであつたが、此脚本は新代人にも、国境以外の国民にも親しみの多い創作であることは言ふまでもない。

と述べ、「時代」よりも「現代の人間」「新代人」に通ずる心理、すなわち新解釈を重視している。

他方、「吾妻鏡」や歴史家たちの見解なども含めた、実朝に関する詳細な知識をもつ斎藤茂吉の「史劇「名残の星月夜」に就て」（一〜八）（『時事新報』大六・六・一六、一七、一九〜二四）は、この史劇における実朝の性格造型を、「余程近代人式に出来てゐる。」と述べる。そして、「博士のこの解釈をば、新解釈として必ず尊敬すべきものであらう」としながらも、「いくら戯曲でも、僕の好きな実朝を、こんなに思はせぶりな生悟り臭い、小癪な者に仕上げて呉れなくも好ささうなものだ」（以上（七））と、不満を隠しきれない。近松秋江もこの史劇について、「文芸時事（新歴史小説の疑ひその他）」（先掲）の中で「生半西洋近代の史劇に見るごとき新解釈を施してあるので却つて純粋な芸術的興感の享受を妨げられたるかの憾みがあつた」（下）とする。この二つは新解釈に批判的な見解である。

そして楠山正雄「『名残の星月夜』に就いて」（『早稲田文学』大六・七）では、逍遥の史劇の登場人物について、作者のための代弁者である蓄音機ではなく、史的人物自らの言語（少くとも作者のさう信じた）を話すのである。この点は最近のわが文壇にあらはれた史劇風の抒情戯長曲の二三作、例へば谷崎君の『法成寺物語』に於ける道長や定雲または武者小路君の『日本武尊』に於ける日本武尊の言語が殆ど全く史的幻影を離れて、直ちに作者が書斎の独語に類してゐるのとは正に反対である。

と述べ、逍遙の「客観的」態度を概ね支持する。しかし新解釈を否定していたわけでもない。「割合に正直な歴史的写実の立場にゐて、なほ或程度まで史的人物の性情を二三にし史的事実の組立を様々にすることは戯曲作家にゆるされた特権である。」とし、「希望としては、実朝はもつと若く、もつと我執く、もつと深く憂愁的であつて欲しい。」と心理描写の掘下げを望むなど、〈歴史性〉を重んじながらも新解釈とのバランスを求めている。

この楠山の見解と類似する、いわば中庸論に、同じく逍遙の史劇「義時の最後」（「中央公論」大七・五）を評した月評子「若楓の葉蔭より　坪内逍遙博士の「義時の最後」」（上下）（「時事新報」大七・五・九、一〇）や、南部修太郎「「義時の最後」を読む」（「三田文学」大七・六）がある。前者を引用しておくと、

博士は併し史的事実の「新解釈」なるものを度外視して、即ち作者のなまじひな主観を排して、出来るだけ史実に拠る史的幻影を浮ばせようとしたらしい。それも確かに史劇に対する一の態度である。併し悲しいかな吾々の求めてゐる態度では無かつた。博士は今日の吾々の心を以て、鎌倉時代の武人の心を計る事の危険を説いてゐるが、吾々の心を基とせざる吾々の時代の演劇が何処に成立しやう。吾々の心を心とし、しかも飽くまで史的幻覚を保ち得てこそ、初めてまことの史劇の正道ではないだらうか。（上）

とある。新解釈を求めている意見ではあるが、「史的幻覚を保ち得」ることも必要視していることから、〈歴史性〉と新解釈のほどよいバランスを求めたものとみてよいだろう。

ちなみに、逍遙自身にも、これら二つの史劇に関する自己解説があり、「史劇「名残星月夜」に就て――作意に関する二三の要点を舒ぶ――」（「時事新報」大六・五・三〇）、「史劇の題材としての鎌倉史」（「大観」大七・六）などで方法意識を述べている。樗牛との論争当時からの見解の変化も窺えるが、「新作家の手に成つた史劇」を批判し、「史的幻影を呼び起す」ためには、「自分の狭い主観を捨て、成るべく多く、成るべく広く、過去の主観を参照

して見る必要がある。」（「北条義時の死は自然か、人為か？」／「大観」大七・五）と述べているところをみると、やはり理論上は近代人の主観による古人の新解釈には批判的であったようだ。

　これら逍遙の史劇に対する諸言説は、当時の歴史ものをめぐる、新解釈か〈歴史性〉か、という議論の様相を端的に表しているが、以下ではさらに視野を広げて文壇状況を概観する。

（2）〈新解釈〉の隆盛

　まず、新解釈を重視する意見の中からいくつかの論を見てみよう。江口渙は、芥川の「忠義」（「黒潮」大六・三）を評し、「作者は之に依つて「その時代の常識道徳と」その時代の常識道徳から見れば非常な不道徳である真実の人間の心――真実の道徳とを描かうとした物である。」「私は斯る見方をしてこそ、始めて真の歴史小説が生まれるのだと思ふ。」（「三月の創作」／「星座」大六・四）と述べる。江口は突っ込んだ心理描写による新解釈を評価する立場をとり、小山内薫「英一蝶」（「中央公論」大七・一）に関しては「凡ての材料を余りに生のままで並べすぎた」ことを批判し、「もつとぐんぐんと一蝶のほんとうの心の中に入つて行」くことを求めた（「新年の創作」／「帝国文学」大七・二）。逆に菊池寛の「忠直卿行状記」（「中央公論」大七・九）に関しては「「石の俎」の講談に依つて有名な忠直卿の残虐暴状の心理に対し、新しき近代的解釈を施したものとして、新秋文壇に於ける佳作の一つ」と評価する（「文壇一家言」／「帝国文学」大七・一〇）。

　同じく「忠直卿行状記」の「近代的解釈の下に於てなされた」「心理解剖」を高く評価した本間久雄（「新秋文壇の収穫（三）――二つの新らしい歴史小説――」／「時事新報」大七・九・六）は、同じ文章の中で自らの歴史小説への評価軸を「史実の底に潜む人生の機微を闡明するか否かによつて、又、いかほど史実に、新しい近代的解釈を加へたか否かによつて歴史小説の価値は定まる。」と明言している。それ以前にも本間は「四月の文壇」（「文章世界」大三・五）で鷗外の歴史小説に言及し、「護持院原の敵討」や「阿部一族」を「古き歴史的事実に対する作者その人の新見解を面白いと思つた。そして、鷗外氏に依つて、文壇に、何等かの新史劇、新歴史小説の端緒が開かれつゝあるのではないかと思つた。」と評価し、逆に「安井夫人」は「全然この期待を裏切つた作品である。」と述べ、鷗外の「考証癖」を批判していた。

よりはっきりと〈歴史性〉を軽視する見解を示したのは長谷川天渓で、「吾々が歴史物を書く作家に向つて要求する所は、史実の精細確実といふことよりも、生命あるものである。」（二）「たとひ英傑と言はれてゐる人物が平凡化されても、チヨン髷時代の人々が現代語を用ひやうとも、生命さへ発揮されたならば、私は満足する。」（四）という（「現代の歴史小説（三）」一～四／「時事新報」大五・四・三、五～七）。ちなみに天渓のいう「生命」とは「包容的な深い人世観――議論を離れた哲学的思索」（四）のことである。

（3）〈歴史性〉無視への批判

以上のように新解釈を重視する見解がある一方で、時代錯誤なども含めた〈歴史性〉無視のひどさに苦言を呈する声も聞かれた。S、U生〔内山省三か〕「歴史小説新論」（「独立評論」大四・四）は、歴史ものの傾向を四つに分類して述べた中で、

第四は新作家の群れの間に見る、新らしい思想を以て過去の史実を取り扱つた歴史小説である。〔中略。吉井勇、長田秀雄、白樺同人等を挙げる〕是等の作家は極端に史実を無視し、徹頭徹尾自家の新解釈を以て古人を描写することを眼目として居るらしい。彼等が一切の史実を閑却して驀直に古人の内部生命にぶつつかつて行かうとする態度は、ある点まで我等の同感を惹き得る所もあるけれども、其の結果鎌倉時代が平安朝時代になつたり、徳川時代が現代になつたり、日本が西洋になつたり、清盛がニイチエの超人説めいたことを語つたり、

八百屋お七がベルグソンの哲学を語つたりするに至つては其の余りなる時代錯誤、場所錯誤に驚かざるを得ない。〔中略〕時代は時代とし、場所は場所とし、位置は位置として忠実に描き、然も其の中に是等の一切を超越して、千古に亘つて易らざる人間性の真相を発見し、其れを描写するのが新らしき歴史小説の眼目である。

と述べる。「清盛」は武者小路実篤の史劇「仏御前」（「白樺」大二・一一）、「八百屋お七」は長田秀雄の史劇「お七吉三」（「新小説」大二・八）のことである。

ここで批判対象の一人となっている実篤は、大正六年一月に史劇「日本武尊」（「中央公論」）を発表している。それに対し島村民蔵「新年の戯曲と劇論」（「早稲田文学」大六・二）は、「日本武尊といふ一個の史的人物」が作者の思想の「化物」になっているとし、「もつとも正しい意味での史劇の根本的要素である史的幻影をば、作者は最初から閑却無視して掛かつてゐる。」「これ丈けでも『日本武尊』は正当な意味での史劇である権利を失つてゐる上に、この劇は作者が、過去の事実もしくは人物を描出せんがために綴つたのではなく、むしろ自由自在に自分の思想感情を吐露しようとする都合上、時代と場所と人名と事件を過去に借り求めたに過ぎないのであるから、史劇の資格は正に無い。」と、〈歴史性〉重視の立場から、新解釈の露骨な強調を批難した。

島村民蔵ほど〈歴史性〉に偏ってはいないが、主張に揺れを見せながら、結局新解釈と〈歴史性〉の中庸論に落着いた論者に木下杢太郎がいる。杢太郎は、大正四年二月に「正月の小説」（「文芸評論」のうち）（「太陽」）で、「畢竟歴史的或は伝説的の材料を扱ふ場合には、成るべく正確らしく今の眼に見えるか、乃至史実の如きものを全然破壊して、唯自家の意匠の道具とすべきである。中間型は許し難いのである。」と論断している。しかし、五ヶ月後の「谷崎潤一郎氏の戯曲法成寺物語を読みて史劇を論ず」（「文芸評論」のうち）（「太陽」大四・七）では「予は茲に結論を断言しよう。曰く歴史的戯曲は甚だしく史実に拘束せらるるの要はないが、全く時代相を離れたるものは何等の感銘力なしと。」と言う。つまり先の「史実の如きものを全然破壊して」云々という選択肢を自ら否定し、歴史上の事実に基づくことをかなり重視しているのである。その流れから、本節（1）に引いた「現代の歴史小説（二）」では、逍遙樗牛の論争について逍遙を支持すると述べているのである。しかし杢太郎はその文章の中で、やはり「事件」と「人間」とでは「人間」を重んずるべきであるという論を展開する。

> 茲に史と詩との区別を断ずるに最も便利なる一試薬あり。他なし、史は多く事件に即す。詩は之に反して主として人間を描くべしといふことなり。〔中略〕史劇に於ては全人的の人間本性が歴史的事件の背景の前に強く描かれざるべからず。英雄も英雄たると同時に人間たらざるべからず。〔中略〕詩人は此点に於て自由を有す。彼は人間を写す天職あつて、そが為には時所事実をも多少取捨するを得るなり。〔傍点原文〕

ただし、その「自由」にも程度があるのであって、「吉井氏の「天平時代」に於て安部清明〔「安倍仲麿」の誤記〕が浅薄なるセンチメンタリズムの権化となり、岡本氏によりて入鹿や貞任がハイカラなる哲学者となり松居氏に依りて熊谷等が茶番化せらるゝを予は喜ばざるなり」（下）と、〈歴史性〉と新解釈とのバランスを崩さないよう求めている。

石坂養平も、まず長与善郎の「項王」（「白樺」大三・一一）については、思想のために史実を「改修」した点を批判した（「十一月の文芸」／「文章世界」大三・一二）。一方、鷗外の「魚玄機」（「中央公論」大四・七臨増）については「氏は余りに歴史的事実に拘泥して自己の創作活動の自由を局限してゐる。」（「「問題小説と問題劇」を読む四」／「時事新報」大四・七・二六）と批判する。そして結局のところ「歴史物の作家は史実の物質的方面に対しては出来るだけ忠実にそれに準拠して作品の客観性を強くし、其精神的方面に対しては自由に空想の翼を駆使して清新深奥なる主観を披瀝しなければならぬ。」（下）とする（「現代の歴史小説（四）」上中下／「時事新報」大五・四・一一、一三、一四）。「物質的方面」とは「衣服、住居、装飾品、風俗、習慣などの如き人間生命の生理的乃至生物学的要件たる外被物」、「精神的方面」とは「空想、欲望、倫理的観念、人生観などの如き人間生命そのものを形成する中心要素（心理的乃至社会的要件）」（下）である。

中村星湖は、そのような中庸論を「とゞのつまりは、作家は一方に現実家であると同時に一方に理想家でなければならないといふやうな」「ぬえ式の結論」（傍点原文）とし、結局は「各人の気質」の問題だとして匙を投げた（「四月の小説界」／「早稲田文学」大五・四）。

以上、当時の歴史小説、史劇をめぐる評論類においては、各論者なりに程度の差はあれ、新解釈を歓迎するばかりではなく、〈歴史性〉をも読者に感じさせること、特にその両者のバランスが求められる傾向が強かったことを具体的に確認した。

第三節　おわりに

前節で見たような文壇状況が、第二章第二節で引いた、芥川、実篤、長与、近藤、谷崎、菊池らの歴史小説、史劇の方法に対する宣言を要請したと言える。そしてまた、この文壇状況の中に置いてこそ、第三章から第七章で具体的に検討してきた、芥川の歴史小説の方法、つまり歴史性と作品独自のテーマとの無理のない融合という方法は、時代の要請にかなったものとして意義を持つ。

史上実在の人物を主人公とした作品における、既存イメージを活かした人物造型はもちろんだが、史上人物ものに限らず芥川の歴史小説の特徴として同時代から認められていた、〈時代らしさ〉の演出も、このような文壇的背景において重要となってくる。松岡譲も芥川の文章に「時代の色が出てゐる」点を称賛しているし（「煉瓦造りのやうに」／「文章倶楽部」大六・一二）、小島政二郎も、「地獄変」（「大阪毎日新聞（夕刊）」大七・五・一～二二）について「王朝時代の文学――いや、あの当時の雰囲気を、十分嚙みしめた人でなければ、これほどまでにぴつたりと時代に当嵌つた表現をなし得ない」とし、「自分をトルストイと間違へたり、オトタチバナヒメを描いて女学生にしてしまつたりする」「「白樺」の馬鹿ども」〔引用者注、実篤「日本武尊」〕と違って芥川は良秀の「渾名一つにも、その時代の雰囲気を出すことを忘れず」、「「今昔物語」の一節をかうして巧みに使ひ活した錐の如き鋭才に僕は心から感服した。」としている（「地獄変」／「三田文学」大七・六、筆名は中谷丁蔵）。

芥川が〈時代らしさ〉の演出に凝ったことは、第二章第二節で引用した芥川「昔」の言う、「昔其ものの美しさ」への意識と重なる。同じく第二章第二節で引用した諸作家の言説と比較するときクローズアップされてくるのは、歴史が衣裳にすぎないという共通性よりは、むしろこの「昔其ものの美しさ」のほうである。「昔其ものの美しさ」とは、例えば坪内逍遙が「史的因果の理に深い感興を覚え」る（「史劇の題材としての鎌倉史」／「大観」大七・六）というような、歴史そのものが持つ魅力や史実が与える感動のことを指すのではない。そのことは、この「昔」という文章の中で芥川が、おそらくは意識的に、「所謂歴史小説」という一箇所を除いては「歴史」という言葉を使っていないことからも明らかである。「昔其ものの美しさ」とは、言葉、慣習、思想、服飾、風景など、その時代の細かな日常の集積が、時間的に遠く隔たっているために現代の自分には非日常となり、非日常であるがゆえに感じる憧れを込めた美しさであろう。その美しさに魅かれる以上、歴史を舞台とする作品では、大正の読者の日常にはない材料を駆使し、その時代の雰囲気を醸し出すことが重要であった。

「昔其ものの美しさ」に魅かれて芥川が書いた歴史小説作品は、同時代の小説に類例が見られるような近代的心理、テーマを込めながらも、時代の雰囲気の演出、史上人物ものにおける既存イメージの取りこみという方法で、読者の持つ史的幻影を壊すことなくその「美しさ」を表した。そしてそれは歴史性と新解釈のバランスを求める文壇状況にもかなったものであった。芥川の歴史小説において歴史は借り物であるから歴史性を検討する必要はない、という論理はもはや通用しないだろう。

第九章　評論の方法（一）「僻見」

（一）岩見重太郎

これまで芥川の小説について論じてきたが、本章では、評論の「僻見」（「女性改造」大一三・三、四、八、九）についてみてみたい。まず、第六章、第七章で論じた芥川と講談本との関わりという点から、「僻見」のうち岩見重太郎論について考える。はじめに芥川と講談との関わりをあらためて整理した上で、芥川が講談への愛着を語った岩見重太郎論の執筆に際し、参照したであろう講談本を推定し、その上で芥川が講談に求めたものについて考えたい。

第一節　芥川と講談

まず、芥川が自ら講談に言及している例を概観する。日記からの抄出の体をとった「「我鬼窟日録」より」（「サンエス」大九・三）の六月五日の項に「午後菊池来る。一しよに中戸川の所へ行く。夕飯後小柳へ伯山を聞きに行く。伯山の芸なるもの、派手すぎて蒼勁の趣なし。菊池大いに伯山を弁護す。」とある。これは大正八年のことであり、小柳とは神田にあった寄席、小柳亭である。新聞の寄席案内で確認すると、「国民新聞」大正八年六月一日の「面白い寄席　一日より替る出物」欄、小柳亭の夜席には神田伯山とある。同日「読売新聞」の「寄席案内」欄にも「小柳亭（伯山）」とあり、この年六月上席の小柳亭夜席が伯山であったことは間違いない。演目は不明であるが、芥川は伯山の芸を菊池寛と議論しあえる程度には講談を聴く耳をもっていたのである。

しかし、「寄席」（「女性」大一三・六）という小品の草稿（『芥川龍之介資料集』山梨県立文学館　平五）では「寄席、落語家、講釈師――さう云ふものに通じてゐるのは日暮里の久保田万太郎君である。或は根岸の小島政二郎君である。」（「寄席」草稿1-1）と述べ、そういったものに関する自分の知識経験は彼らに比べれば「無学を極めてゐる」（同1-2）と言っている。

随筆「本所両国」（「東京日日新聞（夕刊）」昭二・五・六〜二二）の「富士見の渡し」でも、「僕は講談といふものを寄席では殆ど聞いたことはない。僕の知つてゐる講釈師は先代の村井〔引用者注、邑井〕吉瓶だけである。（もつとも典山とか伯山とか或はまた伯龍とかいふ新時代の芸術家は知らない訳ではない。）従つて僕は講談を知るために大抵今村次郎氏の速記本によつた。」と書いている。しかし中込重明「「奉教人の死」の出典判明までの経緯を省みて近代文学研究の死角を想う」（「日本文学論叢」平一二・三）が論拠をあげて述べているように、講談をほとんど聴いていないというのは久保田万太郎らに比しての芥川の謙遜であり、実際には先の「「我鬼窟日録」より」にあるように時折聴きもしていたであろう。

聴くのではなく読む講談即ち講談本については、「僻見」の中の一節「岩見重太郎」（「女性改造」大一三・四）で、講談で人気の豪傑岩見重太郎について論じたあと、「僕の岩見重太郎を知つたのは本所御竹倉の貸本屋である。いや、岩見重太郎ばかりではない。羽賀井一心斎を知つたのも、妲妃のお百を知つたのも、国定忠次を知つたのも、祐天上人を知つたのも、八百屋お七を知つたのも、髪結新三を知つたのも、原田甲斐を知つたのも、佐野次郎左衛門を知つたのも、――閭巷無名の天才の造つた伝説的人物を知つたのは悉くこの貸本屋である。」と、講談の主人公の名前を多数あげて、少年時代にそれらの講談本を読みあさったことを述べている。そしてそれらの本から「文芸を教へ」られ、「一生受用しても尽きることを知らぬ教訓を学んだ」という。この岩見重太郎論については次節で検討するが、このように芥川の人と文学に講談本が与えた影響を芥川自らが語っている。

さらに新聞連載の講談についても、芥川は時々目を通していたようで、「現代十作家の生活振り」（「文章倶楽部」大一四・一）のアンケート回答のうち「新聞」の項で、新聞連載の講談を「時々、ほゞ五回おきぐらゐに読む」と答えている。

以上のような、講談に関する芥川自身の言及や、第六章第二節で引用した間宮茂輔の証言などから、芥川が講談を聴いたり読んだりしていた様子がうかがえ、さらにその文学にも講談が影響していたことがわかる。次節では芥川が講談の英雄について語った「僻見」の岩見重太郎論を検証したい。

第二節　岩見重太郎論

本節では、芥川が「僻見」の岩見重太郎論を書く際に参照した講談本が何であるかを検証し、最後に芥川が講談に求めたものについて触れたい。

前節で引用したように、芥川は自分が岩見重太郎を知ったのは「とうの昔に影も形も失つたであらう」「本所御竹倉の貸本屋」である、つまり少年期に講談本で知ったと述べている。しかし大正十三年、三十歳を過ぎた芥川が「僻見」で岩見重太郎を論ずる時、少年の頃読んだ講談本の記憶だけを頼りに執筆したとは考えにくい。執筆にあたり、あらためて講談本を参照したと考えるのが妥当であろう。芥川が参照した講談本を探す手がかりとして、「僻見」本文中の以下の四点に注目したい。便宜上記号と傍線を付す。

A　岩見重太郎と云ふ豪傑は後に薄田隼人《すすきだはやと》の正兼相《しやうかねすけ》と名乗つたさうである。尤もこれは講談師以外に保証する学者もない所を見ると、或は事実でないのかも知れない。

B　重太郎も国粋会の壮士のやうに思索などは余りしなかつたらしい。たとへば可憐なる妹お辻の牢内に命を落した後、やつと破牢にとりかかつたり、

C　由良が浜の沖の海賊は千人ばかり一時に俘になつた。

D　天の橋立の讐打ちの時には二千五百人の大軍を斬り崩してゐる。

これらの記述は、講談本ではどのようになっているだろうか。芥川が「僻見」で触れている妹の牢死と重太郎の破牢、狒退治や大蛇退治、夢知らせなどは、多くの講談本にある馴染の挿話だが、細かく見ると、A～Dの傍線部については本によって違いがある。岩見重太郎の文献は数多いが、そのうち「僻見」発表の大正十三年までに発行された講談本、あるいは講談本と同じように読まれたであろう小説・史談仕立ての文献には管見の限り以下のものがある。便宜上番号を付す。なお、講談速記本の初めての刊行は明治十八年『安政三ツ組盃』（松林伯円）とされるが（「講談の濫觴と沿革」／『定本講談名作全集　別巻』講談社　昭四六）、管見に入った岩見重太郎の講談速記本は明治二十九年からである。それ以前の実録類、また実録をもとにした「絵本」類は数多いが、ここでは対象外とした。脚本、そして子供向けの「お伽噺」仕立てのものも各々数点あるが、対象外とした。「僻見」執筆にあたり芥川が参照したのは、本文の趣旨からしても具体的内容（例えばAなど）からしても講談本だと考えられるからである。明治十年代から二十年代初めに多く出版された実録、「絵本」類には、重太郎が「薄田隼人正兼相」であると書いてあるものも多いのだが、Aで芥川はそのことには触れず、「講談師」にのみ言及している。

1『岩見重太郎伝』（双龍斎貞鏡講演・今村次郎速記　上田屋本店　明二九・四）

2『岩見武勇伝』（講談百冊　巻之十九）（田辺南麟講演・高畠政之助速記　文事堂　明三〇・一〇）

3『岩見重太郎』（西尾東林講演・丸山平次郎速記　盛業館　明三一・四）
4『岩見重太郎』（新流斎一洗口演・森本宇吉速記　岡本偉業館　明三一・六）
5『岩見重太郎』（揚々舎鶴燕自講自記　国華堂書房　明三二・九）
6『岩見武勇伝』（一流斎文雅口演・酒井楽三速記　文事堂　明三三・一二）
7『岩見武勇伝』（敵討武勇伝　巻ノ十）（桃川燕林講演・酒井楽三速記　文事堂　明三三・一二）※6と同文
8『敵討岩見重太郎』（揚名舎伯林講演・加藤由太郎速記　中村惣次郎　明三四・五）
9『岩見武勇伝』（復讐文庫　第十八編）（桃川燕林講演・浪上義三郎速記　朗月堂　明三四・七）
10『岩見重太郎』（錦城斎貞玉口演、宮沢彦七速記※内題速記者名。表紙には「今村次郎速記」共盟館　明三四・八）
11―1『岩見重太郎』（広沢虎吉口演・井下士青速記　岡本偉業館　明三四・九）
11―2『岩見武勇敵討天の橋立』（広沢虎吉口演・井下士青速記　岡本偉業館　明三五・七）※11―1の続編
12『岩見重太郎仇討』（桃流舎至孝口演　求光閣書店　明三五・六）※本書後半は別話「笠松峠の仇討」
13『岩見重太郎』（柴田南玉口演・速記社々員速記　求光閣書店　明三五・九）
14『天橋立大仇討』（神田伯人口演・宇野孤舟筆記　井上一書堂　明治三九・六）
15―1『豪傑岩見重太郎』（神田伯龍講演・丸山平次郎速記　中川玉成堂　明四一・七）
15―2『天橋立大仇討』（神田伯龍講演・丸山平次郎速記　中川玉成堂　明四一・一二）※15―1の続編
16『敵討岩見重太郎』（揚名舎伯林講演・加藤由太郎速記　積善館　明治四一・八）※8と同文
17『豪傑小説岩見重太郎』（宮地竹峰著　大学館　明四一・八）
18『日本剣客実伝』（樋口二葉著　晴光館書店　明四二・九）※全五話のうち第四が「岩見重太郎」
19『岩見重太郎』（白雲洞主人著　大阪時事新報社　明四二・一二）

20『武士道精華岩見重太郎』（立川文庫第六編）（加藤玉秀述　立川文明堂　明四四・八、同一二月四版　復刻版による）
21『岩見武勇録』（著者不明　大川屋書店　明四四・八）※体裁は実録であるが、講談本で有名な大川屋のものであるため加えた。
22『講談武侠伝』（今村次郎編　磯部甲陽堂　明四五・二）※全十話のうち五つめが桃川若燕による「岩見重太郎」
23『岩見武勇伝　笹野名槍伝』（長篇講談第三編）（揚名舎桃李講演・小林東次郎編　博文館　大五・一、同二月三日五版）
24『敵討岩見重太郎　天下豪傑塙団右衛門』（立川長編講談文庫）（玉田玉秀斎講演　立川文明堂　大六・二）※20と同文
25『岩見重太郎』（武士道文庫）（凝香園著　博多成象堂　大八・五）
26「岩見重太郎」（小金井蘆洲、「東京朝日新聞（夕刊）」大一一・一・五～同四・二二）

なお、26は講談本ではなく新聞連載なので芥川が執筆に際し参照したとは考えにくいが、芥川が称賛したという小金井蘆洲なので参考までに追加した。以下これらの文献は全て番号で示すこととする。なお、以下の引用の（　）内はページ数である。

　これらのうち、芥川の「僻見」の記述即ち先に引用したA～Dの全てと合致する文献はどれであろうか。まず引用ABの人名であるが、A「薄田隼人の正兼相」の「兼相《かねすけ》」は15・20・24では「兼亮《かねすけ》」と表記される。25など薄田に改名したことに触れていないものもある。また妹の名B「お辻」も、11・15・20・24では「お継」、14は「お次」、3・9は「おつぎ」「つぎ」である。これら人名が一致しない文献は「僻見」執筆時の芥川の参照本としては除外される。22も狒々退治の一席のみなので除外できる。

　残る文献の中で、引用CDの人数が一致しているものを探す。1にはCの海賊退治について「由良の港に北條東之助といふ者手下四五百人を従かへ」（一五一）とあり、海賊は千人あまりではない。Ｄの天橋立の仇討も、敵方に大勢の助太刀があったことは書かれているが、二千五百という人数や、足して二千五百になるような人数は書かれていない。２にはＣ海賊退治の挿話がなく、Ｄの敵数は「千有余人の大勢」（一六九）。４はＣ海賊は「由良の港」「千余人」（一二二）とあり合致するが、Ｄの敵数は「百四五十人」「四五十人」「一千余人」「千余人」（一四一）と小出しに書かれていて、合計すると二千五百に近くなるが、総数は書かれていない。５は海賊退治がなく、Ｄも「三百余人の助太刀」（四七）。６はＣについて「北條東之助といふ大賊がございまして百余人の手下を随がへ由良の港に楯籠り」（一二一―一二二）とあり千余人ではない。Ｄも「数多の助太刀」（一三三）とあるのみで、二千五百という記述はない。６と同文の７も同様。８は海賊でなく山賊退治、Ｄは「千人の助太刀」（一七七）。同文の16も同様。10は海賊の数について「由良の湊に北條東之助といふ者が、手下四五百人を従へ」とあり（一二二）、Ｄも「五六百人を以て彼等三人に助太刀いたす趣き」（一五二）とあるが二千五百人ではない。12は海賊退治がなく、Ｄは助太刀「三百人」（四三）。13も海賊退治がなく敵の助太刀「千余人」（二二八）。17は海賊なし、Ｄは「百人程を敵手にして戦うた」（一九八）。18も海賊なし、Ｄは「三百の助太刀」（二一九）。19も海賊なし、Ｄは「宮津十八万石が総懸り」（四六二）とあるが二千五百とは書かれていない。21は、Ｃについて「大賊北條東之助といふ者千余人の手下を随へ由良の湊に楯籠り」（二二八）とあり合致。Ｄについても助太刀の数を「百四五十人」「千余人」（二七五）など分散して書いており、合計すればほぼ二千五百人になる。しかし、二千五百とはっきり書かれた箇所はない。23はＣについて「北條藤之助といふ者がございます、これは由良ヶ浜の沖合に一孤島がある、此孤島に拠つて国々から集つた一千余人の浪人者を手下に語らひ」（二二二）、Ｄについても敵の人数が「惣計の人数実に二千五百人」、別働隊が五十人いたとある（二八三）。総計人数が芥川のものと合致する。25は海賊退治がなく、Ｄの敵数は助太刀「三百五十人」（二一五）。26は海賊退治がなく、Ｄの敵の助太刀は「三千人」（九十二回、九十五

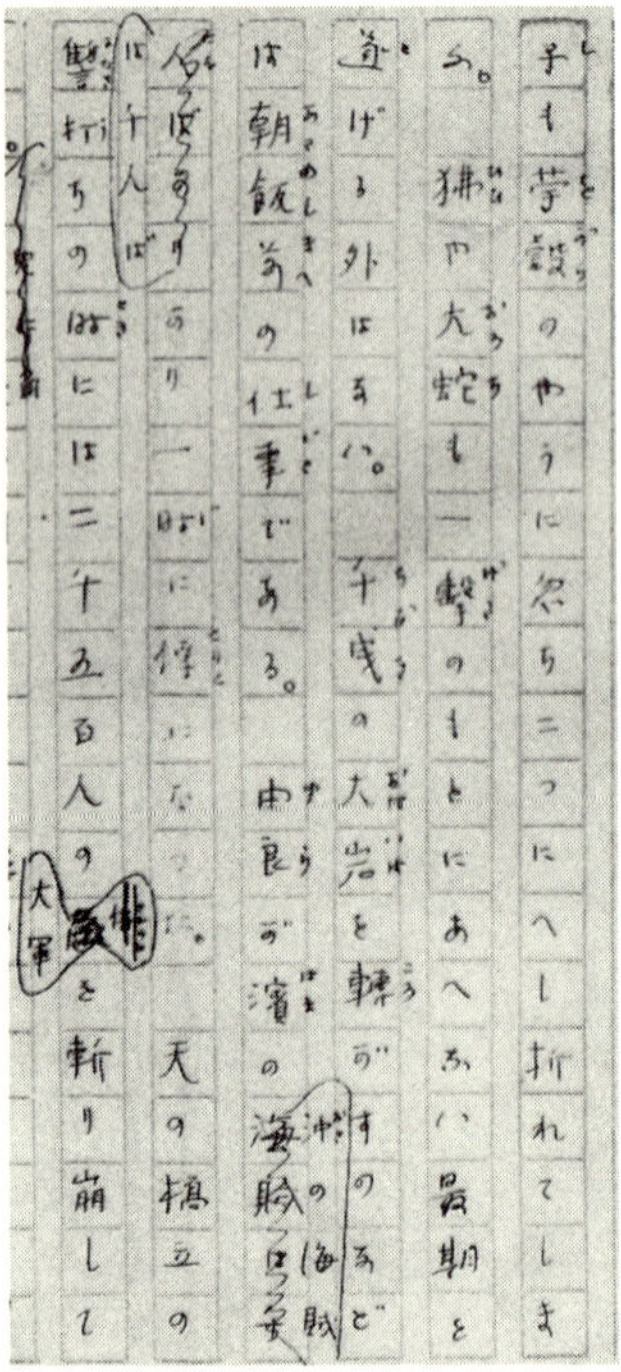

〈僻見　二　岩見重太郎〉草稿1-16（山梨県立文学館、部分）

回など）である。

以上で1〜26全ての文献を確認したが、結果、A〜Dの芥川の記述と類似するのは4・21・23だが、全て正確に合致するのは23のみである。加えて言えば、Cの海賊について芥川は「由良の港」「由良の湊」などではなく「由良が浜」と書いている。上記のように「由良ヶ浜」とするのは23のみである。しかも「僻見」の草稿（先掲『芥川龍之介資料集』写真参照）を見ると、芥川は一度「由良が浜の海賊」と書き、横に「（由良が浜の）沖の海賊」と書き直している。これも直したほうが「由良ヶ浜の沖合に一孤島がある」という23の記述とより正確に合致するのである。海賊の本拠を由良の港とする1・4・6・10・21などとは異なる。

もちろん現在図書館や古書で見られる講談本が当時存在したものの全てではなく、芥川が参照した本が一冊とも限らない。またAの「隼人」に芥川は「はやと」とルビをつけ（ルビは初出でも同じ）、23では「はいと」（三〇七）とルビを付けているという点がわずかに異なりもする。しかし上記のような一致から、芥川の主な参照本は23と推定してよいのではないか。第六章で論じたように、芥川には「鼠小僧次郎吉」執筆の際に23と同じ博文館長篇講談の『鼠小僧次郎吉』を用いた前例がある。「僻見」でもまた手近な参考書として博文館長篇講談を用いたと考えられる。

なお、直木三十五の「随筆武勇伝岩見重太郎」（「苦楽」大一四・三）にも「天の橋立千人斬などと云つて、二千五百人の真中にたつた二人で斬込んで行く」とあり、二千五百人という敵数は、寄席で語られる講談では一般的であったとか、あるいは人口に膾炙していたとも考えられるが、今回検討したように講談本ではあまり例がない。

以上の検証によって芥川が「僻見」の岩見重太郎論執筆に際し23を参照したと推定できる。これを典拠と仮定して「僻見」と比較すれば、芥川が「僻見」で触れなかったことも見えてくる。それは海賊退治の様子である。芥川は重太郎の天下無敵ぶりを証する一挿話としてあげているが、典拠によればこの時重太郎は海賊の将北條藤之助に味方のふりをして近づき、藤之助は重太郎にすっかり敬服、兄弟の盃をしようと言い出すほど信頼していた。藤之助は重太郎の助言に従い領主細川越中守の城を奪うべく乗り出すが、土壇場で重太郎は間者であったことを明かして藤之助をはじめとする海賊たちを捕縛する。しかもはじめは「地面に細縄で輪を拵へて」、知らずにその中に入る海賊を二人ずつ仕留めていくことを「数十度」繰り返すという、たいへん細かい作業をしている（二三五）。決してはじめから腕ずくで退治したのではなく、とりようによってはずる賢い、せこいとも言えるやり方である。

しかし芥川はそのことには触れず、「人間以上に強い」ことのみを強調する。別の部分（先掲引用B）では「思索などは余りしなかつたらしい」とも言い、頭を使わず、怪力でどこまでも押して行く重太郎像を描いている。そして「我々の真に愛するものは常にこの強勇の持ち主である」として、「善悪の観念を脚下に蹂躙する豪傑」重太郎をニーチェの「超人」と重ねる。牢破りを国法破りと解釈し、狒退治を「神と云ふ偶像の法律をも蹂躙した」と解釈する。その「超人」性こそ芥川が重太郎に、講談の英雄に求めたものであった。従って典拠にあるような重太郎のケチくさいエピソードは無用なのである。

芥川は「我々は熱烈に岩見重太郎を愛してゐる」とまで言う。この芥川の重太郎への愛、講談の英雄への憧れは、文章に表れたものでその淵源をたどれば府立三中時代の「義仲論」（府立三中「学友会雑誌」明四三・二）で木曾義仲を「革命の使命を帯びたる健児」「彼は野生の児也」と書いたことにある。またその先を見れば最晩年に書いたキリスト論「西方の人」（「改造」昭二・八）における「精霊は必ずしも「聖なるもの」ではない。唯「永遠に超えんとするもの」である。」「我々は時々善悪の彼岸に精霊の歩いてゐるのを見るであらう。」という一節につながっていく（この点については清水康次『芥川文学の方法と世界』（和泉書院　平六）第三部「「野生」の系譜」等の先行研究がある）。講談の英雄は、芥川文学にとって決して見過ごすことのできない位置を占めているのである。

第六章とその補論では、芥川や荒畑寒村の作品と博文館長篇講談との関わりを論じたが、小説以外でも、芥川は上述のように博文館長篇講談を下敷きにしている。この叢書が大正期の作家たちの参考書として用いられていた様子がわかるが、全一二五冊ある叢書には、まだまだ大正期文壇との関わりが隠されていることであろう。

（二）斎藤茂吉

第一節　はじめに

「僻見」で芥川が岩見重太郎と同様に熱っぽく語ったのが斎藤茂吉についてであり、「僻見」のうちの一章「斎藤茂吉」は、芥川の茂吉論としてあまりに有名である。この中で芥川は、茂吉が「僕の心の一角にいつか根を下してゐる」と言い、茂吉を自らの「芸術上の導者」だと語る。茂吉を冷静に見ることは自分自身を冷静に見ることだから簡単ではないとまで言っており、「あの熱っぽい文章も、裏返しにすれば芥川自身の負の世界を語る」（本林勝夫「芥川龍之介と斎藤茂吉」／「國文學」昭四一・一二）、「内なる白秋を匿すアリバイ工作」（佐々木充「竜之介における白秋」／「国語国文研究」昭四七・一〇）、「茂吉を意識的に宣揚することの翳で、自己の過去に確かにあった北原白秋や吉井勇に傾倒していた自己を、自ら葬り去った」（石割透『芥川龍之介――初期作品の展開』第5章　有精堂出版昭六〇）など、この文章の裏にあるものを読む見解も多い。

「僻見」が発表された時、茂吉は医学研究のため留学中で、歌壇の活動も休止していた。留学は大正十年末からで、帰国するのは大正十四年一月である。歌壇に茂吉が不在の時期、芥川はなぜあのような茂吉論を書いたのか。芥川自身の心情の吐露、あるいはその裏返し、と読むことは妥当であろうけれども、一篇の歌論として読むとき、あの熱い語り口とは別に、芥川が当時の歌壇で議論されていた問題について、冷静に自己の見解を示していることがわかる。次節からは「僻見」の茂吉論と、同時代歌壇との関係を考えてみたい。

第二節　萩原朔太郎の歌論

「僻見」の茂吉論の終わり近く、芥川はなぜ自分が「茂吉を好んだ」か、茂吉に「芸術上の導者を発見した」のか、その理由を次のように述べている。

僕は上にかう述べた。「近代の日本の文芸は横に西洋を模倣しながら、竪には日本の土に根ざした独自性の表現に志してゐる。」僕は又上にかう述べた。「茂吉はこの竪横の両面を最高度に具へた歌人である。」茂吉よりも秀歌の多い歌人も広い天下にはあることであらう。しかし「赤光」の作者のやうに、近代の日本の文芸に対する、――少くとも僕の命を託した同時代の日本の文芸に対する象徴的な位置に立つた歌人の一人もゐないことは確かである。歌人？――何も歌人に限つたことではない。二三の例外を除きさへすれば、あらゆる芸術の士の中にも、茂吉ほど時代を象徴したものは一人もゐなかつたと云はなければならぬ。〔傍線引用者、以下同じ〕

また「西洋を模倣しながら」という部分に関連して、芥川はこれより前の部分で「模倣」について触れ、「芸術上の理解の透徹した時には、模倣はもう殆ど模倣ではない。」と言い、茂吉の歌に見られる西洋絵画の影響を例示している。

これら〈時代の象徴〉、〈西洋の模倣〉という言葉は、それ自体では決して特異な言葉ではないのだが、〈時代〉〈西洋模倣〉は大正十一年から十二年にかけて歌壇を賑わせた論争における、キーワードの一つであった。その背景の中で見れば、芥川のこの主張には当時の歌壇とのかかわりが見えてくる。

論争は萩原朔太郎が大正十一年五月の「短歌雑誌」に発表した「現歌壇への公開状――耳ありて聴く者は聴くべ

し――」に端を発し、同誌を中心に諸氏による応酬となり、朔太郎自身が「歌壇論の総勘定」（「短歌雑誌」大一二・二～三）を書いていったん収拾をつけた。きっかけとなった「現歌壇への公開状」において朔太郎は、詩歌の文壇における意義は「時代の感情」を歌うところにあるのに、現在の歌壇にはどこにも「時代の新しい感情」がない、と批判した。アララギ派を中心とした歌壇で「萬葉集崇拝」が広まり、また主観や情熱を排し「叡智偏重」に陥り、誰も彼もが清新さのない老人のような歌を作っている「老人の歌壇」を、朔太郎は詩人の立場から論難した。

翌六月号の「短歌雑誌」には、朔太郎への直接の反駁は掲載されていないが、花田比露思が「時代と歌との交渉」で朔太郎の論にも触れつつ、「時代」を取り入れようとすれば「流行」を追うことになり、それは「真の詩人」のすべきことではない、という論を示した。次の七月号の「短歌雑誌」には朔太郎への反論が数本載せられ、論争が始まった。論点の一つが、朔太郎の言う〈時代の感情〉である。朔太郎が「現歌壇への公開状」において「およそ今日の日本に於ける最も鮮新な空気は、常に西洋の文明によつて輸入される。されば西洋の香気を漂渺するところには、常に時代の最も若々しい気分、最も青年らしい悦びが感じられる」云々と述べたことは、〈時代の感情〉イコール西洋思想、西洋模倣であると受取られた。同誌七月号で尾山篤二郎は「西洋の思想を取り入れるとそんなにまで常に新鮮でゐられるのか」「若しその時代の若々しい気分とか本統に体験する為めには、吾々の凡そ詩に携る程の者は惣て西洋に移住しなくてはならぬことになりはしないか。」（「萩原朔太郎氏に答へ併て詩壇の人々に寄す」）と難じた。また臼田亞浪「俳人としての立場から――萩原氏の公開状を読んで――」も、「単に時代的な作品といふことのみを鑑賞批判の標準として、其の価値を論断することは余りに早計」であり、「時代を貫き時間を絶した永遠の生命」に価値があるとした。同号誌上には藻谷六郎（応募公開状）の「耳ありて聞きし者より」という朔太郎への駁論もあり、短歌は「日本古来特有の詩であつて強がち西洋の模倣を必要としない」、「歌壇は時世に遅れてゐるのではなくして流行を超越してゐる」などと主張している。

このような意見に対し、朔太郎は翌八月号の「短歌雑誌」に「歌壇の人々に答ふ」を書いた。朔太郎は、明治初年以来の日本が「西洋の空気を取り入れることによつて革新された新社会」であり、我々がその中で生活している以上、「たとへそこに東洋思想や日本趣味やを主唱する人があつても、その思想のリズムは矢張西洋臭い感情であり、つまり時代に対する時代の逆説を言ふにすぎないのだ。」「私の意は西洋模倣のハイカラを奨励するのでない。我々が西洋を好むと好まないとに関らず、我々の時代の日本は西洋風になりつゝあるのだ。〔中略〕かうした境遇に育つた我々の趣味や感情やが、自然西洋臭くなつて居るのは当然である。」と述べた。

さらに同誌大正十一年十月号で朔太郎は、これまでの自説を「具体的の実証論」に移すとして「再び現歌壇への公開状」を書いた。その中で「時代の感情」を歌い上げた例として北原白秋と並んで茂吉の「赤光」を挙げている。〔白秋の〕「桐の花」「雲母集」の二歌集に現はれた情想は、我々の長詩と共通の者であつた。つまり「西洋文明を受け入れた以後に於ける若き日本人の詩想——それは世界的に一味共通の詩美」が示されてゐた。かの斎藤茂吉氏の「赤光」も矢張さうであつた。あの歌集には、近代人の生活を象徴する特異な感覚と特異な神経が歌はれてゐる。即ちその「根本の気分」に於ては、ボオドレエルやラムボオの詩と一味共通のものがある。そしてそれ故に、之等の歌集は、我等非歌人にも充分理解され、我等詩人の生活にも近く触れてくるのである。即ち尚一層広く言へば、此等の歌集は現時の日本に於て時代的意義を有して居るのである。〔中略〕歌の「時代的価値」は、明白に言つて北原氏の「雲母集」斎藤氏の「赤光」以後紛失されてしまつたのだ。

この朔太郎の論と、先に引用した芥川の茂吉論とを比べてみると、朔太郎が茂吉の〈西洋〉に注目して「近代人の生活を象徴」し「時代的意義」を持つと称えているのに対し、芥川は〈西洋〉と〈日本〉を併せ持つことにこそ茂吉の時代的意義があるとしている。もとより朔太郎も、茂吉の中にある日本の伝統、萬葉集を無視しているわけではない。別の論説では、「近くアララギの一派が発見した萬葉趣味のやうな、さういふ一代の新しい傾向」は

「新しい革命」であったと言い、直接茂吉の名前は出さないもののその功績を認め、続く歌人たちがその萬葉調を安易に模倣し、現今のように押しなべての歌壇に流行することが即ち「個性のない歌壇」なのだと述べている。（「山森政一君に答ふ」／「成長する魂」大一一・八）しかし、朔太郎が茂吉に認める「時代的意義」はあくまで「近代人の生活を象徴する特異な感覚と特異な神経」即ち世紀末西洋詩人たちと共通する「気分」であり、朔太郎は茂吉のその「気分」と「萬葉趣味」との共存について触れることはなかった。〈西洋模倣〉の問題に関しても、朔太郎は「無意味にして皮相なる西洋詩の模倣は、私の正面から鉄鎚を加へんとするものである。」（「歌壇へ最後の論説」／「覇王樹」大一二・一）と述べているものの、皮相でない西洋の影響としては先のように「根本の気分」といった表現をしている。皮相な模倣にしろ「気分」にしろ、それらは芥川が「僻見」の次の一節で批判した「感受性ばかりの産物」なのではないか。

幸福なる何人かの詩人たちは或は薔薇を歌ふことに、或はダイナマイトを歌ふことに彼等の西洋を誇つてゐる。が、彼等の西洋を茂吉の西洋に比べて見るが好い。茂吉の西洋はをのづから深処に徹した美に充ちてゐる。これは彼等の西洋のやうに感受性ばかりの産物ではない。

「短歌雑誌」を中心に、一年近くにわたったこの論争を、そしてその中で論じられた西洋模倣という問題や朔太郎が述べた「赤光」の〈時代的意義〉を、芥川が知らなかったはずはない。「短歌雑誌」はそれまでに芥川自身数回寄稿しており、特に大正九年六月号に寄せた「短歌雑感」では「短歌雑誌には生活派の歌と云ふのが出てゐる」と、同誌に目を通していた様子もうかがえる。また注目度という意味でも、例えば大正十一年を振り返っての文芸界諸氏へのアンケート「大正十一年の歌壇考察」（「短歌雑誌」大一二・一）では、二十名中十五名が何らかの形でこの論争に触れており、かなり注目されていたことがわかる。芥川がこの茂吉論を発表した大正十三年三月にはこの論争自体は終わっていたが、〈時代〉の問題は尾を引いていた。十三年一月の「短歌雑誌」には、花田比露思が

「短歌と時代相」と題した論を掲げ、「私が尊ぶのは、時代に即くも即かぬも、時代に対する深き心の揺らぎである。此の深き心のうちに時代がまざ〳〵と漂うてこそ」「歌に時代が現はるれ《〔ママ〕》と思ふ」、「単に時代の皮相を追ふは、軽薄殆んど言ふに足らない」などと論じた。「深処に徹した美」という芥川の論と重なるものがある。同年二月の同誌には、応募公開状として山田弘道「短歌に於ける時代相に就て」があり、「近頃歌壇では短歌が時代相を帯びるものか、否かに就て、可成有力に論議されてゐる」という。なお、この論では「時代相を意識的に短歌に歌ひ込む運動の提唱は許されないだらうか」と提案している。

芥川はこれら歌壇で論じられている問題に自分なりの答を示す形で、「時代を象徴」する歌人としての茂吉を論じてみせたのではないだろうか。茂吉の歌における西洋絵画の影響や、〈模倣〉の問題などは芥川が絶賛した茂吉の評論・随筆集『童馬漫語』（春陽堂　大八）でも触れられており、必ずしも論争の影響だけとは限らないが、歌壇でのこの論争を背景に置くことで、芥川の茂吉論を芥川自身の問題の吐露、裏返し、という面ではなく、一つの歌論として位置づけることができる。

第三節　用語問題

> 且又茂吉は詩歌に対する眼を開けてくれたばかりではない。あらゆる文芸上の形式美に対する眼をあける手伝ひもしてくれたのである。眼を？――或は耳をとも云はれぬことはない。僕はこの耳を得なかつたとすれば、「無精さやかき起されし春の雨」の音にも無関心に通り過ぎたであらう。（「僻見」）

ここでいう「形式美」について、もちろん小説界でも内容と形式の問題は議論になっていたが、当時の歌壇で「形式」といえば自由律短歌を論ずる際の言葉であった。〈形式〉問題、そしてそれと関わる〈用語問題〉は、「僻見」

が発表された大正十三年ごろの歌壇の一大関心事であった。大正十二年十二月十一日「東京朝日新聞」に、若山牧水は「歌の窮屈」と題して「なんといふちつぽけな窮屈なものが歌であることよ」「用語問題なども尤ものことではあるが、それより先にこの窮屈さを取り除かないことには全くやりきれない」「その窮屈さは決して言葉や形式の問題でない」と書いた。短歌に古語、特に所謂〈萬葉語〉を使うべきか否かについての議論は以前からあったが、この頃、口語歌と自由律歌が広がりはじめたことで、口語か古語かという〈用語問題〉、三十一文字の形式を破るか否かという〈形式問題〉がさかんに論じられていた。

島木赤彦は「アララギ」誌上の「山房独語㈩」（大一二・一二）で、「近頃口語短歌といふものが数人の作家によつて作り出されて、それらのうちに最新派といふ銘が打ち出されたやうである」と揶揄している。〈用語問題〉に関しては赤彦および同じ「アララギ」の土田耕平と、「萬葉語」を批判する前田夕暮との間で論争もあった。大正十二年四月三・五・六日にわたり、夕暮は「歌壇に送る言葉」（上中下）を「東京朝日新聞」に載せて赤彦らの「萬葉語」を批判し、前節で触れた朔太郎の論を受け、「歌つてゐる人は現代の人であるのに、用語は萬葉語を使用し、精神は新古今にずり落て居る」（上）、「萬葉の精神を忘れて唯其言葉なり振りなりを模倣してゐるに過ぎない」（中）などと述べた。口語歌については「今の短歌が口語歌なる名称の下に全然口語で表現せなければならぬとは思つてゐない」（中）としながらも、「吾々の短歌も遅蒔ながら現代語彙に依て表現せらるべき時代が来てゐる様だ」（下）と述べた。土田耕平は四月一四・一五日の同紙上で「夕暮氏に」（上下）を発表し、萬葉語が活きているなら萬葉の精神も活きているはずで、用語と精神を分けて論ずるなどとは作者として不徹底な証拠だ、と反論した。赤彦も「アララギ」同年五月号の「山房独語㈤」で反論、夕暮が「短歌雑誌」六月号の「島木、土田両君に答ふ」でさらに反駁するなど論争となったが、関東大震災で「アララギ」が震災号となり、「短歌雑誌」も数ヶ月休刊した間にうやむやになった形である。

自由律に関してはこのころの議論では多くの場合「自由形式」という言葉が使われている。角鷗東「行余雑筆」（一三）（「心の花」大一二・二）は、短歌は「三十一音を基調とするところに、形式上の根本約束がある」とし、「此の形式上の要件を破壊」すれば「最早短歌といふべきものではない」と述べている。「僻見」の茂吉論と同じ十三年三月に「アララギ」に掲載された「自由形式の要求について」（高田浪吉）は、「所謂短歌自由形式論者は、運動に止まつて、信仰の道に入れない人達である」と締め括った、自由形式歌反対論である。翌四月に創刊され、「アララギ」に対抗したとも言われる歌誌「日光」の「創刊の言葉」には「内容・形式・用語に関して真摯なる研究が拓かれなければなりません」とあり、同号に掲載の石原純「短歌の新形式を論ず」は、「私たちは併し詩歌をつくらうとする場合にどんな言葉を用ひなくてはならないと云ふ少しの束縛制約をも置きたくありません。」などとし、「口語歌」「自由形式」短歌を主張した。

このような用語・形式問題を背景に先掲の芥川の「形式美」という言葉に戻れば、この一節は、定型、文語ならではの〈調べ〉の美しさを説いたものと読むことができる。芥川はこれより前に「芭蕉雑記」（「新潮」大一二・一一）でも、「僻見」で引いているのと同じ「無精さやかき起されし春の雨」の句を引いて、「「調べ」の美しさ」について説いており、「芭蕉の俳諧を愛する人の耳の穴をあけぬのは残念である」と言っている。そして「僻見」ではこの耳（眼）を茂吉にあけてもらったという。茂吉は『童馬漫語』（本章第二節先掲）の三十八節「東歌一首」で、萬葉集の東歌から一首を引き、「音調」の快さを指摘している。また渡欧前に執筆し「アララギ」（大一一・一）に掲載された「萬葉集短歌輪講　五八」では、「春過ぎて夏来るらし…」の歌について「此の歌の調べの音楽的要素について真に味ひうるものは、さう多くは居ない筈である」と述べた。自らの〈耳〉に自信を持ち、逆に言えば多くの歌人や論者は〈耳〉を持たないと言っていることになる。芥川も先の引用のように、「芭蕉雑記」で同じことを嘆じているが、それと同じことが「僻見」発表時の歌壇における用語・形式問題にもあてはまる。

大正十三年一月、「短歌雑誌」における誌上討論「昨今の口語歌の可否を論ず」の中で、口語歌賛成派の投稿者が、

一部の人々は次の如く云ふ。短歌には短歌形式の約束がある、歌は調べである。そこでわれわれはこの約束を、この調べを無視しない以上、われわれの用語をとゝのへる必要がある。それにはとうてい蕪雑な現代口語なぞ歌の言葉となり得ない、と。口語には無駄が多い。古語は簡素にして、よく歌調をとゝのへるに適する、と。

それらの人々はあまりに口語を蔑視し過ぎはしないか。

と書いている。一方で反対派の投稿者は歌はリズムを重視すべきで、口語歌はそれを無視するものだから価値はない、とする。また同誌上には半田良平の「短歌韻律論」もあり、自由律短歌運動への反論としてリズムの美の重要性を説いている。「アララギ」の土田耕平も「僻見」より後の大正十三年五月の「アララギ」誌上「林間雑記」で「歌で最も重んずべきは一首の声調」だと述べている。しかし〈調べの音楽的要素〉を置き去りにした用語・形式論争も多く、芥川が「僻見」で「形式美」として〈耳〉の重要性を説いた背景には、このような用語・形式論争に対する自己の見解を示す意図があったのではないだろうか。

第四節　おわりに

以上のように、「僻見」における芥川の茂吉論を当時の歌壇における諸問題を背景にして見るとき、そこには芥川自身の言葉以上に冷静な歌論、茂吉論が展開されており、茂吉不在期の歌壇での議論に対する、芥川の見解を示したものであることがわかる。想像をたくましくすれば、茂吉がいたならこう言うだろうと、代弁する気持ちもあったのかもしれない。現に橋田東聲は「斎藤茂吉氏に与へて歌壇の近状を報ずる書（上）」（「短歌雑誌」大一二・

二）で、「貴方がいなくなつてから歌壇には元気のよい論争がなくなりました」と、歌人としてだけでなく論客としての茂吉の復帰を待望している。

その茂吉が帰国するのは大正十四年一月だが、帰着直前の十三年十二月末の船中で、茂吉は自分の病院が全焼したことを知らされ、帰着後は病院再建に奔走することになる。そのような中で、大正十四年十月二十四日の書簡で芥川は茂吉に「博物館」の「仏画展覧会」を見に行くようすすめている。茂吉は二十六日の二通の芥川宛書簡で「家事の事実に切迫せる事などあり、このごろ混乱の状態」としながらも大急ぎで行って三十分ほど見てきたと報告、芥川も二十七日に「申上げ甲斐ありてうれしく存候」と返し、さらに茂吉は二十九日の書簡で「仏画は実にありがたく御座候ひき。あの日まゐらざればなかなかまゐり兼ね候処に御座候ひき」と芥川に感謝している。この展覧会とは、「中央美術」（大一四・一二）の「美術界消息」の記載からして、この年十月十六日から十一月八日まで帝室博物館で開かれた「仏教関係国宝絵画特別展」である。（注）

片野達郎『斎藤茂吉のヴァン・ゴッホ』（講談社　昭六一）で年譜にまとめられているように、茂吉は留学中にルーヴル美術館はじめ各地の美術館をめぐり、近代西洋絵画を数多く目の当たりにしてきた。その茂吉に対し、帰国後、「国宝」の仏教画を見るようにすすめる。そこには東洋と西洋、「竪横の両面を最高度に具へた歌人」としての茂吉への期待が込められていたのでは、と考えるのは深読みにすぎるだろうか。

芥川自身「西洋を学んで成らずその内に東洋を忘れてゐる」（大九・三・三一　滝田樗陰宛書簡）という自嘲を込めて使った「寿陵余子」というペンネーム、即ち東洋と西洋の問題は、晩年、遺稿となった「歯車」で言及されているように自嘲の域を超えて芥川を苦しめる。芥川と茂吉を論じる際よく言われるように、「歯車」には「赤光」という節があり、『赤光』の再版を送ると言う甥からの手紙を読み、「僕」は「赤光」という言葉に「何ものかの冷笑を感じ」部屋の外へ避難する。〈赤い光〉の不気味さ、歌集『赤光』所収歌にある狂人や棺のイメージ、また芥川を苦しめた親族の放火疑惑と茂吉の火難とのイメージ連鎖、そして「僕」が寿陵余子にすぎず茂吉に及ばないことなど、「冷笑」の意味はさまざまに解釈できよう。茂吉を「竪横〔日本と西洋〕の両面を最高度に具へた歌人」と称え、「芸術上の導者を発見した」と語った「僻見」の茂吉論には、上述のように冷静な歌論としての一面がある。しかし最晩年の「歯車」ではその茂吉論に「僕」が冷笑されているかのようである。

本章では、評論「僻見」のうちの二節をとりあげ、それぞれ当時の講談本、歌壇とのかかわりを示した。評論においても小説と同様に講談本などの参考文献を用い、同時代の文壇、歌壇に細かく目を配って自説を主張している芥川の姿が浮かびあがってくる。次章では、茂吉論でふれた東洋と西洋の問題に関連し、芥川最晩年の評論「文芸的な、余りに文芸的な」をとりあげる。

注

『芥川龍之介全集　第二十四巻』（岩波書店、第二刷　平二〇）の年譜、大正十四年十月二十四日の項には、「フランス画の展覧会に出かける」とある。この記述は葛巻義敏「芥川をめぐる女性」（吉田精一編『近代文学鑑賞講座第十一巻　芥川龍之介』角川書店　昭三三）に、「彼はこの年の十月二十四日に、博物館に仏画の展覧会を見に行き」とあるのによっているが、この日「博物館」であった「仏画」展覧会はフランス画ではなく仏教画である。

※　本章での茂吉の書簡からの引用は『斎藤茂吉全集　第三十三巻』（岩波書店　昭四九）によった。

第十章　評論の方法（二）「文芸的な、余りに文芸的な」
――「西洋の呼び声」――

第一節　二つの絵画

最後に、芥川最晩年の評論「文芸的な、余りに文芸的な」（「改造」昭二・四〜六、八）の第三十一章をとりあげ、芥川をとりまいていた美術（絵画）について考えてみたい。そこには前章の斎藤茂吉の節でも触れたように、近代日本が抱えた東洋と西洋という大きな問題がある。「文芸的な、余りに文芸的な」におけるいくつかの絵画への言及については、「これらの絵との邂逅がなければ、多くの芥川の評論は精彩を欠いたものになったであろう」（安藤公美「I絵画の時代」／『芥川龍之介　絵画・開化・都市・映画』翰林書房　平一八）という指摘もある。では芥川はいつ、どこでそれらの絵画に出会ったのか。その時期を特定することは、「文芸的な、余りに文芸的な」のみならず芥川における東洋と西洋の問題を考える上で重要である。具体的には、芥川のギリシア観の変化を解く鍵になる。

東洋と西洋の問題に関して、最晩年の芥川が至った一つの結論は、

僕はここにだけ――このギリシアにだけ僕等の東洋に対立する「西洋の呼び声」を感じるのである。

（「文芸的な、余りに文芸的な」三十一「西洋の呼び声」）（以下、出典を示さない引用文は全てこの章からの引用である）

ということであった。芥川は、

図1　ルドン「若き日の仏陀」（個人蔵）

> 僕はこの不可思議なギリシアこそ最も西洋的な文芸上の作品を僕等の日本語に翻訳することを遮げてゐるのではないかと思つてゐる。或は僕等日本人の正確に理解することさへ（語学上の障害は暫らく問はず）遮げてゐるのではないかと思つてゐる。一枚のルドンは、——いや、いつかフランス美術展覧会に出てゐたモロオの「サロメ」（?・）さへかう云ふ点では僕に東西を切り離した大海を想はせずには措かなかつた。（傍線引用者、以下同じ）

と述べ、東西両洋を切り離し、しかも「僕等」日本人が引き寄せられずにはいられない存在として〈不可思議なギリシア〉をあげ、ギリシア美術のみならずルドンの「若き仏陀」、モローの「サロメ」（?）という二枚の絵にもギリシアを感じるとしている。本章ではこの「西洋の呼び声」について、芥川の目に触れた美術や同時代の美術評論から、その源泉を考察する。

> 僕はゴオガンの橙色の女に「野性の呼び声」を感じてゐる。しかし又ルドンの「若き仏陀」（土田麦僊氏所蔵?）に「西洋の呼び声」を感じてゐる。

このゴーギャンの絵は、直前の三十章「野性の呼び声」によれば「前に光風会に出た」「「タイチの女」（?）」である。『もうひとりの芥川龍之介』（生誕百年記念展図録　産経新聞社　平四）ではこれを大原コレクションの「かぐわしき大地」と推定する。堀まどか「芥川の「ゴーギャン」をめぐる考察」（『国文目白』平一一・二）が指摘するように、光風会第十一回展（大一三・五・二三～六・七　於上野竹之台陳列館）で、特別陳列として大原コレクションのゴーギャン「楽土」（タヒチの女）が公開されている。現在の訳題とは異なるが、「楽土」は「かぐわしき大地」のことであろう。

では「若き仏陀」はどこで見たのか？直接見たのか、図版か。断定はできないが、それぞれの可能性を検討したい。「文芸的な、余りに文芸的な」の「西洋の呼び声」部分が発表されたのは昭和二年六月。「若き仏陀」は、京都の日本画家土田麦僊が滞欧中パリで購入し、大正十二年五月、日本に持ち帰った。現在は「若き日の仏陀」と呼ばれ、京都国立近代美術館寄託、登録美術品である（図1）。麦僊帰国以降、昭和二年六月までの四年間、「若き仏陀」が公開された（或はその可能性がある）のは二回のみである。

①麦僊が帰国直後の大正十二年五月十九～二十二日、滞欧中に購入した数々の美術品と共に、京都のアトリエで知人たちに公開。このことは「大阪時事新報」大正十二年五月二十日、二十一日の記事「古代の芸術品から近代名画の代表作を洛西衣笠の画塾に陳列して知友己人を待つ麦僊画伯」で詳細に知られるほか、「大阪毎日新聞」大正十二年五月二十日にも「洋画陳列」の見出しで小さく報じられている。前者の二十一日の記事には会場内の写真もあり、「若き仏陀」が確かにある。また、この際の案内状が田中日佐夫「土田麦僊の野村一志あて書簡」（「美学美術史論集」昭五九・八）にある。それらによれば、ルドンのほかセザンヌ、ルノアール、ゴッホ、ルソー等の油絵十一点、ミレー、ドラクロワ等の素描十二点、版画八点、ギリシアやエジプト、ペルシャ、ローマの彫刻や陶器も公開された。

②第四回国画創作協会展京都陳列会（大一四・一・一一～二五　於岡崎第二勧業館）において、休憩室で麦僊蔵のルドン、ルソー、ゴッホ、ルノアールの絵が参考陳列された（原田平作、島田康寛、上薗四郎編『国画創作協会の全貌』光村推古書院　平八　による）。「若き仏陀」が含まれていた可能性が高い。

どちらの機会にも、公開期間中に芥川が京都を訪れた記録はない。芥川が「若き仏陀」を直接見たとするなら、京都へ旅行した際、個人的に麦僊宅を訪れたことになる。この四年間に芥川が京都を訪れたのは、わかっている限りで大正十二年十二月十七～三十日と、大正十三年五月二十二～二十五日。芥川と麦僊の直接の交友を示す資料はなく、仲介者として考えられるのは、芥川の京都滞在時の世話役ともいえる日本画家、小林雨郊である。雨郊と麦僊の交友に関しては、石割透「京都・東京――その文化交流の側面　序　小林雨郊と芥川龍之介」(「駒澤短期大学研究紀要」平一二・三)によれば雨郊宛の麦僊の書簡が残されているという。また、田中日佐夫「土田麦僊のヨーロッパからの書簡(続篇)」(「美学美術史論集」昭六三・一二)所載、大正十一年八月五日の妻宛書簡で、麦僊は「こちらのブドー酒を少し持つて皈りたいと思ふ」「持つて皈る途中ではクサラなかつたか、小林雨郊君が持つて皈つたから聞いて見てくれ、電話でいゝ」と書いていることからも交友が確認できる。芥川が「若き仏陀」を直接見たなら、その雨郊が、おそらくは大正十二年十二月に芥川が京都に滞在した際、半年あまり前に京都画壇で話題になった麦僊のコレクションを見せたいと考え、仲介したのではなかろうか。ちなみに、先掲「土田麦僊の野村一志あて書簡」によれば、大正十二年十二月十七日、芥川が京都に着いた日に麦僊は名古屋にいる。この日の書簡で麦僊は二十三日ごろまでいる予定だとしながら、十二月三十一日の書簡では家の急用で突然帰宅したことを詫びており、翌大正十三年一月十一日の書簡でも再度「滞名中は失礼致しました、突然の急用で帰京致しましてから病気に取りつかれ」と詫びている。つまり予定の二十三日以前に京都に帰ったらしい。従って芥川が京都に滞在中の少なくとも後半には、麦僊も自宅にいた。

麦僊宅で見たとすると、芥川が「土田麦僊氏所蔵」に「?」を付けているのが不審だが、絵の印象だけが強くあり、どこで見たかはうろ覚えだったという可能性もある。

次に「若き仏陀」を図版で見たとする場合、「中央美術」(大一三・五)にカラー図版がある。編輯後記には麦僊に乞うて大阪で製版させてもらったとある。「中央美術」は芥川もかつて寄稿した雑誌で、これを見た可能性がある。昭和二年六月までに画集への所載は管見の限り確認できなかった。ゴッホの画集で絵というものを了解した（「或阿呆の一生」）という芥川であるから、図版で見た可能性も否定できない。

いずれにせよ、芥川と「若き仏陀」の出会いは大正十二年末から十三年半ばの間と推定できる。なお、麦僊が持ち帰った多くの美術品の中でも「若き仏陀」は名品とされていた。先に言及した「大阪時事新報」大正十二年五月二十一日の記事には、「油絵十一点の中ではルドンの「若き仏陀」が最も注目を惹く、其象徴的な作風は固より殊に色彩の感じは何とも譬へやうなきものである作家が或る現実以上の世界を仰望せる空想的な心持はよく観る者に味はへる」とある。

それでは、芥川がギリシアを感じるというもう一つの絵、モローの「サロメ」（?）はどうであろう。

一枚のルドンは、――いや、いつかフランス美術展覧会に出てゐたモロオの「サロメ」（?）さへかう云ふ点では僕に東西を切り離した大海を想はせずには措かなかつた。

先掲『もうひとりの芥川龍之介』は、モローのサロメの絵はこの時点では日本に入っていないことから、これを大原コレクションの「雅歌」と推定する。しかしフランス美術展覧会（仏蘭西現代美術展覧会のこと）で見たと言っている点と、絵の構図から考えると「オルフエの首を持てるトラスの娘」であろう。

同展覧会は「今でいう展示即売会であった」（宮崎克己「日本の西洋美術コレクション 1890–1940」／『西洋美術に魅せられた15人のコレクターたち 1890–1940』石橋財団ブリヂストン美術館　平九）ので、大原孫三郎蔵の「雅歌」を出品したとは考えにくい。念のため確認すると、同展の大正十一年（第一回展）から昭和二年（第六回展）までの図録のうち、所在不明の第二回展図録を除くものに「雅歌」にあたる絵はない。また第二回展目録は「中央美術」（大一二・五）にあるが、モローの名はない。従って芥川が「フランス美術展覧会」で見たのは「雅歌」ではなかろう。

ちなみに芥川は大正十二年（推定）の書簡で、ルノアール「座せる裸婦」の絵葉書に「フランス美術展覧会」に行

図２　モロー「オルフヱの首を持てるトラスの娘」（京都工芸繊維大学附属図書館蔵『大正十四年仏蘭西現代美術展覧会図録』より）

ったと書いているが、これは第二回展のことである。

一方、モローの「オルフヱの首を持てるトラスの娘」は大正十四年九月二〜二十三日、上野の日本美術協会列品館での第四回仏蘭西現代美術展覧会に出品され、同展図録（日仏芸術社　大一四）に掲載されている（図２）。「古い方で第一に注意すべきは、ギユスターヴ・モローの作品が三点ある事である。モローの作品は仏蘭西でも得る事が非常に困難なものだといふ事で、日本に来る事は無論頗る珍とすべきである」（黒田鵬心「本年の仏蘭西現代美術展覧会」／「日仏芸術」大一四・九）というように、注目されていた。太田三郎「仏蘭西現代美術展」（「中央美術」大一四・一〇）でも、同時に展示されたモローの二作品「聖セバスチアン」「クレオパトラ」とあわせて、「この展観を香気づけるもの」「ともにみな砕いた宝石をいちめんに塡充したやうな眩しさを画面に磅礴させてをり、其処に人は、宛らわか《〔ママ〕》藤原期の仏画に見るやうな或る荘重さを感ぜさせられたりもせやう。」と評されている。なお、第四回展はこの後、名古屋と大阪をまわり十二月に再び東京で開催された。その際は九月の展示で中心をなしたものに、その後新たに到着した絵画を加えている（「日仏芸術」大一四・一二の記事より）。

ピエール・ルイ・マチュー『ギュスターヴ・モロー　その芸術と生涯及び後世代』（高階秀爾・隠岐由紀子訳　三省堂　昭五五）によれば、モローの「オルフェウス」、「オルフェウスの首を運ぶトラキアの（若い）娘」等と題する絵は、一八六六年のサロンに出品後、国家買上げとなった有名な「オルフェウス」をはじめ、習作等を含めて数点あり、いずれも娘が竪琴にのせたオルフェウスの首を持って見つめているという構図は同様である。このときの展覧会に出品されたものは習作の一つと考えられるが、男の生首を抱く女なので、芥川はサロメと記憶違いをしたのだろう。

以上のことから、「若き仏陀」「オルフヱの首を持てるトラスの娘」と芥川との出会いは、大正十二年末から大正十四年九月または十二月の間である。これらの絵がギリシアを想わせるというのは、生々しい人間性と、神秘性が見事に調和した美しさにおいてであろう。この調和の美に関しては、川上美那子「新たな小説論の試み——「文芸的な、余りに文芸的な」について——」（『有島武郎と同時代文学』審美社　平五）に言及があり、「若き仏陀」にこの調和を見ることについても、海老井英次「芥川龍之介の「不可思議なギリシア」」（『開化・恋愛・東京　漱石・龍之介』おうふう　平一三）に論じられているので、詳述はしない。

ただ、モローの絵についてはこれまで触れられていないようなので付言しておく。「オルフヱの首を持てるトラスの娘」は、描かれているのは名もなき平凡な娘と、生々しく断たれた首なのだが、神的な荘厳さをただよわせている。プルーストが「オルフェウス」について「ギュスタヴ・モローの神秘的世界についての覚書」（『プルースト全集15』筑摩書房　昭六二）で、「オルフェウスのもう生命のない頭」の中に「われわれを見つめる何かを」「ギュスタヴ・モローの思想を見る」として「詩人」モローの不滅性と重ねたように、生首という最も残酷な形で、肉体的には明らかに死んでいるオルフェウスであるが、詩人の永遠性を感じさせる。つまり、死すべき肉体を持つという人間的な要素と、それを超越した神的な要素が調和した美を、この絵も持っている。

この美しさ、芥川の言う「飽くまでも官能的な、——言はば肉感的な美しさの中に何か超自然と言ふ外はない魅力を含んだ美しさ」をギリシア美術自体に見ることは、むろん芥川だけの卓見ではない。

このころのギリシア文化に関する言説を見てみよう。木村荘八「古今の芸術観（一二）」（「アトリヱ」大一三・四）

は、古代ギリシアでは「人々の間に親しく「神」が介在する」とし、崇拝されたアポロ像の造形が「体育競技者の人体試作」によったことを指摘、「「神」が地上へ下りて来て人間と交歓を初めた」と述べる。矢代幸雄『西洋名彫刻古代篇』（福永書店　昭二・六）では、「古式女子立像数種《アルケイツク》」の解説部分で、「アテン市の守護女神アテナに奉仕する処女等が、単に刻まれてあるのに、処女等は、そのまゝ神々に紛れるほど荘厳である。人間を直視して、根本の存在にこれほどに純粋に感得する時、人は同時にまた神である。少なくとも希臘の神々とは、さういふものであつた」（四五）と述べ、また、墓碑浮彫の解説の中で「肉体美描写に専念」することで、「深い大きい霊界の何物かゞ、美しき肉体から醸し出され」（七五）る、とする。また、大正十三年に和訳が出版されたハウプトマン『希臘の春』（山口左門訳、春秋社）では、ギリシアの神々を「人間に近い争闘する神々」（一〇二）として崇拝する、と述べている。

解剖学的に見ても完璧だと言われるギリシア彫刻の肉体美と、そこから醸し出される官能性。また、ハウプトマンの前掲書が「希臘人が、あらゆる形式の卑しい恋愛《エロス》を味つてゐたことは、瓶絵を見ても分かる」（九六）と述べるように、陶器にも描かれているという、より直接的な官能性。そういった〈人間〉〈人体〉に徹した一面と、芥川が「超自然」という神的な一面とが調和した美は、ギリシア文化の特徴として広く認識されていた。しかし芥川はそれを近代西洋の二枚の絵にも見出し、東西の隔たりを感じたのである。

第二節　東西を切り離す存在

ギリシアが東西の相互理解を妨げていると言うのはなぜか。そこで芥川が日本の神々を描いた作の一つ「素戔嗚尊」（「大阪毎日新聞」大九・三・三〇〜六・六）に触れておく。

この作品について、吉田精一『芥川龍之介』（三省堂　昭一七）は「神々の世界を、人間の社会に引き下し、原始時代の素朴で赤裸々な人間性を「素戔嗚尊」に見出さうとした」と述べ、三好行雄『芥川龍之介論』（筑摩書房　昭五二）は「神々の謎を解くために、神と戦う人間をついに描かなかった。あるいは、描けなかった。」と述べた。失敗作だったことは、執筆中の芥川の書簡に「ボク毎日糞を嘗めるやうな思ひをしながら素戔嗚尊を書いてゐる一日も早くやめたい一心だけだ」などとあることからもわかる（大九・四・四　佐藤春夫宛）。恋愛し、罪を犯し、放蕩し、苦悩し、嫉妬する〈人間〉素戔嗚尊を描いて手痛い失敗をした芥川は、神的なものと人間的なものとの調和を、日本の神々では描き得なかった。

ちなみに、大正四年頃の執筆とされる芥川の未定稿「ナザレの耶蘇（仮）」は、ローマ人の会話形式をとり、その中で「ユピテルにしても　ヴエヌスにしても　ミネルヴアにしても　マルスにしても　きつと泥棒をしたり　間男をしたりしてゐる」と、ギリシア神話をもとにしたローマ神話の人間的な一面に言及している。

「素戔嗚尊」の連載と同時期に、「古今東西の雑書を引いて、衒学の気焰を挙」げた随筆「骨董羹」（「人間」大九・四～六）が、「寿陵余子」のペンネームで発表されている。「寿陵余子」は「僕自身西洋を学んで成らずその内に東洋を忘れてゐる所が邯鄲寿陵両所の歩き方を学び損なつた青年に似てゐる」（大九・三・三一　滝田樗陰宛書簡）ことから用いたもので、早くから書簡では用いていたが、公の著作にこの名を記したのはこれが初めてである。「素戔嗚尊」で、日本の神を描こうとして失敗したことで、東西両洋の間を中途半端にさまよう自らをあらためて強く感じたのではないか。

「西洋の呼び声」において、西洋に対する〈東洋〉には、漢詩や良寛の書など、「肉感」や生々しい人間性とは程遠いものがあげられている。芥川は、「虚無の遺伝がある東洋人の私」（「点心」／「新潮」大一〇・二、三）、「東洋の「あきらめ」」（「或社会主義者」／「東京日日新聞」昭二・一・三）など、〈東洋〉には枯淡なものを見ることが多い。葛西善蔵の作品に感じられるという「東洋詩的精神」も、「雨中の風景に似た或美しさ」と表現している（「文芸雑談」／「文藝春秋」昭二・一）。

このように、芥川はギリシア的調和の美を、〈東洋〉に見出すことはできなかった。

第三節　「不死鳥」ギリシア

しかし「素戔嗚尊」の時点では、そのようなギリシアが、「不死鳥」として近代西洋に根を張っていることを芥川は意識していなかった。谷口佳代子「芥川龍之介と森鷗外——「文藝的な、余りに文藝的な」を中心に——」（「福岡大学日本語日本文学」平八・一二）は、晩年の芥川はギリシアに野蛮な美を見るようになったと指摘するが、不死鳥ギリシアを強く意識する文章が見えるのも晩年である。井上洋子「「何か微妙なもの」とは何か？——鷗外評価と〈詩的精神〉——」（『芥川龍之介を学ぶ人のために』世界思想社　平一二）は、不死鳥ギリシアという考えをハイネの影響であると示唆する。

芥川のギリシアの神々への言及を見ると、早いものでは詩歌未定稿「ワグネル」（大四・一一・一九）で、「半人半馬神《ツエンタウル》」「妖女《ニクセ》」「牧羊神《パン》」というギリシアや古代ゲルマンの神たちが、キリスト教の「神」によって追い落とされる様子を描いている。「神々の微笑」（「新小説」大一一・一）でも、「大いなるパンは死にました。いや、パンも何時かは又よみ返るかも知れません。しかし我我はこの通り、未だに生きてゐるのです。」として、ギリシアの神々は、「造り変へる力」を持つ日本の神々と違い、キリスト教に滅ぼされたとする台詞がある。

しかし晩年、「或阿呆の一生」（遺稿）の「十六　枕」では、「彼は薔薇の葉の匂のする懐疑主義を枕にしながら、アナトオル・フランスの本を読んでゐた。が、いつかその枕の中にも半身半馬神のゐることには気づかなかつた。」と言う。薔薇は西洋の象徴である。西洋の中に潜むギリシアに、かつての自分は気づかなかったことを吐露したものである。この他にも「文芸的な、余りに文芸的な」では、アナトール・フランスを牧羊神にたとえている箇所が二つあり、自らが若い頃から強い影響を受けたアナトール・フランスにギリシアを見ている。そして「西洋の呼び声」では

西洋のかげにいつも目を醒ましてゐる一羽の不死鳥――不可思議なギリシアを恐れてゐるのである。

と言い、ルドンとモローという近代西洋の二枚の絵にギリシアを感じるとしている。

ギリシアが「不死鳥」であることは、芥川が言及しているハイネの著作以外でも広く言われていた。芥川が「雑筆」（「人間」大九・九、一一、大一〇・一）で言及したピエール・ルイス『アフロディテ』は、大正九年五月八日に読んだと書込みのある英訳本が日本近代文学館の芥川龍之介文庫に残されているが、その序文には「古代のさまざまな思想が覆されてしまったさなかにあって、ギリシアの偉大な官能性が、最も高邁な人々の額に一条の光のように残っている」とある（沓掛良彦訳　平凡社　平一〇）。ハウプトマン『希臘の春』（本章第一節に引用）には「大いなるパンは死ななかつた、――古代の衰弱からも、又は幾千年間の基督教徒の呪詛のためにも、死なかつた。そして、日に輝やく此の廃墟の間に、死んだと思はれた全神秘があり、鬼神《デエモン》と神々とは、死んだと云はれたパンと共に、今目の前に現れてゐる」（二一七-二一八）とある。

また、大正六年初版（文会堂書店）、十三年に増訂版（岩波書店）が出され、名著とされる坂口昂『世界に於ける希臘文明の潮流』では、聖母マリアの処女懐胎がギリシア神話の思想によることを指摘、「基督教会が異教を征服したのではなく、異教が基督教徒を征服したとも言へる」（二七六-二七七）と論じている。ちなみに同書は東洋との差異についても触れている。「肉身を解脱して精神につく」ことが「東洋的」であること（二七九）、ギリシアの欠点は「道徳的観念の薄弱なる」（三六六）ことで、「東洋人のそれと相異なる所ある」が、それがギリシアの「特相」

であることを述べる（三六七）。道徳観とは、先述のように神々が「泥棒」や「間男」もすることや、奔放な恋愛、性のことであろう。そういったものが東洋とは相容れないという見解である（ページ数は初版）。

このような言説があったことから考えて、ギリシアが近代西洋に潜む不死鳥であるという考えを、芥川が晩年に至るまで知識として知らなかったわけではあるまい。しかし、先に検証したように、大正十二年末から十四年の二枚の絵との出会いを経て、自らの文学的営為を顧みるとき、東西を切り離す大海をどうしても越えられないこと、また切り離す存在としての不死鳥ギリシアを、知識ではなく自らの問題として実感したのではないか。晩年におけるギリシア観の変化はそのためである。

※　本章の初出稿執筆に際し、ルドン「若き日の仏陀」と土田麦僊、第四回国画創作協会展に関して、京都市美術館の篠雅廣氏、京都国立近代美術館の内山武夫館長、島田康寛氏によるご教示、ご協力を、京都国立近代美術館学芸員の村上明子氏を通じて得ることができました（役職名はいずれも初出稿執筆当時）。記して御礼申し上げます。

［本書における芥川作品からの引用はすべて『芥川龍之介全集』（岩波書店　平七―一〇、第二刷　平一九―二〇）による。その他の引用は特に断ったものを除き、出典を記したとおりの初出紙誌および単行本による。雑誌のうち「白樺」「新思潮」「帝国文学」は複刻版によった。引用に際し、適宜旧字を新字に改め、ルビや傍点を略すなどしたほか、〔　〕内や傍線は引用者によるものである。］

初出一覧

第一章　……芥川龍之介「老年」考　（「別府大学国語国文学」第四十八号　平一八・一二）

第二章・第八章・第三章第五節

……「大正前期の歴史小説・史劇論――〈新解釈〉と〈歴史性〉をめぐる文壇的背景と芥川――」

……（「京都大学國文學論叢」第七号　平一三・一一）

第三章　……「芥川龍之介「或日の大石内蔵之助」の方法――人物造型を中心に――」

（「國語國文」第六十九巻第八号　平一二・八）

第四章　……「「戯作三昧」論――〈戯作者〉と〈芸術家〉――」

（「國語國文」第七十一巻第四号　平一四・四）

第五章　……「芥川龍之介「枯野抄」論」

（「國語國文」第七十巻第八号　平一三・八）

第六章　……「芥川龍之介「鼠小僧次郎吉」――講談本との関わりについて――」

（「日本近代文学」第七十三集　平一七・一〇）

補論（一）「芥川龍之介「鼠小僧次郎吉」その後――戯曲、映画による受容について――」

（「別府大学国語国文学」第四十七号　平一七・一二）

補論（二）「博文館長篇講談と大正期文壇――荒畑寒村の社会講談を例に――」

（「國語國文」第七十七巻第九号　平二〇・九）

第七章……「芥川龍之介「将軍」考――桃川若燕の講談本『乃木大将陣中珍談』との比較――」
（「國語國文」第七十二巻第三号　平一五・三）

第九章……「芥川と講談――岩見重太郎論をめぐって」
（「國文學 解釈と教材の研究」第五三巻第三号臨時号　平二〇・二）

「斎藤茂吉――「僻見」の背景――」
（「国文学　解釈と鑑賞」第七十二巻第九号　平一九・九）

第十章……「東と西「西洋の呼び声」――ギリシア・ルドン・モロー」
（「国文学　解釈と鑑賞」別冊「芥川龍之介　その知的空間」平一六・一）

いずれも本書をまとめるにあたり、初出稿に加筆や改稿をしています。

あとがき

本書は平成十七年三月に京都大学で認定を受けた学位論文『芥川龍之介　歴史小説の方法』をもとに、その他の芥川作品に関する拙論も併せてまとめたものです。芥川の歴史ものだけではなく、初期作品や評論についての論考もひとまとめにしましたが、「はじめに」で触れたように、芥川の執筆環境が目に見えるような研究を、という姿勢は全ての章、全ての拙論に共通しています。本書を通じて、芥川作品を、それを取り巻いていた環境すなわち同時代の小説、文献、評論、絵画等々とあわせ読む視点を提示できたならと思います。そしてまた本書が、執筆中の芥川の書斎を、机上を想像する楽しさを示すことができたらと願います。

同時代の環境を背景に置いた読みが、正しいのだというつもりはありません。ただ私は、作品をその生まれた場所に戻してみようとするとき、つまり同時代の環境の中に置いてみるとき、歳月の埃が払われ、作品は生き生きとよみがえると信じています。

中学生のときに芥川作品に惹かれ、塾へ通う電車やバスの中でちくま文庫版の全集を読みはじめました。何の知識もなく、特に評論の巻はほとんど理解できず投げ出してしまいました。そのような私が研究を志し、まだまだ未熟ながらもこれまで研究を続けてこられたのは、運に恵まれて多くの出会いを得たからです。京都大学で学部四回生になった年、芥川で卒業論文を書こうとしていると、芥川研究で著名な光華女子大学の清水康次先生が京大で講義を持たれてご指導を受けることができました。そして修士課程に進むと、清水先生が光華女子大学で開かれている近代文学研究会に参加し、以後就職で関西を離れるまで、同会にて出原隆俊先生、関肇先生、永淵朋枝先生や大学院生の方々から、さまざまなご指導、ご教示を受けました。修士課程に進んだ年にはまた、京大の総合人間学部に、芥川論でも業績を積まれていた須田千里先生が赴任され、以後、私が院生、研修員として在学した数年間にわたりご指導を受けました。就職で九州に移ってからは、赴任先の別府大学の先生方、諸学会の九州支部でお世話になっている先生方から、また近年発足した国際芥川龍之介学会では、日本のみならず海外も含めた多くの芥川研究の先生方からさまざまなご教示や刺激を受けています。

このように必要な時期に必要な出会いに恵まれる幸運があったために、これまで研究を続けてくることができました。故 日野龍夫先生、木田章義先生、大谷雅夫先生には、私が学部生の時から国語国文学専修の教官として、思い出すのも恥ずかしいような拙い卒業論文、修士論文を審査、指導していただき、木田先生、大谷先生、須田先生には博士論文もご審査いただきました。京大に講義に来られてご指導を受けた青木稔弥先生、堀部功夫先生、芥川龍之介研究会の吉岡由紀彦先生、京大の研究室の近代文学研究会でたくさんのご教示を賜った先輩、院生仲間の方々、専門とする時代は違っても、違うからこそ貴重な意見や教えをくださった研究室の先輩、同期、後輩の方々、どの出会いが欠けても本書に収めた拙論はこのようにはまとめられませんでした。またこのたび本書を出版することができたのも、京大の大先輩であり、非常勤先でもお世話になった矢野貫一先生から和泉書院の廣橋研三社長をご紹介いただいたからです。国文学をめぐる厳しい状況の中で出版をご許可下さり、加筆修正の多い拙稿に丁寧に対応して下さった廣橋社長とスタッフの皆様に心から御礼申し上げます。

そして、著書という形を取るには未熟すぎるかもしれない拙論を、敢えてまとめようと思ったのは、長男を出産したことがきっかけでした。産んでみるまでは、育児の合間に研究を続けようと思っていましたが、実際に生まれてみると、育児と家事に合間などありませんでした。何度も図書館に通い、多くの資料を閲覧、収集して調査分析し、といった研究は子どもが乳児であり長時間預けられないうちは到底不可能と悟りました。それならばと、この期間を、今までの自分の研究を振り返る時間に充てようと考えました。初出稿を見直して必要な部分は改稿し、既に収集してあった資料による確認を行ないました。初出稿発表後に諸氏により発表された研究論文や、改稿に必要な資料など、新たに入手しなければならないものも多々ありましたが、これにはインターネットで郵送複写が依頼できる国立国会図書館のサービスが大いに役立ちました。同館の近代デジタルライブラリーにも助けられ、身動きがとれない時のウェブサービスのありがたさを感じました。このようなサービスに携わる方々の努力があってこその研究です。また、どうしても図書館へ行かねばならない時には、実家の母に数時間息子を預かってもらいました。夫や母をはじめ家族の全面的な協力が得られたことにも感謝しています。

最後に、研究を続けることに悩んだとき、いつも思い出すのは芥川のこの言葉です。

芸術は生活の過剰ださうである。成程さうも思はれぬことはない。しかし人間を人間たらしめるものは常に生活の過剰である。僕等は人間たる尊厳の為に生活の過剰を作らなければならぬ。更に又巧みにその過剰を大いなる花束に仕上げねばならぬ。（「大震雑記」）

私にとって文学の研究とは、この花束をできる限りあざやかなままに現代に、未来に伝えてゆくためのものです。これからもそのことを心に据えて、少しずつでも研究を続けてゆきたいと願っています。

直接、間接の多くの出会いに感謝し、結びといたします。

平成二十一年初夏

奥野久美子

■ 著者略歴

奥野 久美子（おくの くみこ）

1976年名古屋市生まれ。京都大学文学部卒業。2003年京都大学大学院文学研究科博士後期課程単位取得満期退学（国語学国文学専修）。2005年博士学位取得（文学）。京都外国語大学、京都学園大学、神戸松蔭女子学院大学、神戸女子大学にて非常勤講師を経て2005年より別府大学講師。現在准教授。本書がはじめての著書となる。

近代文学研究叢刊 42

芥川作品の方法 紫檀の机から

二〇〇九年七月二五日初版第一刷発行

（検印省略）

著 者 奥野 久美子

発行者 廣橋研三

印刷・製本 シナノ

発行所 有限会社 和泉書院

大阪市天王寺区上汐五－三－八

〒五四三－〇〇〇二

電話 〇六－六七七一－一四六七

振替 〇〇九七〇－八－一五〇四三

ISBN 978-4-7576-0516-9 C3395

近代文学研究叢刊

上司小剣文学研究	荒井真理亜著	31	八四〇〇円
明治詩史論 透谷・羽衣・敏を視座として	九里順子著	32	八四〇〇円
戦時下の小林秀雄に関する研究	尾上新太郎著	33	七三五〇円
『漾虚集』論考 「小説家夏目漱石」の確立	宮薗美佳著	34	六三〇〇円
『明暗』論集 清子のいる風景	鳥井正晴監修 近代部会編	35	六八二五円
夏目漱石絶筆『明暗』における「技巧」をめぐって	中村美子著	36	六三〇〇円
我々は何処へ行くのか Où allons-nous? 福永武彦・島尾ミホ作品論集	鳥居真知子著	37	三九九〇円
夏目漱石「自意識」の罠 後期作品の世界	松尾直昭著	38	五二五〇円
歴史小説の空間 鷗外小説とその流れ	勝倉壽一著	39	五七七五円
松本清張作品研究 付・参考資料	加納重文著	40	九四五〇円

（価格は５％税込）